TO

鬼封じの陽晟院
—神剣使いと鬼子の誓い—

豆渓ありさ

TO文庫

目次

大《おお》伴《ともの》継《つぐ》登《と》
鬼の見えない妖怪退治師。神剣を体に宿すも、自力では顕現させられない。
橘《たちばなの》季《すえ》名《な》
怪異を招く忌み子。人に妖怪を見せる力がある。屋敷の奥に囚われ、存在を隠されている。
人物紹介

今は昔、陽成院《やうぜいゐん》譲位《おりゐ》させ給《たま》ひての御所は、宮よりは北、西洞院《にしのとうゐん》よりは西、油小路《あぶらのこうぢ》よりは東にてなんありける。其処《そこ》は、妖物《もの》棲《す》む所にてなんありける——……。

—『宇治拾遺物語』—

これって人攫《さら》いかな、と、継登《つぐと》は腕の中で気を失っている人物の整った顔《かんばせ》を見下ろしながら思った。

主からは確かに――最終手段としてではあるが――攫《さら》って連れ帰ることも許可されてはいたが、と、ちいさく息をつく。

そういえば、数年前に亡くなった在五中将《ざいごちゅうじょう》という人は、若い頃、想いを寄せる女性《にょしょう》を屋敷から盗んで逃げたことがあるのだとか。逃避行の道中に女は鬼に喰《く》われたとも言うが、と、虚《うそ》か実《まこと》か知れない物語を思い起こしつつ、継登は虚空《くう》を仰ぎ見た。

鬼か、と、おもう。

立派な建物の天井が、無残に抜けてしまっていた。

そこを突き破り、月光下に首を擡《もた》げるのは、禍々《まがまが》しい大蛇《おろち》だ。

更にその周りには、数えきれないほどの物《もの》ノ怪《け》たちが群れ犇《ひし》めいているのだった。平安京《へいあんきょう》の夜闇《よやみ》は深く濃い。逢魔《おうま》ヶ刻《がとき》より払暁《ふつぎょう》までは鬼神《おにがみ》の支配する時間だ。曖昧模糊《あいまいもこ》たる暗がりの中に、人ならぬモノどもが蠢《うごめ》き、跳梁跋扈《ちょうりょうばっこ》するのである。

継登は片手に提《さ》げた十握剣《とつかのつるぎ》の柄《え》を強く握った。鳶《とび》色の眸《ひとみ》で油断なく大蛇《おろち》を見据える。

まさにそのときだった。

みし、と、いやな軋《きし》みが聞こえてくる。継登ははっと息を呑《の》んだ。

「建物から離れろ！　崩れるぞ！」

辺りにいる者たちに向けて反射的に叫ぶと同時に、腕の中の細い身体を抱え直して駆け出していた。

どぉん、と、重たい音が響く。

振り向くと、先程まで夜の中に影のようにたたずんでいた建物が、跡形もなく崩れ落ちていた。

朦々《もうもう》と埃《ほこり》が舞う中に、大蛇《おろち》が身をくねらせる。

「……お、鬼子《おにご》を、解放するからだ。だから、災厄《わざわい》が……」

おののくような調子で言ったのは、いったい誰だろう。

かすれ気味の声に混じる無自覚の悪意を感じ取りながら、継登は声がしたほうを一瞥《いちべつ》した。

はんっ、と、鼻を鳴らす。

人攫《さら》い上等だな、と、心中に独り言《ご》ちた。

迷いなど無用だ。彼はこのまま連れて帰ろう。

そう決意したとき、ふと腕の中の人物が瞼《まぶた》をふるわせた。血の色の透けるような白い瞼《まぶた》の下から黒曜石の眸が覗《のぞ》き、彼はぼんやりとした眼差しを継登のほうに向けた。

「……継登、さま」

か細い声で呼ばれて、継登は鳶色の目をぱちくりさせた。次いで、はは、と、笑う。

「さまなんて、俺はそんな柄《がら》じゃない。継登でいいよ」

なにしろ今まさに、盗賊よろしく、人ひとりを屋敷から盗み出そうと決意したばかりの身だ。

相手は継登の言葉に返事はせず、はた、はたり、と、緩慢《かんまん》に瞬《またた》いた。

それからゆっくりと、崩れた建物のほうを見る。

「わ、たしの、せい……」

きゅう、と、柳眉がひそめられるのを見下ろして、継登はちいさく嘆息した。

「あんただけのせいじゃないよ。俺のせいでもある。——でもさ……見ろよ、あんたを閉じ籠めてた分厚い壁は、もうないんだ。それはそれでいいんじゃないか？」

そう語りかけた言葉にも、たしかな返事はなかった。

それでも継登は相手に声をかけ続ける。

「あんたがもうここに居場所がないっていうなら……俺と、帰ろうぜ」

「……かえ、る……どこ、へ？」

今度は——どこか虚《うつ》ろな表情のままではあったが——相手はこちらの言葉に対して問い返してきた。

「陽晟院《ようぜいいん》」

短く答える。

「巷《ちまた》で噂《うわさ》の、妖物《ばけもの》屋敷だよ」

一、橘《たちばな》の家、百鬼夜行《ひゃっきやぎょう》ノ巻

◇一

世間ではいたって普通のことが、陽晟院《ようぜいいん》と呼ばれるこの妖物《ばけもの》屋敷では普通ではない。逆に、ここで普通のことは、世間ではまるで普通のことではないはずだ。

さて、その妖物屋敷の住人のひとりである大伴継登《おおとものつぐと》は、妖物屋敷に住む者としては致命的ともいえる普通さを――あるいは普通でなささを――抱えていた。

「橘季名《たちばなのすえな》……？」

己に与えられた曹司《へや》でいそいそと剣《つるぎ》の手入れをしていた継登は、告げられた聞き覚えのない名にふと手を止め、声の主のほうを振り返る。相手の顔を見て、ちら、と、片眉を上げた。

「誰だよ、それ？」

そう短く返す。

「そいつ、なんか俺に関係あるのか？」

継登がさも興味なげに吐き棄てると、開け放たれた遣戸《とびら》の向こう、簀子《ろうか》に立って継登と向き合っている二十代も半ばかという青年が、ふう、と、呆れたような溜め息をもらした。

「まったく……もう少し答え方というものがあるでしょうに。陽晟院《こ こ》の先達《せんだつ》である私に対してその口のきき方とは、ずいぶんと覚悟がおありのようですね、継登」

相手は流れるように言って、にっこりと笑った。花のごとき笑顔である。まとう狩衣《かりぎぬ》もまた白と紅梅色とを合わせた牡丹《ぼたん》の重《かさね》で、時節に合った華やかさだった。

彼は名を紀美薗《きのみその》という。継登がこの屋敷に身を寄せるようになってから三年に近い年月が経とうとしているが、美薗はそれよりもすこしばかり早くここに住みはじめていたようだ。年齢《とし》も四、五歳ほど上だと聞いていた。

やわらかな物腰、雅やかな振る舞い。しかし、美薗が見目の通りの穏やかな人物でないことを、継登は身を以《もっ》て、いやというほどに承知させられている。だからいまも、相手の満面の笑みに、思わず、う、と、言葉に詰まっていた。

「いや、その……」

しどろもどろになる。困ったことに、次の言は喉から出てはこなかった。

引き下がれば続けてちくちくと厭味《いやみ》を浴びせられるかもしれないのだが、かといって、口で勝てるとも思えない。それで結局、すぃ、と、視線を逸らしてしまっていた。

こほん、と、軽く咳《せき》払いをして、場を仕切り直す。

「で？　その橘某《なにがし》が、いったい何だっていうんだよ？」

誤魔化《ごまか》すように剣の手入れを再開しつつ、美薗に話の先を促した。

「連れ出しに行って来いとの仰《おお》せですよ」

続いた美蘭の言葉はずいぶんと端的なものだった。相手が、くすん、と、肩を竦《すく》めるのに合わせて、高い位置で結いあげた黒髪がわずかに揺れる。烏羽玉《うばたま》の黒眸《こくぼう》を細めてこちらを見る美蘭の意味深な視線に、継登は、ぱちぱち、と、鳶色の目を瞬いた。

「はあ？　……それ、どういう意味だ？」

「そんなの、私に訊《き》かれても知りませんよ。院からのお達しなんですから」

自分は単に伝えにきただけ、伝書鳩役にすぎないのだ、と、この屋敷の主の呼称を出してきた美蘭はそっと嘆息した。

「何で俺が？」

継登は顔をしかめるが、それはなにも、仕事を申しつけられたのが不服だ、と、そういう意味ではなかった――……継登はほんとうに、ただ単純に、わからなかったのだ。あるいは、信じ難かった、と、そう言ったほうが正確なのかもしれない。

なぜ主から此度《こたび》の命令《めい》を下されたのが自分だったのか。

それでいいのか。

継登が真っ先に抱くのがそんな怪訝《けげん》の思いであることには、もちろん、それなりの理由がある。継登は、手入れ途中の剣の柄を、無意識にきつく握り締めていた。

それに気付いたのかどうか、美蘭がまたしずかに息をつく。

「院は、彼をここへ迎えたうえで、あなたと組ませることをお考えのようですが」

「なんだよ、それ？」

「さあね。あの方のご真意は、私などに容易《たやす》く推察できるものでもありません。ですが……聞くところによると、橘のお屋敷には、かつて頻繁に、妖物《ようぶつ》が出ていたのだとか。なんでも橘季名どのは、屋敷に湧《わ》いて出るその妖物どもをひとりで退治していた凄腕の術師だそうですよ」

「そうかよ。——で。だから、それがなんだってんだ？」

継登は眉根を寄せてぶっきらぼうに言い、顰《ひそ》め眉にわずかな不愉快をにじませた。

物ノ怪、妖《あやかし》、妖怪変化《ようかいへんげ》、魑魅魍魎《ちみもうりょう》、化生《けしょう》のもの、怪異《かいい》、妖物《ようぶつ》、あるいは生霊《いきすだま》に怨霊《おんりょう》。呼び方は実に様々だが、そうしたモノたちが、この世には、たしかに存在している。総じて、鬼、とも呼ばれるものたちだ。

それらは或《あ》る時は人に憑《つ》いて病を発《おこ》させ、また或る時は世に災禍《わざわい》をもたらしもした。その障《さわ》りもまた、実に、大小様々である。

それは、いる。

けれども、只人《ただひと》は、そうした鬼《もの》を見ることはできない。

まして、退治《たいじ》ることなどは不可能だ。

だからこそ余計に、人々は鬼怪妖魔《きかいようま》を恐れ、畏《おそ》れる。

そして、だからこそ、夜に跳梁《ちょうりょう》し、闇に跋扈《ばっこ》するそうした異形のモノどもを、斬ったり鎮めたり、あるいは封じたりできる常ならぬ能力《ちから》を具《そな》えた人間は、時に、重宝がられるのだった。

たとえば神下ろしを行う巫覡《みこ》、たとえば法力を具えた僧侶、法師、祈祷や占術などを行う陰陽師《おんみょうじ》などがそれである。

とはいえ、別に――世間一般ではどうだか知らないが、すくなくとも、継登がいま身を寄せるこの屋敷においては――妖物《ばけもの》退治の能力など、珍しくもなんともない。

実際、目の前に立つ美薗だとて、そうした異能の持ち主だった。彼は和歌《うた》を媒介として言霊《ことだま》を操《あやつ》り、鬼魅《きみ》を調伏《ちょうぶく》することができる言霊《ことだま》使いだ。

継登の住むこの屋敷には、そういう、尋常とは異なる能力を有する者が集っている。そして、僧侶でも陰陽師でも巫覡でもない彼らは、便宜《べんぎ》上、鬼和《おんなぎ》を自称していた。

曖昧模糊《あいまいもこ》たる狭間《あわい》に生じて物に隠れ、形顕《かたちあら》われざるもの。それらを総じて隠《おに》――鬼と呼ぶ。その鬼を薙《な》ぎ、凪《な》ぐ者の意だ、と、この屋敷の主は謂《い》う。

そうした鬼和が集う屋敷が、この陽晟院《ようぜいいん》。であればこそ、ここの主たる人の意思で新たにこの屋敷へ迎えられようとしている人物が特殊な力の持ち主であるのは、ごくごく当然《あたりまえ》のことであった。

わざわざ告げられてみたところで、何ら驚くに値しない。

それなのに、美薗は敢えてそのことを口に出した。そうであるからには、橘季名という人物には、まだ他にも特別な何かがあるのだろうか。

「もったいぶらずにさっさと言えよ」

継登は非難するように軽く美薗を睨《にら》んだ。

継登の眼差しに気付いた美薗が、ふ、と、目を細める。

「それが……彼はどうやら、他者《ひと》に物ノ怪を見せることができるらしい」

美薗がそう言った瞬間、継登ははっと息を呑んだ。

「それって……！」

いったんは丸く瞠《みは》った目を鋭くし、美薗をうかがう。

「本来ならば、只人の目に、妖怪変化は映るものではありません……夜行日《やぎょうび》や逢魔ヶ刻《おうまがとき》の辻だとか、時と場所がそろった場合でもなければ、ね。あとは、よほど強大な存在であるとか、ですか。――でも、橘季名どのは、そうでなくとも、鬼の姿を誰の目にもはっきりと見せるのだとか」

付け足される説明を聞きながら、継登はじっと美薗の顔を見詰めた。目を細めて継登を見返してくる相手は、この話を聞いた継登がそうした反応をするのを予想していたものと見える。

「ね、継登。とっても興味がわくでしょう？　そう……あなたにぴったりだと、思いませんか？」

わかったふうににこりと笑む相手を前に、継登は凛々しい眉根をきつく寄せた。

まるで心のうちを読まれたようで、そのことは、実に癪《しゃく》だ。

かといって、反論することなどはできなかった――……もちろん、興味があるに決まっているからだ。

腹立ちまぎれに、ち、と、鋭く舌打ちすると、継登はひとつ息をついた。

「……それで？　橘の屋敷にいるそいつを、攫《さら》ってでも連れて来ればいいってか？」

気を取り直して、そう確認する。すると美薗は、まさか、と、苦笑して瞬いた。

「攫《さら》うだなんて、そんな手荒なこと……どこぞの盗賊じゃあるまいし」

「だって、院の御命令なんだろ？　何を考えているかわからないあの方なら、命じないとも限らないじゃないか」

「まあ、それはそうかもしれませんけれどね……でも、今回は違いますよ」

そう言いながら美薗は、狩衣《かりぎぬ》の袂《たもと》に手を入れた。

「はい、これ」

白い手指が差し出したのは、一通の書状である。

「常葉《ときわ》さまより、橘《きつ》家《け》に宛てた文《てがみ》です」

美薗が名を口にした藤原常葉《ふじわらのときわ》とは、継登たちの主である院の、いちばんの側近である。

院は――前帝《さきのみかど》であり、太上《だじょう》天皇の尊号を奉《たてまつ》られているその人は――身分、立場上のこともあって、そう易々《やすやす》と誰ぞに文《ふみ》を遣るわけにもいかない。だからこれは、常葉が院に代わってその意向を認《したた》めた、と、そういうことだと思われた。

「とりあえずこれを持って橘のお屋敷まで行って来てくださいね、継登」

どうやら継登は、態《てい》のよい文使いとして使われるということらしかった。なんだよ、と、鼻白みつつ、それでも立ち上がった継登は、簀子《ろうか》へ出ると、穏和《おとな》しく美薗から文を受け取った。

「攫《さら》うのは最終手段ということで。よろしくお願いしますね」

冗談だか本気だか図りかねるそんな言葉に、最終手段としてはありなのか、と、継登は呆れたようにちいさく息をつく。にこ、と、曲者《くせもの》の笑みを見せる美薗の横を通り抜けると、勾欄《てすり》を身軽に跳び越えて、庭園へと降り立った。

＊

しかし、である。

「たしかに季名さまは当家の御子息ではございますが、誠に残念なことながら、三年程前に既に鬼籍《きせき》に入っておられます」

橘家の屋敷を訪ねた継登を待っていたのは、橘季名はもはやこの世にいない、と、門衛《もんえい》の口から発せられた、そんな思いもよらぬ言葉だった。

「まさか」

継登は思わず口走ったが、浅葱《あさぎ》色の水干《すいかん》姿の青年は、まさかとおっしゃいましても、と、困ったように眉尻を下げた。

「せっかくお訪ねくださいましたものを、誠に申し訳ございません。しかしながら、そのような事情でございますゆえ、どうぞお引き取りくださいませ」

青年は継登に向かって深々と頭を下げた。美薗から託されていた橘家当主および橘季名に宛てられた文は、相手から丁寧な手つきで継登の手に戻される。

訪《と》うべき相手はすでに亡くなっているのだと言われてしまえば、継登としては、もはやどうすることもできない。しかし、このますごすごと帰ってよいものかという迷いもあって、もう一度、門衛の男を真っ直ぐに見た。

「いつ、どういった経緯《いきさつ》で亡くなったのかだけでも、せめてお聞かせいただきたい。こちらとて、主への報告をせねばならぬので」

そう、食い下がってみる。

「それは……」

継登の問いに相手は言葉を濁《にご》し、わずかに眉間に皺《しわ》を寄せるふうがあった。

門衛の見せた表情に、何かわけありか、と、継登は直感的にそう思って、探るような目で青年をうかがう。が、そんな継登の視線に気がついたのかどうか、相手は、とにかく、と、やや乱暴に話を切り上げにかかった。

「当家の主より、御使者さまには丁重にお詫《わ》びの上でお引き取りいただくようにと、申し付かっておりますので」

申し訳ございません、と、再び頭を下げられた。

その後、無情にも門はぴたりと閉じられてしまう。こうなればもはや仕方なく、継登は溜め息をついて、踵《きびす》を返した。

とはいえ、どうも釈然《しゃくぜん》としない気分である。

「ってか、院がわざわざ連れに行けって命じた相手だぞ。それが死んでるとか、普通に、ないだろ……？」

橘の屋敷の東門から、築地《へい》伝いに南へ下ったところで立ち止まり、ぼそ、と、独り言《ご》ちた。

抑《そも》、院とは築地《へい》に囲まれた屋敷そのものを指す言葉である。それが、高貴《やんごとなき》な身分の御方《おんかた》の名を直接に呼ぶのは憚《はばか》られる、というわけで、そうした相手を間接的に指す場合にも用いられるものであった。

継登が住まうのは陽晟院《ようぜいいん》だ。

そして、その屋敷の主をも、陽晟院《ようぜいいん》、と、そう呼称するわけである。継登ら鬼和の面々が院と呼ぶのは、この人物のことであった。

譲位《おりい》の帝――……前帝《さきのみかど》、太上天皇、あるいは上皇とも。

院は、さる阮慶《がんぎょう》八年の二月《きさらぎ》に帝の位を譲って以来、後はもはや政《まつりごと》には一切関わることなく、大内裏《だいだいり》――天皇御所と諸官庁が並ぶ一画――の傍《かたわ》らにある屋敷で悠々自適の余生を過ごしている、と、世間ではそう思われていた。

だが、現実は必ずしもその通りではない。

なぜなら、正統なる皇位継承者の証とされる三種《みくさ》の神器《かんだから》――八咫鏡《やたのかがみ》、天叢雲剣《あめのむらくものつるぎ》、八尺瓊勾玉《やさかにのまがたま》――のうちのひとつ、帝の武力の象徴ともされる剣の継承が、正式には、いまだ済んでいないからだ。

　継登ら鬼和の主たる陽晟院《ようぜいいん》が政の世界から距離を置いているというのは紛《まぎ》れもない事実である。一方で、いまだ天叢雲剣を所持し、屋敷に鬼和を組織する院は、御位《みくらい》を降りてなお、陰に厳然たる力を保っていた。もちろん、それなりの人脈、情報網とて有し続けている。

　その院が迎えよと命じた人物である橘季名が、三年も前にすでに世を去っているなどということは、まずもって有り得ない。それにもかかわらず死んだと伝えられるならば――事実と違うことを告げられたわけだから――きっと何らかの裏があるのだ、と、継登はそう直感していた。

　そして、継登の直感は、わりと当たる。

　せっかく出向いてきたのだし、すごすごと引き下がる前にもうすこし屋敷を調べてみるか、と、そう思った。

　角の辻を西へと曲がったところで、継登は辺りの様子をうかがい見る。橘家の屋敷はそれなりに大きいが、そうはいっても、継登らが暮らす陽晟院《ようぜいいん》の規模には比ぶべくもなかった。これならなんとかなるかな、と、考えながら、継登は屋敷をぐるりと囲っている築地《へい》へと鋭い視線を向けた。

　屋敷の南側の築地《へい》に沿って少し歩いたところで、再び辺りを見まわした。幸いそろそろ黄昏時《かわたれどき》、それは鬼どもの活動しはじめる時刻である。一方で、残照のために人間《ひと》の視野がにじんで、最も視界が利きにくくなるその刻限は、人目を忍んでの行動には都合の良い時刻でもあった。

付近に人気がなさそうなのを確かめると、継登はそれなりの高さがある築地《へい》を無言でじっと見上げる。ざっと見たところ、屋敷を取り囲む土壁に破《や》れなどは見あたらなかった。それなら越えてしまうしかないよな、と、そう決心するが早いか、地面を蹴って、ひらりと築地《へい》の上へと飛び乗っていた。

萌木《もえぎ》色と白とを合わせた木賊重《とくさがさね》の水干《すいかん》の袖が風をはらんで、ふわり、と、はためく。邪魔だからという理由で——武官だった頃には有り得なかったほどに——短く切ってしまったざんばらの裸髪《さらしがみ》もまた、風に弄《なぶ》られて、わずかになびいた。

「ったく……結局は攫《さら》って連れてくことになるのかもな」

築地《へい》の上に立った継登は美薗と交わした軽口を思い出し、ちら、と、眉を寄せ、独り言《ご》ちる。それからひとつ吐息して呼吸を整え、庭園の隅、灌木《かんぼく》の陰へと音もなく降り立った。

＊

「さて、と……まずはどこを捜《さが》すかな」

庭園の隅に身を潜めた継登は、灌木の後ろから屋敷の様子をうかがった。築地《へい》の内側、つまりは橘家の屋敷内へと侵入してみたはいいものの、求める相手はいったいにして何処《いずこ》にいるものか、当然のことながら、皆目《かいもく》見当もつかないのだ。

誰かに見つからないよう気を配りながらも、とりあえず屋敷の東南にある池をぐるりと回り込んで、最も近い建物である東対屋《ひがしのたいのや》を目指してみることにした。

橘季名は既に鬼籍の人である――……この言葉が嘘なのだとしたら、捜し人は、実際はこの屋敷のどこかに囚われているのかもしれない。根拠などまるでないが、季名は死んだのだという門衛の言葉を、継登は欠片《かけら》ほども信じてはいなかった。

死んだと告げねばならぬような――つまりは、橘季名の存在自体を隠蔽《いんぺい》しておきたいような――何らかの事情があるのだ。

それが本人の抱える事情なのか、あるいは橘家にとってのそれなのかは、わからない。が、こちらとしても、主の命を享《う》けてここまで来ているからには、とにかく一度、季名と対面くらいはしておきたかった。会うのが無理でも、せめて、季名がこの屋敷内にいるのかいないのか、いるというならばその場所なりとも、特定しておきたい。

東対屋《ひがしのたいのや》のすぐ傍までやってくると、継登は目の前の建物をじっと見た。

建物の外縁を囲む簀子《ろうか》に人影はない。夕刻の空にはまだわずかに明かりが残っている刻限だったが、格子の蔀戸《しとみど》は、すべて下ろされていた。ついでに、妻戸《つまど》もまたぴたりと閉じられている。

これでは、中がどうなっているのかは、まったくといっていいほど、うかがい知ることができなかった。耳を澄ましてみても、こそ、と、そんな物音のひとつもない。

建物は恐いほどに静まり返っている。

だが、そのことがかえって、明らかに不自然だ。

橘氏といえば、その血筋を遡《さかのぼ》れば天皇家ともつながる、古く由緒ある家柄だった。ここは本宗家ではなく分家のひとつではあったが、屋敷はそれなりの規模を誇っている。その東対《ひがしのたい》ともなれば、本来なら、無人であるはずもなかった。

それがこれほどまでにひそりと静まり返っているのだ。そうなれば、理由として考えられることは、もはやひとつしかなかった。

なるほどここか、と、継登は片方の口の端を持ち上げる。

最初《はじめ》から目的地にあたるとは運がいい、と、そう思ったとき、ふぅぅぅ、と、あたりに生温い風が吹いた。

継登は顔をあげる。寝殿《おもや》と対屋《たいのや》とをつなぐ透渡殿《わたりろうか》のほうに、ちらり、と、ちいさな影のようなものが見えた気がした。

屋敷に仕える下人か、もしくは女房かもしれない。見つかっては大事《こと》だ、と、継登は慌てて簀子《ろうか》の下へと潜《もぐ》り込み、身を隠した。

しばらく息をひそめてじっとする。が、幸いにも、何者かがこちらへ近づいてくる気配はなかった。どうやら見間違いか、あるいは、人影だったのだとしても、その誰かはもとから東対《ひがしのたい》のほうへ向かっていたわけではなかったのかもしれない。ほう、と、ひとつ安堵の息をついて、肩から力を抜いた。

その刹那のことだった。

「……あの」

辺りを憚《はばか》るような、ごくごくちいさな、かそけき声が聞こえた。一瞬にして、継登の全身には緊張が奔《はし》る。

見つかった。

逃げるべきか、それとも相手を組み伏せてでもしまうべきか。

継登は刹那迷って、けれどもそのために、相手に対する反応が一拍遅れてしまった。

「あの……おにいさん」

今度はもうすこしはっきりとした声が聞こえてくる。それは意想外に幼げな響きだった。

継登は声のほうへと意識を凝《こ》らした。相手はちょうど継登の隠れている場所のほぼ真上の簀子《ろうか》に立っているようだ。黄昏時《かわたれどき》の残光の中、西日を浴びて、ちいさな姿は黒い影かなにかのように見えていた。

だが、よくよく見れば、どうやら十歳そこそこの少年のようである。髪を鬟《みずら》に結って、童水干《わらわすいかん》に身を包んでいるから、この屋敷の牛飼い童かなにかだろうか、と、継登はそう判断した。

「おにいさん……陽晟院《ようぜいいん》さまからの、お使いなの？」

澄んだ声音でそう問いかけられる。無断で橘家の屋敷に侵入している身である継登は、簡単には警戒を緩めぬまま、押し黙っていた。

「ちがうの……？」

続いた声は、どこか残念そうな、あるいは哀しげにさえ聞こえる響きが宿っている。その頼りない調子に、継登は結局、ゆっくりと簀子《ろうか》の陰から出て、少年の前に姿を曝《さら》した。たぶん、彼は敵ではない。すくなくとも、継登を引っ捕らえて突き出そうとするつもりはないだろう、と、これもまたはっきりとした根拠があるわけではなかったが、なんとなく継登の直感がそう告げていた。

少年は姿を現した継登を見とめると、ほ、と、息をついた。

「陽晟院《ようぜいいん》さまにお仕えする方から、季名さまのもとへ文が参ったと……おにいさんが、持ってきたの？」

相手はまるく澄んだ目で継登を見詰めてそう言った。継登が無言でひとつうなずいてやると、少年は、ふわ、と、嬉しそうに口許をほころばせる。

「……お前は？」

継登は少年に訊ねた。

「ぼくは、季名さまが幼い頃からお側にずっとお仕えしてきた者です」

少年は真っ直ぐにそう答えた。

ほんとうだろうか、と、疑いのきもち半分、継登はじっと少年の顔を見据える。

「季名どのはすでに他界された、と、門でそうお聞きいたしたところだが？」

相手を試みるようにそう口にすると、少年は、わずかに表情を曇《くも》らせた。

それを見て、やはり訳ありだったようだ、と、継登は自分の直感が間違いではなかったことを確信する。だが、そんな内心の想いは噫《おくび》にも出さず、相手の発する次の言葉をじっと待ち受けた。

少年は言葉を探しあぐむのか、しばらくうつむいたまま、躊躇《ためら》うように沈黙している。けれどもやがて、意を決したように顔を上げると、口を開いた。

「季名さまは……お亡くなりになってなど、いません。いまもちゃんと、生きておられます」

真摯《しんし》な眸で継登を見据え、訴えるように言う。

「ここの塗籠《ぬりごめ》に、閉じ込められているんです。三年前から……家族中から忌《い》まれて……物ノ怪に憑《つ》かれ、家に災禍《わざわい》をもたらした鬼子《おにご》だって」

「鬼子……」

継登は聞きとがめたその言葉を、いやなきもちでつぶやいた。

鬼子とは、もとは歯や髪が生えた状態で生まれた子をいう言葉だ。いわゆる尋常の範《はん》疇《ちゅう》におさまらぬ者を、言葉のとおり、鬼の落とし子と見做《みな》して枠外へと押し出してしまう呼称だった。転じて、妖などを見る者、鬼霊に憑《つ》かれやすい者などをも、鬼子と呼ぶ。

やはり院の情報に誤りはなく、橘季名はこの屋敷の中にいたようだ。が、橘家はその存在を隠匿《いんとく》した。彼が橘の家にとって厄介《やっかい》者だから――……災禍を呼ぶ、鬼子だから。

継登はいつの間にか無意識にてのひらを握りしめて眉根を寄せていた。

「どうか、季名さまを助けてください……お願いします」

少年はきゅっと眉根を寄せ、まるで一縷《いちる》の望みに必死で取り縋《すが》るような表情《かお》を見せた。

「もちろんだ」

継登は即座に、力強くうなずいた。

そもそも、連れて来い、と、主の院からもそう命じられている。けれども、命令云々《うんぬん》というだけではなく、まだ見ぬ橘季名という人物に、継登はすこしばかり同情に似た感情を覚えていた。

いまの継登もまた、陽晟院《ようぜいいん》という場所において、致命的に普通ではない存在だ。だからこそ、自分が周囲と異なっているがゆえの肩身の狭さ、身の置き所のなさを知っていた。周囲から爪弾きにされるつらさもわかる、と、まだ京《みやこ》へ上る前の幼い日のことをも思い出して、奥歯を噛みしめた。

「助けるよ……必ず、俺がそいつを外へ連れ出してやる」

そう言ってから継登は、はた、と、思い至る。

「ってことは……やっぱり本気でそいつを攫《さら》って帰ることになるのかもな」

独り言ちつつ頭を掻いて、夕闇迫る空を仰いだ。

◇二

少年は、かがみと名乗った。季名の幼少の頃からずっと彼の傍近くに仕えているのだという。門衛が継登を追い返したところを、東対屋《ひがしのたいのや》から池の釣殿《つりどの》へと続いている中門廊《ろうか》からちょうど見かけたのだ、と、そう語った。

その後、継登が築地《へい》を乗り越えて屋敷の中へと入ってきたのに気がついて、密かに様子をうかがっていたらしい。そして、折を見てこちらに話しかけてきたということのようだった。

かがみは継登を季名のもとまで案内《あない》してくれると言った。季名は三年程前からずっと東対屋《ひがしのたいのや》の塗籠に閉じ込められているらしい。

塗籠というのは、土を厚く塗り込んだ壁で柱と柱との間を囲った、二間《にけん》四方ほどの小部屋のことだ。先祖伝来の宝物を置いたり、夜御殿《しんしつ》として用いられたりもすることがあるが、出入口は妻戸《つまど》のみという閉鎖的な空間であったから、なるほど、密かに人を籠めておくにはうってつけの場所だった。

庭園から続く短い階《きざはし》を上って簀子《ろうか》へと上がった継登は、視線をぐるりと辺りへと巡らせた。東対屋《ひがしのたいのや》はやはり不気味に静まって、いっそ怖いばかりの静謐《せいひつ》が凝《こご》っている。

ここの蔀戸《しとみど》はもう長いこと上げられてすらいないのかもしれない。本来ならば家人《かじん》や女房たちが集っていておかしくない廂間《ひさしのま》も、どうやら無人であるようだった。

この東対屋《ひがしのたいのや》そのものが、触れてはならぬ禁忌かなにかのように久しく打ち棄てられ、忘れ去られているような有様だ。人が暮らしているとはとても思われない、うらさびしい雰囲気だった。

「季名どのは凄腕の術師で、この屋敷に出た数多《あまた》の妖怪変化を退治てきたのだと聞いていたんだが」

この建物の中に閉じ込められているという人物について聞かされていたことを口にすると、かがみはどこか哀しげに目を伏せた。

「こちらのお屋敷に変化《へんげ》の類《たぐい》がよく出るのは、ほんとうです……ちょうど、季名さまがお生まれになった頃から」

その返事に、継登は、ああ、と、溜め息めいた息をついた。

「なるほどな……それで、鬼子、か」

季名が生まれたのと時を同じくして妖怪変化が現れるようになれば、原因は季名にあるのではないかと言い出す者がいてもおかしくはない――……生まれた赤子は尋常のものではない、鬼子にちがいない、と、いつしかそう囁《ささや》かれるようになったのだろう。そうやって、家を襲う妖による厄災《やくさい》は、きっとすべて季名のせいにされていったのだ。

「鬼子、ね……」

継登はわずかに嘲弄《ちょうろう》するような笑みを頬に浮かべた。が、それは鬼子と呼ばれた季名ではなく、彼をそう呼んだ者たちに対する嘲《あざけ》りだ。

人というのは異端を嫌う。人と同じでないもの、己の理解の及ばないものを、本能的に恐れ、時に排除しようとすらする。

まだ母とふたりで暮らしていた幼い日々のことが、継登の頭の片隅をかすめていった。余所《よそ》から流れてきて村に居ついた自分たち母子《おやこ》に向けられる周囲からの眼差しがひどく冷たいものであったことを、あの頃の継登は幼心にも感じ取っていた。

得体の知れないものは、なんとなく恐ろしい。

そう思ってしまうのは、わかる。

もちろんわかりはするのだが、それでも、その心理が理解できるからといって、橘季名に対して為されている扱いが胸糞《むなくそ》悪くないというものでもなかった。

継登は知らず顔をしかめ、眉間に深い皺《しわ》を寄せていた。

かがみは継登の先に立って、足音も立てずに歩いていく。西廂間《にしびさしのま》へと誘《いざな》われた継登は、薄暗く、伽藍堂《がらんどう》の廂間《ひさしのま》を、かがみの背について抜けていった。対屋《たいのや》の中には湿っぽく澱《よど》んだ空気が充満している。明かりのひとつも燈《とも》っていないためか、そこらじゅうに濃い闇が凝《こご》っていた。

この様子では、特に何もなくとも、鬼や妖物に遭った気にもなるだろう、と、思う。

薄気味の悪いこの東対屋《ひがしのたいのや》の雰囲気は、ますます、季名を鬼子とみる向きに拍車をかけたに違いない――……ほんとうは、季名には何の非もありはしなかったのだとしても、だ。

そんなのは、やるせない。

左の手をきゅっと握り込んだ継登が目の前の薄暗がりを鋭く睨《にら》んだとき、前を歩いていたかがみが不意に立ち止まった。

ちょうど廂間《ひさしのま》から母屋《もや》へと足を踏み入れ、すこし奥へと進んだところである。妻戸《つまど》が見えている。それが、厚い土壁に囲まれた塗籠の、唯一の出入り口であるようだった。

「――季名さま」

少年が、ひそめた声で、中へ呼びかける。

「かがみ……？」

中からは、どこか訝《いぶか》るような声音での答《いら》えがあった。

「どうしたの？　今日もまた、おはなししにきてくれたの？」

次いでそんなふうに問いかける声が続く。鈴の音《ね》のように、あるいは川のせせらぎのように、澄んで清らかな声音だった。

「季名さまにお会いしたいという方がいらしています」

かがみは妻戸《つまど》の前に立って言うと、促すように継登の顔を見上げる。継登はうなずいて、一歩、妻戸《つまど》のほうへと身を近づけた。

「橘季名どの」

名を呼ぶと、妻戸《つまど》の向こうにいる相手が驚いて息を呑む気配があった。急に知らぬ声が響いたためだろう。

継登は深く息を吸い、そして、ふう、と、ゆっくりとそれを吐く。

「陽晟院《ようぜいいん》の御命令にて、あなたをお迎えに参じております」

慣れぬ仰々《ぎょうぎょう》しい口上でひと息に用件を告げると、そっと妻戸《つまど》に手をかけた。

＊

季名が籠められているという部屋の出入口は、意外なことに、厳重に閉じられているわけではなかった。閂《かんぬき》が下ろされているでも、錠《じょう》がかかっているでもない。どこの屋敷にもあるような、単なる外開きの妻戸《つまど》だった。

それでもなお季名がこの塗籠から出ることができないのだとしたら、彼は何らかの霊的な力――呪《しゅ》か何か――によって封じられているということなのだろう。

さてどうするか、と、妻戸《つまど》に手をかけたままで、継登は刹那、逡巡《しゅんじゅん》した。

陽晟院《ようぜいいん》の鬼和であるとはいえ、継登は特段、結界や封呪といったものに詳しいわけではないのだ。最終的に季名を攫《さら》って陽晟院《ようぜいいん》へ連れ帰るにせよ、まずはこの妻戸《つまど》を開けられないことにはどうしようもないが、いったいどうやって呪の施《ほどこ》された扉を開ければいいというのだろう。

うむ、と、口を曲げて思案したとき、どうも無意識に戸に添えていた手に力が籠もったらしい。

その瞬間、扉がわずかに動いた。

「……え……？」

息を呑んだ継登が今度は意識的に戸を引いてみると、それはいっそ呆気《あっけ》ないくらいに難なく開く。継登は、ぱちぱち、と、鳶色の目を瞬いた。

何かの術を使ったというわけでは、もちろんなかった。

だが考えてみれば、扉が開くのも当然だ。この塗籠には、日常、食事や着替え等、季名の世話をする人間が出入りする。そして、その際にこの戸を開け閉めする彼ら彼女らは、只人《ただひと》のはずだ。

「……そっか……逆か」

継登は独り言ちた。呪術めいた力を用いなくとも戸を開けられたのではなくて、むしろそうした力を使っていないからこそ、妻戸《つまど》はいま、いとも簡単に開いたのだ。この戸に何らかの呪が施されているのだとすれば、それはおそらく、霊力や妖力のあるものの出入りだけを厳しく制限する種類のものではないだろうか。

「ってか、俺だったのも、そういうわけかよ……」

自分を使いに立てた陽晟院《ようぜいいん》の意図に思いを巡らせ、継登は頭を掻いた。片方の口角を持ち上げるようにして笑む主の表情《かお》が思い浮かび、はあ、と、思わず長嘆息する。

しかし、すぐに気を取り直した。

思い切って大きく妻戸《つまど》を引くと、つられるように、塗籠の中からすぅっと一迅の風が吹き出してくる。その風は、重たい澱《よど》みのすべてを一気に吹き祓《はら》ってしまうかのような、実にきよらな気の流れだった。

この東対屋《ひがしのたいのや》に足を踏み入れた刹那に感じた、じめじめと湿って生温く、粘っこく身にまとわりつくかのような不快な気とは大違いだ。土壁に取り囲まれ、この屋敷の中で最も暗く籠った場所であるはずの塗籠は、不思議なほどに清澄《せいちょう》な気に満たされた空間だった。

知らぬうちに肩に感じていた重みが取れる。継登は無意識に、そ、と、息をついていた。

塗籠の中はひどく暗かった。一応、壁の高い位置にちいさな明かり取りが切られてはいるものの、黄昏《たそがれ》のいま、しかもこの東対屋《ひがしのたいのや》は蔀戸《しとみど》も妻戸《つまど》も閉まった状態であったから、ほとんど用を成してはいない。明かりといえば、灯《ひ》のついた燈台が、申し訳程度に、ぽつん、と、ひとつあるばかりだった。

部屋の中には静寂が満ちている。その静謐《せいひつ》の中に、じじ、じ、と、燈心が燃えるかすかな音すらもが、奇妙に大きく響いて聞こえた。

それでも、ここにある沈黙《もだ》は不思議と息苦しい圧を伴ってはいない。ただ、すこしだけ、奥に寂しさをひそませたような静けさだった。

継登はしばらく薄暗闇に目を凝《こ》らしていた。

やがて視野も暗さに馴染んでくると、部屋の奥、ぼうっとしてどこかたのみない幽光《あかり》と、墨《すみ》を塗ったような濃い闇との境のあたりに、白い人影がひとつ、無言で端坐しているのがわかった。

美貌、と、そう評してまず間違いない。継登はおもわず、は、と、息を呑んでいた。

彼の容貌は恐いほどに整っていて、いっそ生気を感じさせなかった。蒼白い膚《はだ》は、ほの灯りを受けて透きとおるかのようなうつくしさで、それがまた、彼をなんとも浮世離れした様子に見せていた。

　恰好は、汗衫《したぎ》の上に簡素な衵衣《あこめぎぬ》を羽織っているばかりで、華やかさなど欠片《かけら》もない。それなのに、薄暗がりに白く浮かぶその姿は、かえって目を離せなくなるような、玲瓏《れいろう》とした令《うるわ》しさを感じさせた。

　髪は垂髪《すいはつ》を首の後ろで束ねている。烏羽玉《うばたま》の夜を絹糸に紡《つむ》いだかのような艶やかな黒髪が、相手が首を傾げたのに合わせて、ゆる、と、かすかに動いた。

「あなた、は……？」

　抑揚《よくよう》の乏《とぼ》しい声がこぼしたのは、端的な誰何《すいか》だった。妻戸《つまど》のすぐ傍で立ち尽くしていた継登は、その声に、はっと我に返った。

　相手は――橘季名なのだろう人物は――どこか近寄りがたい雰囲気を醸《かも》している。長い睫《まつげ》が密に縁どる黒曜石の眸が、いま躊躇《ためら》いもなく、ひた、と、真っ直ぐに継登のほうに据えられていた。

　真正面から見据えられ、継登はなぜだか怯《ひる》むような心持ちになっていた。思わず、ここまで案内《あない》してくれた少年に助けを求めて、後ろを振り向いてしまったほどだ。

　ところが、かがみの姿はそこにはなかった。

　気付かぬうちに少年が忽然《こつぜん》と姿を消していることに継登は面食らった。が、かがみはそもそもこの橘家の使用人だし、あまり長く勝手な行動をして怪しまれては拙《まず》いと考えて、継登をここまで連れてくるや、持ち場へと戻ってしまったのかもしれなかった。

とにかくもう、この場に季名との間を取り持ってくれる人間はいない。

とはいえ、せっかくここまで来ておいて、相手の視線ひとつに気圧《けお》されて、すごすごと引き下がることなどできない。

継登はひとつ、息を吸って吐いた。

「俺は、大伴継登という」

気持ちを奮い立たせるかのように声を張って名乗ると、つかつか、と、塗籠の奥へと足を踏み入れていった。

すると今度は、一瞬、相手のほうがたじろぐ様子を見せた。それでも、それはほんの刹那のことで、その後の季名は慌てるでもなく、その場にじっと端坐し続けている。

季名の前に継登は片膝をついた。そして、次は負けじとばかり、こちらのほうが真っ直ぐに相手を見据えた。

季名の黒曜石の眸の中に橙《だいだい》の灯が揺れているのが見て取れる。

「橘、季名どの」

継登はゆっくりと相手の名を口にした。

「院の御命にて、あなたをお迎えにあがった」

先程、塗籠の妻戸《つまど》越しにも言ったことを、再び相手の目を見て告げた。

すると、ほとんど無表情に見える季名の面《おもて》に、ほんのかすかに感情が浮かんだ。継登はもともと夜目は効く方だ。それに随分とここの暗さに眼も馴染んだので、そのあるかなきかの反応を見逃さずに済んだ。

季名が見せたのは、不審とも怪訝《けげん》とも、あるいは単なる疑問ともつかぬ表情である。

「院……？」

ぽつ、と、ちいさなつぶやきが聞こえる。

「それは、どちらの……」

そう言われて継登は一瞬きょとんとし、それから、ああそうか、と、得心した。

季名が塗籠に入ったのが三年程前だとすれば、その頃にはまだ、いま陽晟院《ようぜいいん》と称されるひとは御位にあったかもしれない。前帝など存在しない時期に塗籠に籠められ、今日《こんにち》までそのままだというのなら、季名は御代替わりを知らないのだ。よって、継登が口にする院というのが、いったい誰を指すのかがわからない。

「承観《じょうがん》、阮慶《がんぎょう》の御世の帝が、御位をお譲りになった。その御方をいまは陽晟院《ようぜいいん》と申し上げ……って、ああ、もう、まどろっこしいな！」

継登が急に声を荒らげたので、季名はすこしばかり驚いたように、黒曜石の眸を瞬いた。さすがにこちらを警戒したのか、ほんのわずか、身を引いてしまう。

微妙な距離と沈黙とをはさんで、一拍、継登は片膝立ちの畏《かしこ》まった体勢を崩して、どかり、と、季名の前に胡坐《あぐら》をかいた。

眉間に皺《しわ》を寄せ、がしがしと頭を掻く。

「俺さ、堅苦しいの、あんまり得意じゃないんだ。べつにやろうとしてできなくはないんだけどさ……普通に喋っても、いいか？」

　そう問うと、季名はやはりまた黒眸を瞬いたが、やがて、こく、と、ちいさくうなずいた。

「俺は陽晟院《ようぜいいん》に仕える鬼和だ」

　継登は真っ直ぐに我が身分を告げた。

「鬼和……？」

「院は御譲位後、屋敷に怪異を退治る才を持つ者を組織して、この平安京を妖物どもの害から守っている。それが鬼和。あんたのことも、その一員に迎えたいみたいなんだ、季名どの」

「……鬼和」

「そう」

「……あなた、も？」

「おう」

　いっそたどたどしいような短い言葉の連続に、継登はいちいちうなずいた。

　季名はしばし黙ると、やがて、こと、と、首を傾げる。それに合わせて、絹糸のごとき黒髪が揺れた。

　次には彼は、すこしだけ長い言葉を紡いだ。

「でも、あなたは……鬼が、見えないのに」

　直截《ちょくせつ》に指摘されて、継登は刹那、呼吸《いき》を忘れた。

「……なんで」

思わず口をついて出た継登の問いに、季名はすぐは答《いら》えなかった。が、しばし沈黙の後、静かに口を開く。

「見えていない、ようなので」

「なにが……？」

「いま、わたしの傍らにいる、物ノ怪たちが」

さらりと言う。

継登はぎょっとして、反射的に己の周りを見回した。しかし、辺りの暗闇の中に何かがいるようには見えない。息を殺し、意識を尖らせて気配を探ってはみたが、やはり継登の視野は何者の姿をも捉えることはできなかった。

ち、と、舌打ちする。

それから無言でがしがしと頭を掻いて、はあ、と、大きな嘆息を漏らした。

「……俺が陽晟院《ようぜいいん》に身を寄せる鬼和なのは、ほんとうだ。でも……俺には魑魅魍魎《ちみもうりょう》やら妖怪変化やらが、これっぽっちも見えないんだ」

見鬼《けんき》の才が皆無だな、と、かつて陽晟院《ようぜいいん》にも遠慮なく嗤《わら》われた身である。院からの迎えに応じて、初めてその屋敷を訪れたときのことだった。

継登には、そも、妖物を退治できるような、霊的な何らの力もない。

そればかりでなく、鬼も見えない――……陽晟院《ようぜいいん》に集う鬼和たちの中で、唯一、怪異の姿を見ることすらできない継登は、いわば半人前以下の鬼和なのだった。

＊

継登もまた――いま季名にそれが差し向けられているのと同じように――ある日突然、陽晟院《ようぜいいん》から使いがあって、鬼和として彼《か》の屋敷に迎え入れられた。あれは、院の譲位から二月ほどが経った頃だったろうか。いま陽晟院《ようぜいいん》に集う鬼和たちのほとんどは、ちょうどその頃に京中から集められた面々である。

継登はそれまで、怪異などとは無縁の生活《くらし》を送っていた。

やれどこそこに妖が出ただの、やれ鬼が人を喰っただの、遷都から百年が経ってすでに魔都と化していた平安京は、そうした妖しげな風聞に事欠かなくなってはいた。が、下っ端の武官だった頃の継登にとっては、それらは我が身とは直接には関わらない、単なる遠い噂に過ぎなかったのだ。

だが、阮慶《がんぎょう》八年の晩春の頃、継登を取り巻く状況は一変した。

朱雀《すざく》大路の南端にある羅城《らじょう》門の傍を警邏《けいら》していたときのことだった。俄《にわ》かに空が掻き曇ったかと思うと、重たい雷鳴が轟《とどろ》き、虚空《くう》を雷光が駆け抜けた。反射的に瞑《つむ》った目を開けると、継登の目の前には、長さ十握《とつか》はあろうかという大剣が浮かんでいたのだ。

信じ難い光景に目を瞠《みは》り、息を呑んだ次の刹那、剣は黒い雷《いかずち》となって、継登の身を奔《はし》り抜けていた。

「――で。気付いたらできていたのが、この痣《あざ》」

継登は木賊重《とくさがさね》の水干《すいかん》の袖を捲《まく》りあげ、季名に己《おの》が左腕を示して見せた。

そこには、掌《たなごころ》から肘にかけて、黒々と雷光のような痕が走っている。

「ここに、天羽羽斬剣《あめのはばきりのつるぎ》の剣霊《みたま》が宿ってるんだとさ」

神代三剣《かむよのみつるぎ》と呼ばれる神剣がある。

そのうちの一振りは、陽晟院《ようぜいいん》が持つ天叢雲剣だ。素戔嗚尊《すさのおのみこと》が八岐大蛇《やまたのおろち》を退治した際、その尾より得たという伝説の剣である。

これは後に高天原《たかまのはら》を主宰する天照大神《あまてらすおおみかみ》に奉《たてまつ》られたが、天孫《あめみま》たる天津彦彦火瓊瓊杵尊《あまつひこひこほのににぎのみこと》が葦原中国《あしはらのなかつくに》に天降《あまくだ》る際に天照から授けられ、以後、その子孫たる帝が代々《よよ》に亘《わた》って受け継いで来ているのだといわれていた。

一方、継登に宿る天羽羽斬剣は、素戔嗚の大蛇《おろち》退治の伝説に登場するもう一振り、まさに大蛇《おろち》を斬るのに振るわれたとされる剣である――……別名を、布都斯魂剣《ふつしみたまのつるぎ》。

継登が陽晟院《ようぜいいん》に仕えることとなったのは、院の持つ天叢雲剣と並ぶ剣、神話《かむつたえ》にも登場する天羽羽斬剣の霊が、継登を依代《よりしろ》として選んだからにほかならなかった。

それでも、継登には鬼、物ノ怪の類は、いまもってさっぱり見えない。霊的な力を行使できるでもない。

そして、天羽羽斬剣もまた、あの日に目前に現れたきり、以後は一度も顕現《けんげん》してはいなかった。

そんなわけで、継登は陽晟院《ようぜいいん》において、鬼和とは名ばかりの存在である。

幼い頃から身のこなしは人並み外れて優れていたし、陽晟院《ようぜいいん》へ来る前は検非違使《けびいし》庁にいた武官の端くれだから、剣や弓ならばそれなりに使えた。が、それだけだ。鬼、物ノ怪を狩るには至らない――……見えぬモノとは、そもそも、戦いようもないからだ。

「あんたは、他者の目に鬼怪《きかい》を見せることができるって聞いたけど」

季名についての話を美薗から聞かされたとき、だから、継登はわずかばかり期待していたのだ。もしも季名に噂のとおりの力があるなら、それを借りることで、継登にも鬼、物ノ怪が見えるようになるかもしれない。そうすれば、己もまた、正真正銘の鬼和として、すこしは皆の役に立てるようになるのかもしれない。

継登は鳶色の眸でじっと季名を見据えた。

季名は刹那、たじろぐように視線を泳がせたものの、すぐにまた真っ直ぐに継登を見返してきた。

「わたしは……そうした術は、使いません」

抑揚の乏しい声音が、ゆっくりと言った。

「そっか」

無意識に息を詰めて季名の答えを待っていた継登は、淡い期待を断ち切るような相手の言葉を聞いて、ふ、と、肩から力が抜けたのを感じた。思わず、はあ、と、溜め息をついてしまっている。

「そうだよな……そんなうまくいくわけないよな。ってか、他人《ひと》を恃《たの》もうってての自体が、甘っちょろい考え方ってことか」

諦《あきら》め半分、自嘲半分につぶやいて、季名に苦笑を向けた。

そのとき、ふと、相手は小首を傾けた。

「……どうして、ですか？」

「ん？」

「あの……他人を頼ると、どうして、甘いということに、なるのですか？」

心底不思議そうに、彼は口にする。

継登は虚を衝《つ》かれ、目を瞬いた。

「それは……だって」

そこまで言って、口籠る。続く言葉を探しあぐんでいた。

代わりに口を開いたのは季名のほうだ。

「できないことがあるのは……ふつうのこと、です。どれだけ頑張ってみても、自分ひとりでは何ともならないことなんか、たくさん、ある。そのときには、他者を恃《たの》む……それは、甘い考えで、いけないこと、なのですか？」

黒曜石の眸が真っ直ぐに継登を見る。

「いや……いけなくは、ない、な」

たしかにその通りかもしれない、と、継登は思った。

そして不意に、身体から要らぬ力が抜けて軽くなったような、呼吸がしやすく楽になったような、そんな不思議な感覚を覚えた。

これまで、陽晟院《ようぜいいん》にいる鬼和の誰も、継登に見鬼の才がないことを――少々からかうことはあったとしても――責めたりはしなかった。それでも、継登自身はどうしたって引け目を感じざるを得なかった。

自分で自分を責める感情というのは、おそらく、いちばん厄介だ。誰が許したとしても、どうしても自分自身だけが自分を許せない。その状態はとても息苦しい。生き苦しい。そんなふうに継登の心の奥底に蟠《わだかま》っていた重たい気持ちが、いま、ほんのすこしだけ融けた気がした。

「……惜しいな」

無意識に、ぽつ、と、こぼしていた。

季名に、聞いていたとおりの力があったらよかったのに、と、そんなことを思っていた。

それで自分が役立たずから脱却できるからという単純な理由ではない。もしも季名が継登に手を貸してくれれば、何か、これまでにない新たな景色が目の前に開けるような、そんな気がしたのだ。

それは予感である。

あるいは、直感だ。

できないことがあるのは当然だと、季名は言う。足りない分は誰かの協力を仰いでいい、と、そんな言葉をごくごく自然に口にする彼。その力を借り、そして、その分だけ、継登のほうでも彼のために何かしてやれることがあったならば――……自分たちふたりは、とてもうまくやっていけるのではないのだろうか。

「なあ、あんた……ほんとに、他人《ひと》に鬼を見せる術って、使えないのか？」

残念だと思うからこそ、未練がましく、往生際《おうじょうぎわ》悪く、継登は問うた。

「……使い、ません」

季名の返事はあっさりしたものだった。継登は、仕方がない、と、大きく息を吐いた。

そのときだ。

「ふつうは」

季名がしずかに言葉を継いだ。

白い頬に、火影《ほのかげ》が揺れていた。季名はすこしばかり首を傾げていて、浮かぶ表情はどうも、なにかを不思議がるようなそれらしかった。

「術は、使いません。でも、わたしの傍に寄れば、否と応となく、物ノ怪は見える……ふつうは」

季名はゆっくりと瞬きながら繰り返した。

「それなのに、これだけ傍にいて……あなたには、このこたちが、見えていない」

一瞬、季名の言葉の意味することが読み取れなくて、継登はきょとんとする。

けれどもすぐに顔をしかめた――……それは、継登は霊的に普通の範疇《はんちゅう》を越えて鈍い、と、そういう意味で発せられた言葉ではないのだろうか。

「あんたな」

思わず眉根を寄せ、声を低めて凄《すご》んでしまった。すました、穏和《おとな》しげな見目の割に、意外にも遠慮のない口をきくものだ。

しかし、季名には他意など欠片《かけら》もありはしないようだ。できないことがあるのはごく普通のこと、と、そう言った相手なのである。こちらを揶揄《やゆ》、嘲弄《ちょうろう》してやろうなどといった、意地の悪い、薄暗い感情は、相手からはまるで感じられなかった。

悪気はないんだな、と、そう思うと、継登は一気に毒気を抜かれてしまった。がしがしと頭を掻き、感情の起伏に乏しい相手の表情をしずかに見詰めて、苦笑する。

「いまも、その……ここには、たくさんいるのか？　俺には見えないんだけど」

なんとなく興味を引かれて訊ねてみると、こく、と、季名は言葉もなくうなずいた。

「あなたのまわりにも……膝や、肩に乗ったり、まわりをめぐって、踊ったりしています」

「ははっ。なんか、随分と人懐《なつ》っこい感じなんだな」

魑魅魍魎《ちみもうりょう》やら鬼怪妖魔やらと言えばおどろおどろしい響きだが、季名が語る様子からはちっともそんな感じがしない。自分のまわりを小鬼たちが楽しそうに駆け回っている情景を想像して、継登は思わず口の端をゆるめた。

そうやって笑った継登を、季名は黒い眸をわずかに瞠《みは》って、まじまじと見詰めた。

「どうした？」

「いえ……物ノ怪が傍にいると聞いたのに、あなたは、怖がったりなさらないのだな、と、おもって……」

「だって、見えないしな」

「見えたら……怖がり、ますか？」

「そんなの、実際見てみないことには、わからないけど」

奇妙《おかし》なことを訊ねるものだ、と、継登が首を傾げると、季名はそのまま目を伏せがちにして黙りこくってしまった。

「……うん、そうだね……悪い人じゃ、ない……わかるよ。だって、みんな、たのしそうだもの……」

やがて、ぽつ、と、そうこぼす。継登に向けて言ったわけではないのに、誰かと会話するような言い方でもあった。この場には、継登と季名しかいないにもかかわらず、だ。

どうやら季名は、継登には見えていない何者かと話をしているらしい。継登からすれば単なる独り言にしか思われない言葉を口にした後、顔を上げ、また真っ直ぐに継登のほうを見た。

「お力になれれば、良かったのですが……すみません」

申し訳なさそうに言って、ゆっくりと頭を下げる。

急に謝られ、継登は慌てて首を横に振った。

「いや、こっちが勝手に期待しただけだし、あんたが詫《わ》びる必要なんか、これっぽっちもないよ」

そう言い募ったとき、季名がはっとしたように息を呑む。はたはた、と、長い睫《まつげ》のふちどる目を静かに幾度か瞬くと、彼は小首を傾げてつぶやいた。

「……誓言《ことだて》……？」

「ん？」

唐突な発言を怪訝《けげん》に思って、継登のほうも首を傾げる。だが、発言者の当の季名も、なにやら戸惑っているようだ。忙《せわ》しく瞬きをしながら、ふるふる、と、ちいさく頭《かぶり》を振った。

「いえ、このこたちが……あなたの周りをまわりながら、頻《しき》りに、誓言《ことだて》、誓言《ことだて》、と、そう言っていて……」

「誓言《ことだて》……ああ、もしかして、大伴の誓言《ことだて》のこと、かな？」

継登が遠く連なるのだという大伴氏は、京《みやこ》がまだ明洲香《あすか》にあった昔から、軍《いくさ》を司る一族だった。もともと、天皇《おおきみ》の近衛《このえ》を務めてきた、軍門の族《うから》なのだ。

その大伴氏のひとり、大伴家持《おおとものやかもち》は、萬葉集にある長歌を残している。その歌にも引かれているのが、大伴氏の先祖が立て、代々子孫が受け継いできた誓いの言《ことば》――……いわば、大伴の者の継ぐべき心根のあらわれである、大伴の誓言《ことだて》だった。

かつて母の口から聞かされたそれを思い出したとき、季名が突然――まるで何者かにそうせよと促されでもしたかのように――継登の左手に触れた。ちょうど、雷の形をした、墨色の痣《あざ》のあるあたりだ。

継登は驚いた。

けれど次の刹那、我が身のうちに、すうっと清浄な気が流れ込んでくる感覚があって、心が不思議に澄み渡っていくのを感じた。

身体の中に清澄な気が巡り、隅々までを盈《えい》々《えい》と満たしていく。

ほう、と、唄うような吐息が聞こえる。一瞬、継登はそれが己のついた嘆息だとは気付かなかった。

はっとしたとき、季名のほうもまた、唄うように息を吐いていた。

「海ゆかば、水《み》漬《づ》く屍《かばね》」

相手が口にしたのは、まさに、件《くだん》の大伴の誓言《ことだて》である。

「山ゆかば、草生《む》す屍《かばね》」

季名は滔々《とうとう》と続けた。

季名の指に触れられている箇所が熱い。否、痣《あざ》全体が熱を持っているかのようで、じくじくとした、わずかに痛みを伴う感触が継登を襲っていた。無意識に左のてのひらを握り締める。

「海ゆかば水漬く屍《かばね》、山ゆかば草生す屍《かばね》」

今度は――これもまた、何者かに誘《いざな》われでもしたかのように、あるいは天啓でも享《う》けたかのように――継登のほうがそう口ずさんでいた。

　すると、まるでそうするのがごく当然《あたりまえ》のことだとでもいうふうに、季名がゆっくりと目を閉じる。つられて、継登も同じように瞼《まぶた》を落とした。

　ほう、と、また、どちらからともなく、しずかに、唄うように、息を漏らしていた。

「御君《おんきみ》の傍《へ》にこそ死なめ、後悔《かえりみ》はせじ」

　誓言《ことだて》を言い切る声は、不思議なほど、ふたりのそれがぴたりと合わさったものになった。

　ゆっくりと目を開ける。

　その途端、己の視野に映ったものに、継登は目を瞠《みは》った。

　いつの間にか、握りしめた左手に、長さ十握《とつか》はありそうな長剣がある。柄《つか》には綾紐《あやひも》が結わえられ、紐の先には翡翠《ひすい》の勾玉《まがたま》がふたつ揺れていた。

　そして、継登と季名とを取り囲んでいる、数多《あまた》の物ノ怪たちの姿――……我が目にはっきり見えるそれらは、概《おおむ》ね器物の化生したもののようだった。

　履物《はきもの》の怪《け》がいる。器に手足が生えたのもいる。琵琶《びわ》や笛には、妙に愛嬌《あいきょう》のある顔があった。もとはどうも筆やら匙《さじ》やらだったらしい妖物たちも、奇妙に愉《たの》しげに身をくねらせていた。

　物ノ怪たちは、継登らの周りを廻るように跳びはね、踊っている。

「……あ」

　継登は思わず、間の抜けた声を発している。

　一方で、もとより妖怪変化は当然のものとして見えている季名のほうは、ただただ、継登の手に顕現した剣に目を丸くするようだった。

驚いたせいか、反射的に、継登に触れていた手を引いてしまう。季名の白い手指《てゆび》が離れた瞬間、身体の中から何かが抜け落ちるかのような感覚があって、継登の手からは剣の姿が消え失せていた。

一瞬見えたはずの妖怪変化の姿も、忽然《こつぜん》としてなくなった。

「なん、だ……いまの」

継登は独り言ちつつ、痣《あざ》の浮かぶ己の左のてのひらを信じられない想いで見詰めた。

これが季名の力なのだろうか。周囲のものに、霊的に、多大な力を及ぼしてしまう。

背筋が、ぞくり、と、した。

半分は自分の理解の範疇《はんちゅう》を越えた、未知の現象《できごと》への恐れ、そして、畏れからだ。だが、もう半分は、強い昂奮《こうふん》からくるものだった。

継登は紛れもなく昂《たかぶ》っている。目を輝かせ、目の前の季名の手を、半ば無意識に取っていた。

「すごい……！」

季名の手を握りつつ、こぼす。

「あんた、すごいな！」

感嘆の息をついた。

「頼む！　俺にあんたの力を貸してくれないか？　いまみたいに鬼が見えて、剣だって顕現させられたら、俺も鬼和として戦えるようになる。俺は、あんたと一緒にやってみたい。もともと院だって、あんたを自分の屋敷《ところ》へ招きたがってるんだし……俺と一緒に来てくれ、季名どの。もしあんたの家の者が諾《うべな》わないっていうんなら、攫《さら》って連れ出してもいい！」

継登は、昂奮《こうふん》のあまり、やや矢継ぎ早に言う。言葉としては物騒な内容《なかみ》を含みながらも、告げた気持ちに偽りはなかった。

真っ直ぐに季名を見据える。

だが、継登の視線を受けた季名は、困ったようにたじろいだ。

「わたし、は……」

何かを言いかけて口籠もると、すこしのあいだ逡巡《しゅんじゅん》し、やがて静かに頭《かぶり》を振った。

「わたしは……ここを出られない、から」

ほとんど音もなくすっと立ち上がると、彼は塗籠の出入口、継登が入ってきた妻戸《つまど》のほうへと歩を進める。さら、と、ほんのかすかな衣擦《きぬず》れの音がした気がした。

継登が様子を見守るなか、季名はゆっくりと手を持ち上げ、そのまま妻戸《つまど》に触れようとする。

その瞬間、ぱちん、と、火の粉が弾けるときのような音を立てて、蒼白い光が爆《は》ぜた。

「呪《しゅ》……」

継登は息を呑んでつぶやいた。

そして、思い出す。そもそも季名は、橘家に災禍をもたらす忌み者として、この塗籠に囚われていたのだ。ならば、そうそう簡単に彼をここから連れ出せるはずもないではないか。その事実を思って、思わずくちびるを噛んでいた。

「わたしは……鬼子、です」

妻戸《つまど》のほうから手を引いた季名は、しんとした声で言った。

「外に出れば、きっとまた、多くの者が傷付き……失われる。そんなのは、いや、です」

細くかたち良い眉が、きつくひそめられている。うつむき加減の季名の表情《かお》に、はじめて、彼自身の内から強くわきあがった感情が浮かんで揺れるのを、継登ははっきりと見た気がした――……いたみ、そして、かなしみ。

それでも継登はすぐには引き下がらなかった。季名の傍へ寄って、その白い手を取ると、己のほうへ引き寄せ、黒曜石のような相手の眸を間近に見詰める。

「もう一度、俺の剣を目覚めさせてくれ」

端的に乞うた。

「ここを出よう。あんたが災いを呼ぶ鬼子って言われる原因は、あんたの傍の物ノ怪だろ？　あんたに憑《つ》いてる物ノ怪が原因でここを出してもらえないってんなら……とりあえず、そいつらを、片っ端から斬っちまおう。あんたが手を貸してくれれば、きっとうまくいく」

継登はきっぱりと言った。そして、何もない塗籠の奥の空間を――先程は妖怪たちが群れていた、けれど、いまはもう継登の目には何も見えなくなってしまってただ闇が凝《こご》っているところを――睨《にら》み据えた。

きぃきぃ、ちぃちぃ、と、鼠鳴《ねず》きのようなものが聞こえた気がした。

でもそれは、本来ならば聞こえるはずのないもの。おそらくは小鬼たちの立てる音なのだ。空間にさんざめき、渦巻き、やがて唸《うな》るようなそれに変わっていく。

こちらに向けられた、明確な敵意――……だが、望むところだ、と、継登は思った。

「あんたを、助ける」

ここから出す、と、決意とともに、左のてのひらをきつく握り締めて、継登は言う。

だが、その瞬間、季名は継登の手を力いっぱい振り払っていた。

「……やめ、て」

うめくような、あるいは喉の奥から絞り出すかのような苦しげな声が、薄いくちびるから漏れた。だが、そのかすかな声の中には、明確な拒絶の響きが含まれている。思わぬ力強さできっぱりと拒否されて、継登ははっと息を呑み、その場に立ち尽くしてしまっていた。

「やめて……かれらに、敵意を、むけないで」

季名はその場に蹲《うずくま》り、そのまま、懊悩《おうのう》するように頭を抱え込んだ。

相手のそんな姿に、継登は反射的に、季名を助け起こそうとした。震える細い肩に触れようと手を伸ばす。

が、その刹那、継登の身体は見えない力に弾き飛ばされていた。

強い風を固めてぶつけられたかのごとき衝撃だった。継登は妻戸《つまど》にぶつかり、そのまま、塗籠の外へと放り出される。

何が起きたのかわからず、驚きに目を瞠《みは》って見遣った塗籠の中では、燈台の灯す幽光《あかり》の中、季名が、ゆらり、と、立ち上がったところだった。

「……お引き取りを」

血色の失せた蒼い顔で、それでも季名は、はっきりと言った。

「っ、だが……！」

継登は体勢を立て直すと、それでもまだ、言い募った。もう一度、塗籠の中に入ろうとする。

「お引き取り、ください」

「っ、季名どの……！」

いま一度説得を試みようと相手の名を呼んだ、まさにそのときだった。継登の耳は、西《にし》廂間《ひさしのま》のほうからこちらに向かって駆けてくる足音らしきものを捉えていた。

「誰だ！」

そう叫ぶのは、どうやら異変を感じて駆けつけてきた、この屋敷の下人らしい。継登は、ち、と、鋭く舌打ちする。

いまは退散するよりほかないらしい。そう判断して、そのまま母屋《もや》を突っ切り、廂間《ひさしのま》の蔀戸《しとみど》を押し開けてその隙間を抜けると、建物の外へと身を躍らせた。

◇三

「おう、継登。お前、求め人を盗み損ねて、すごすご逃げ帰ってきたんだって？」

どこかからかうような調子で言われた継登は、声の主に、ちら、と、一瞥《いちべつ》をくれた。が、むっと押し黙ったままで反論はせず、再び手許の冊子に視線を落とした。

橘の屋敷から戻った次の日――というよりも、戻ったすぐその日のうちから――継登は陽晟院《ようぜいいん》の文殿《ふどの》に籠もっていた。屋敷の北対屋《きたのたいのや》から庭を渡った奥にあって、各種の書物や文《もん》書《じょ》を管理、保管しているところである。ここには、殊《こと》、怪異に関する記録類が数多《あまた》集められていた。

所狭しと据えられた架台《かだい》には巻帙《かんちつ》や冊子類が積み上がっており、部屋には墨の独特の匂いが満ちている。ほの暗いその場所で、継登は積み上がった巻子《かんす》本や帖装《ちょうそう》本、あるいは冊子を、手に取っては捲《めく》り、手に取っては捲り、と、それをひたすらに繰り返していた。

だが、そうして過ごすこと丸一日が経とうとしているいまもなお、求める情報は得られていない。

そこへひょっこりと顔を出したのは、ここの鬼和のひとりである文屋子義《ふんやのしぎ》だった。

子義はもとは衛門《えもん》府の下級武官だったらしいが、魔を射ぬく梓弓《あずさゆみ》の使い手として、継登よりも若干早く陽晟院《ようぜいいん》に入った先達だ。逞《たくま》しい身体つきと、精悍《せいかん》な顔立ちの青年だった。

年齢《とし》は継登より幾つか上で、たしか美薗と同じくらいだと聞いている。

文殿《ふどの》を覗《のぞ》くなり継登を軽く揶揄《やゆ》した子義だったが、その後は、どうやらこちらを手伝ってくれるつもりであるらしい。自分も書架からいくつか冊子を引き抜くと、継登の近くにどかりと腰を下ろした。

とはいえ、もとは武官の身だ。互いにこうした作業はあまり得意ではない。いっかなはかどらない作業に焦れた継登は、くそ、と、誰にともなく悪態《あくたい》をついた。

それを聞きとがめた子義が、ちら、と、苦笑してみせる。

「まあ、落ち着けよ。――ってか、お前、何か憑《つ》けてきてるぞ」

継登を横目に見てなだめるようなことを口にした相手が、ふと何かに気付いたふうに、こちらの肩のあたりを軽く手で払う仕草をする。

「ったく、可笑《おか》しなもんだよな。見えないくせに、物ノ怪には好かれるって……こいつは橘家からついてきたやつかな」

独り言を口にしながら、子義は手を己の目の高さまで持ち上げた。何物かを摘まみあげているらしいが、どれだけ目を凝《こ》らしてみても、継登には子義の指しか見えない。ひょい、と、相手がその何かを無造作に向こうへと投げ棄てる仕草をしても、やはり、その一切は空気を掴んで捨てたようにしか思われなかった。

継登は思わず、はあ、と、嘆息する。

そんなこちらを見た子義は、はは、と、軽く笑い声を立てた。

「橘の家では、鬼が見えたんだって？　神剣も姿を現したとか」

「喋ったのは美薗だな？」

確かめると、さてな、と、子義はとぼけるように肩を竦《すく》める。継登は一瞬むっとしたが、そんなことは瑣末《さまつ》事だ。

己を落ち着けるようにひとつ息を吐くと、くちびるを引き結んで、手許の冊子を厳しい視線で見詰め直す。

「あいつが……季名どのの手が痣《あざ》に触れたら、剣が出てきて、物ノ怪が見えた。季名どのが協力してくれれば、俺も、みんなと共に戦えるようになるかもしれない」

だが、そうは言っても、どうすれば季名の協力を取り付けられるのかがわからない。

塗籠に囚われていた彼を連れ出そうとした継登に、季名は烈しい拒絶を見せた。あの強固で強烈な感情の理由はいったい何だったのだろうか。苦々しい思いで、継登は左のてのひらをきつく握り締めた。

とはいえ、簡単に諦められるはずもない。

季名のためにも、継登は諦めたくはなかった。

季名が閉じ込められている橘家の塗籠は、暗く、寂しかった。そんな場所に、季名はひとり、謂《いわ》れもなく——あるいは橘家の者にとっては正当な謂れがある処遇なのだとしても
——籠められて、過ごしている。

そんなのは理不尽だ。あわれだ。

そんな扱いを彼があまりにも静かに呑み込んでいるようなのが、継登には腹立たしく、

苛立《いら》たしくもあった。

頭の片隅で、過去の記憶がじくりと疼《うず》く。守れなかったもの、自ら傷つけ、壊してしまったもの。胸の底に澱《よど》んだまま消えることのない悔悟《かいご》が、あの場所、あの境遇から、彼を解き放ってやるべきだ、と、継登に訴える。

それに、と、継登は思う。根拠はないが、季名とならば新しい一歩を踏み出せるような気がするのだ。誰かの力を当てにするなら、その相手は季名が良い。そのかわり、自分のほうも、季名のためにしてやれることを探したかった。

「塗籠にかかった呪……それを解く方法が見つかれば」

一縷《いちる》の望みをそこにかけるように、継登はつぶやいた。

それを見つけ出すために、季名があの塗籠に囚われるに至った直接の原因について、いまの継登は調べてみようとしているわけだ。

そもそも幼い頃から鬼子扱いを受けていたらしい季名が、改めて塗籠に入れられたからには、何か、きっかけになるような出来事が起きたはずだ。そのあらましがわかれば、塗籠に呪を仕掛けた人物が誰かもわかるかもしれない。術者が判明すれば、解呪の方法にも繋《つな》がるかもしれなかった。

「呪、か……なんにせよ、急げるならなるたけ急いだ方がいいかもしれんな」

継登が書物と首っ引きになっていると、子義が低い声で言って嘆息した。

「どういうことだ？」

継登は顔を上げ、目を瞬いて、鬼和の先達をまじまじと見る。子義は、くすん、と、肩を竦《すく》めた。

「お前は橘家の家人に侵入を気取《けど》られたのだろう？」

「たぶん」

「屋敷に侵入者があった。しかもどうやらその者は、橘家にとっては隠しにしておきたい鬼子と接触したらしい……と、橘家はこれにも気が付いているだろう？」

「まあ……でも、それが？」

「侵入者の正体として、まず、院の手の者が疑われる。これは避けられんことだ。何しろ、事の起こる直前に、当の季名どのへの面会を求めたのが、陽晟院《ようぜいいん》の使いなのだからな」

陽晟院《ようぜいいん》の使者が橘季名を訪ねた直後、しかも面会を断った末での侵入事件である。子義の言う通り、橘家が関連付けて考えるのも当然か、と、継登は眉をひそめた。

「橘家は、陽晟院《こちら》に何か言ってくると思うか？」

そう問うと、子義は顎《あご》に手を当ててしばし思案した上で、どうだろうな、と、やや曖昧《あいまい》に応じた。

「仮にもこちらは前帝だ。いまを時めく藤原北家がというならともかく、橘家の、しかも分家筋くらいの家格では、正面きって物申せる相手ではないだろう」

「なら……」

それならば侵入を気取られていたところでさほど心配することはないのではないか、と、継登が言おうとすると、けれどもその前に、子義は難しい顔で頭《かぶり》を振った。

「むしろ、そこが問題なんだよ」

そう言った子義は、真っ直ぐに継登の顔を見る。渋い表情をする相手に、継登は思わず息を呑んだ。

「橘家ははじめ、季名どのは死んだと言っていたのだろう？」

確かめるように言われ、継登はうなずいた。

「門衛の男が、三年前にすでに身罷《みまか》っている、と」

「だが、それは真っ赤な嘘だった。彼は紛れもなく生存していた。――だろう？」

継登はまたひとつうなずく。橘季名が生きて、塗籠に閉じ込められているのを、継登は我が目で確認したのだ。

「で、問題はだな、お前が……というか、陽晟院《ようぜいいん》の手の者らしき人間が、橘季名の生存を知った可能性があることを、橘家も認識しているということだ。誰かが季名どのと接触したらしい、時機からみてそれは陽晟院《ようぜいいん》の手の者だ、と、そうなれば今頃、橘家はたいそう焦っているだろう」

「なんでだ？」

「なぜって……橘家にどんな事情があって季名どのの存在を隠そうとしたのかはわからんが、お前は季名どのを見つけてしまった。むこうのついた嘘に、気付いてしまったわけだ。太上天皇の使いに嘘をついたことになってしまった橘家は……すくなくとも、まずいことになったと、考えるはずだ」

子義はそう言って眉をひそめた。

「最悪、橘家は季名どのを始末するかもしれん」

「なっ……！」

継登が目を瞠《みは》ると、可能性はある、と、子義は短く言って虚空《くう》を睨《にら》み据える。

「季名どのが死ねば、嘘は嘘でなくなるからな。はじめからやはり季名どのは死んでいたことにしてしまえる。——手っ取り早い解決策だろう？　胸糞悪いが、な」

子義の言葉に血の気が引く。肚《はら》のあたりが妙に冷たくなって、吐き気にも似た気色悪さが込み上げてきた。じっとしていられなくなった継登は、気付けば、がたん、と、音を立てて、乱暴に立ち上がっていた。

そのままの勢いで文殿《ふどの》から駆け出ようとするのを、しかし、子義がこちらの腕を掴むことで止めた。

「継登、まあ待てって。——いま駆けつけたところで、どうせ昨夜《ゆうべ》の二の舞だろう」

「っ、だが……！」

継登は相手を睨《にら》み据えつつ反論しかけたが、結局、言葉は続かなかった。

子義の言う通りだ。いま焦って橘家へ行ってみても、それで継登に何かができるわけではない。季名を説得するための手札もなければ、彼を塗籠に閉じ込めている呪を解いてやることもできない。

それでも、じりじりとした焦りと、そこからくる苛立ちとで、まともな思考が妨《さまた》げられているのが己でもわかった。

「ああ、くそっ」

継登は口を極めて悪態《あくたい》をついた。

「落ち着けって」

子義が溜め息をつくようにして言う。それでも苛々はおさまらず、手に取った書物を乱暴に床に投げつけると、急ぐべきだが焦るな、と、再び静かに嗜《たしな》められた。

「始末するかもしれんというのは、単なるおれの憶測《おくそく》にすぎん」

「そうは言うが、子義……！」

「落ち着け。——ただ厄介な鬼子だというだけなら、もとより季名どのは、もっと早くに始末されてもおかしくはなかったんだ。わざわざ籠めておく必要などなかった。そんなもの、たいそうな労でしかないのだからな。それを、閉じ込めてはいても、世話はさせている様子だったんだろう？　なら、手を下すことまではしない可能性だってある」

「でも……！」

継登は顔をしかめる。季名のいる東対屋《ひがしのたいのや》は、その建物ごと、打ち棄てられ忘れ去られたかのような有様だった。最低限の世話をさせているとはいえ、とてもではないが、情ある仕打ちとは思われない。それを目の当たりにしてきた継登としては、橘家が季名に手を下すことはない、と、そうそう暢気《のんき》に信じてはいられなかった。

「おれが言うのは、肉親の情がどうのという話ではないさ」

継登の思考を読んだかのように、子義は言って、どこか皮肉っぽく、わずかに口の端を持ち上げた。

「尋常でない子を殺《あや》めては祟《たた》りがある。それを恐れて手は出さんかもしれんと思っているだけのことだ……経験から、な」

一瞬、複雑な翳《かげ》を眸に浮かべた相手は、そこで気を取り直すかのように、ふう、と、鋭い息を吐く。

「とにかく、橘家がすぐは動かん可能性もある。もしそうやって、向こうが触らず祟《たた》らずの態度を取ろうとしているなら、こちらとしても下手に動かんほうがいい。判断が難しいところではあるが……」

考え無しに突っ込んでいっては、それがかえって橘家を刺激することになるかもしれない。そして、いま向こうを追い詰めすぎては、結果として季名の身を危険にさらすことになりかねない。子義にそう釘を刺されて、継登はぐっとてのひらを握り締めた。

しかしそれでは、いったいどうすればいいというのか。

くちびるを噛みしめる継登の肩を、子義が軽く叩いた。

「とにかく、調べるぞ」

な、と、念を押すように言われて、虚空《くう》を睨《にら》む。すうっと深く息を吸い、ゆっくりと吐き出した。

そうだ、落ち着け、と、己に言い聞かせる。焦りは判断を鈍らせる。兎にも角にも、まずはいまできることをするしかないではないか、と、継登は再び書物に向き合った。

それでもどうしたって、目は綴《つづ》られている文字の上を滑りがちになってしまう。内容《なかみ》がうまく頭に入ってくる気がしなかった。

がしがし、と、頭を掻く。集中しろ、と、心中に言い聞かせるように唱えてみる。子義の言う通り、季名を無事に連れ出すために、いまは正確な状況の把握が最も肝要なのだから、と、ひとつ深呼吸をして、書物の字を目で追った。

季名が塗籠に閉じ込められるに至った経緯は、おそらく鬼や怪異、物ノ怪に関わるものだ。ならば、この陽晟院《ようぜいいん》の文殿《ふどの》に、その記録がないはずはない。必ずある。あるのだから、後は見つければいいだけではないか。気を鎮めて探せば、探し出せないわけがない。そう、自分に強く言い聞かせる。

とはいえ、膨大な書物の中から求める情報を見つけ出すまでに、いったいどれほどの時を要するだろうか。一刻も早く、と、急く気持ちがあるだけに、継登はぎりりと奥歯を噛みしめた。

そのとき、ふと、頭の隅にひらめいたものがある。

「……三年、前」

継登はちいさくつぶやく。

「なんだ？」

こちらのこぼしたつぶやきを聞きとがめた子義が、怪訝《けげん》そうな声を上げた。

いや、と、ちいさく頭《かぶり》を振りつつ、継登は顎に指の背を当てて思案する。橘の屋敷を訪ねた時、門衛の男がこちらに告げた言葉を頭の中で反芻《はんすう》した。

そうだ。男は、季名は三年前に亡くなった、と、そう言った。思い起こしてみれば、少年かがみもまた、三年前から季名は塗籠に囚われている、と、同じようなことを言っていたのではなかったか。

「阮慶《がんぎょう》、八年」

継登の思考は螺旋《らせん》をえがくように、その年へと辿り着いた。

ぽつ、と、独り言ちると、子義もはっと息を呑む。

「御代替わり……院のご譲位の時、なのか」

継登はうなずくと、飛び付くようにして、書架からいくつかの書物を引っ張り出す。子義も同じように書を披《ひら》き、捲《めく》り、そこに綴られた記録を辿った。

「あの年の、いや、前年の暮れ頃から、明けて阮慶《がんぎょう》八年の正月、二月、三月と……院のご譲位の前後の時期に、京《みやこ》ではこれまでにないほど怪異が相次いだ」

「時を同じくして、平安京の各所で、鬼和が目覚めた……俺は、天羽羽斬剣に選ばれた。子義、あんたも、その頃はじめて弓で怪鳥《けちょう》を射たんだよな。それに、他の鬼和たちだって、集められたのは、皆、その頃だって……季名どのも、そうなのかもしれない……」

「あの頃、たしかに、この京《みやこ》はおかしかったからな。霊的に、とても尋常とはいえない状況だった。橘季名がそれ以前からそもそも鬼子と呼ばれるような力を宿していたのだとしたら、あるいは、あの頃の異変の中で力を暴走させた可能性もある」

「阮慶《がんぎょう》八年に、何かが、あった……」

継登が書の中の文字に目を走らせながらつぶやくように言ったとき、隣に座る子義が、あったぞ、と、声を上げた。

「継登、これだ……阮慶《がんぎょう》八年一月廿九《にじゅうく》日の条、橘家に百鬼夜行《ひゃっきやぎょう》。鬼どもが群れをなして、橘家を襲ったとある」

継登は奪うようにその書物を手に取ると、ちょうど披《ひら》かれている一葉を穴が開くほどに見た。そこには、当家の男《むすこ》として、季名の名も見えている。

その日、橘家の屋敷に突如として魑魅魍魎《ちみもうりょう》、妖怪変化の大群が犇《ひし》めいた。物ノ怪たちは、庭園にある鏡池《かがみいけ》から湧き出し、あっという間に屋敷中に溢《あふ》れかえったという。これらを召喚し、屋敷に災禍を為したのが季名だ、と、記録にはそう書かれていた。

彼はそのとき、屋敷の池の上に設《しつら》えられた釣殿《つりどの》にいたようだ。俄《にわ》かに空が掻き曇ったかと思うと、ひょう、ひょおぉう、と、冷たい風が吹き荒び出した。そんな中、季名がまるで何かを掬《すく》いあげようとするかのように、池のほうへと手を伸べると、それに応じるがごとく、次々と異形のものどもが飛びだしてきたのだという。

継登は、続く記録を指でなぞりつつ、読み上げる。

「橘の屋敷には、折節《ちょうど》、加持祈祷《かじきとう》のために呼ばれた僧侶がいた。暴れた物ノ怪のうちいくらかは、こいつの法力によって滅された、と、ある。で、同じ僧侶が鬼子を塗籠に込めて封呪を施すと、ようやく化生のものどもは姿を消し、恐ろしい百鬼夜行《ひゃっきやぎょう》は収まった。人的被害が出なかったのは幸いである。――ってことは、塗籠に呪をかけて季名どのを閉じ込めたのは、この僧侶か」

継登は子義を見る。

「誰ともわからん僧侶《ぼうず》とは、厄介だな」

子義は眉根を寄せた。

季名を閉じ込めている呪の施術者が、記録に出てくる、名も記されていない僧侶なのだとしたら、この情報だけを手掛かりに彼《か》の僧に辿り着くのは極めて困難だろう。こうなればやはり、とにかく再び橘家を訪ねてみるよりほかないかもしれない、と、継登は冊子を持つ手に知らずに力を籠めつつ、床を睨《にら》んだ。

けれども、何かが引っ掛かるような気がするのだ。

「……こいつ、なのかな」

ぽつ、と、つぶやいている。

季名を塗籠に封じたのは、ほんとうに、ここに記された僧侶の業《わざ》だったのだろうか。

もしも名の知れた僧侶や巫覡《みこ》、祈祷師や陰陽師《おんみょうじ》がそれを為したのだと言われれば、継登とて、疑義は抱かなかったかもしれない。けれども、封じ籠められたのは季名なのだ。

見鬼の才にからきし恵まれていない継登にすら異形の姿を見せしめたほどの力の持ち主を、

たったひとりの無名の僧が、何年にも亘《わた》って、ああして閉じ込めておけるものなのだろうか。

「それに……あいつ、言ってた」

「なにをだ？」

「自分のせいでたくさんのものが傷付いて、失われたって……昨日、季名どのは言っていたんだ。けど、記録を見る限り、この百鬼夜行《ひゃっきやぎょう》による人的被害はほとんどない。怪我人くらいはあったのかもしれないが、死者があったとは書かれていない。なのに……失われたと、あいつは言った」

何が失われたのだろう、と、継登は思う。

そして、もしかしたら、と、頭にはすぐに、自問にたいする答えが浮かんでもいた。

継登は昨日、季名のまわりの物ノ怪たちを斬ろうとした。そのとき季名は言ったのだ。彼らに敵意を向けてくれるな、と。いかにも悲痛な声だった。それまで凪《なぎ》の湖《うみ》のようにしずかだった彼の表情《かお》に、そのときはじめて、強くはっきりとした感情が浮かんでいた。

かなしみ。

そして、いたみ。

それはいったい、誰に向けられたものだったのか――……。

「……そういうこと、か」

継登は独り言ちた。

「継登……？」

子義が不思議そうにする。それに継登は、いや、と、首を振った。

それから、ちら、と、片頰を歪め、自嘲するようなちいさな笑みを浮かべる。

「そりゃあ、そうだよな。だってあいつには、生まれた時からずっと、物ノ怪たちが見えてんだもんな」

ひとり笑みながら独白すると、継登は顔を上げた。

「橘家へ、行かないと」

継登が決意を籠めてつぶやいた、まさにその刹那だった。

隣にいた子義が、ふと、どこかへ向けて意識を研ぎ澄ませるふうを見せた。

「――……どこぞで、出たな」

低く、唸《うな》るようにつぶやく。それとほとんど同時に、階《きざはし》を駆け上がるような音が聞こえたかと思うと、美薗がこちらへと駆け込んできた。

「物ノ怪の襲撃です……場所は、橘の屋敷」

その声を聞くや否や、継登は弾かれたように文殿《ふどの》を飛び出していた。

＊

「継登、待て。物ノ怪どもが相手なら、お前ひとりじゃ何ともならないだろう……おれたちもいく」

子義が継登の背に向かって言い、ちら、と、傍の美薗を見た。視線を受けた美薗が、こく、と、ちいさくうなずいてみせる。

鬼和としてはほとんど無能に等しい自分がもどかしかった。継登は忸怩《じくじ》たる想いを噛んで、左腕の、ちょうど痣《あざ》のあるあたりを右手で握り込んだ。

が、いまはそんなことで、悠長に悩んでいる時ではない。

橘の屋敷に鬼が出た。三年前と同じ状況だ。もしもそれが季名の力の暴走に起因するものだとしたら、もしかしたら、それは彼の身に何かが起きたためのことなのかもしれなかった。

そう思うと、背筋が竦《すく》むような怖気《おぞけ》が奔《はし》る。同時に、じりじりとした焦りが身を這《は》い上った。

継登は急かし立てられるかのように厩舎《うまや》へと走った。愛馬の河原毛《かわらげ》を引き出して、その背に跨《またが》る。手綱《たづな》を引き、東門から西洞院大路へと出ると、そのまま全速で馬を駆った。

橘家へと馳せつけ、屋敷の前で馬をとめた継登は、門の前から建物を見渡した。すでに時刻は黄昏時《かわたれどき》だ。暮れ泥《なず》む空の下、屋敷は黒々として、得体の知れない不穏な影となってたたずんでいた。

逢魔ヶ刻《おうまがとき》――……ここから払暁《ふつぎょう》までは、鬼神《おにがみ》の支配する時間帯である。

ぎぃ、ぎぃ、と、不気味に鳥が鳴いた。空を仰ぐと、巣へ帰るのだろう烏《からす》がちいさく見えていた。

生温い風が吹いてくる。かさこそ、と、聞こえてくるのは灌木を風が抜けるときの葉擦《はず》れの音か、それとも、異形のものたちが蠢《うごめ》く音なのだろうか。

橘家の様子を前に、継登は知らず息を呑んでいた。

「すごい瘴気《しょうき》だな」

そのとき、背後から不意に聞こえたのは子義の声だった。

はっとそちらを見ると、継登からやや遅れて橘家の門前に到着した相手は、黒鹿毛《くろかげ》の馬上にあって、継登と同じように橘の屋敷を見上げていた。手には梓弓《あずさゆみ》を持ち、腰には太刀《たち》を佩《は》いている。

同じ馬上には美薗の姿もあった。彼は牡丹重の狩衣《かりぎぬ》の袖で口許を覆って、きつく柳眉をひそめている。その視線が向かう先には橘の屋敷の築地《へい》が続いていた。

いったい、ふたりの目には何が映っているというのだろうか。

「尋常ではない数ですね」

美薗がぽつりと言った。訊けば、屋敷の上にはいま、異形の物どもが群れて、あたかも黒山のようになっているという。

「とにかく、中へ」

互いに視線を交わしてうなずき合うと、継登は馬を下り、門の中へと向かった。子義と美薗も継登に続いて駆けてくる。

門には継登たちを阻《はば》む者はいなかった。そも、いまそこに門衛は立っていないのだ。そのことだけでも、橘家の置かれた現在の状況が尋常でないことが知れようというものだった。屋敷の中は混乱を極めていた。下人、女房、あるいは家の者たちが、腰を抜かした体勢で、身を引き摺《ず》るようにして逃げ惑っている。あるいは、そこここに蹲《うずくま》っては震えている。彼ら、彼女らにも、尋常ではありえない光景が、きっと見えているのだろう。

「見えませんか？　継登」

美薗に訊かれた。

継登は頭《かぶり》を振る。やはり、見えない。

「中心は東対《ひがしのたい》だな。そこに物ノ怪どもが押し寄せて犇《ひし》めいている」

子義が言い、背に負った矢筒から矢を抜いて弓につがえた。

きりきりきり、と、いっぱいまで引き絞り、ひょう、と、放つ。鏑矢《かぶらや》だ。ひょぉおぉおん、と、澄んだ笛の音にも似た長鳴りを辺り一帯に響かせて、黄昏《たそがれ》の空を裂くように、矢は山なりの軌跡をえがいて飛んでいった。

何かを狙って射たわけではない。あるいは、狙ったのかもしれないが、それは現世《うつしょ》のものではない。

鏑矢には破邪の力があるという。矢の先端に取りつけた蟇目鏑《ひきめかぶら》というものが空を切る際に音響を生じる。その音と、それから矢の飛ぶ軌跡そのものも、場を浄める力を持っているのだとされていた。

継登には見えないものの、いま子義がそれを放ったことで、妖物群れ犇《ひし》めくというこの場の邪気もいくぶんか祓《はら》われたことだろう。しかし、子義はすぐに、ちいさく舌打ちをした。

「焼け石に水だな。数が多すぎる」

今度は矢はつがえずに弓弦《ゆづる》を引いて、びぃん、びぃん、と、繰り返し音を立てる。鳴弦《めいげん》だ。弦打ちとも呼ばれる、こちらも破魔の法のひとつだった。

それに合わせるように、美蘭が呼吸《いき》を調える。

「なら山の峰のもみぢ葉取れば散る」

節のついた唄いのような声が辺りに力を以て響き渡った。

「しぐれの雨し間なく降るらし」

一気に詠み下ろすと、ぱぁん、と、拍手《かしわで》を打ち鳴らした。言霊《ことだま》に、祓いの効果のある作法を重ねることで、妖怪変化に向けて力を飛ばしたのだろう。

「それなりの数をいったん吹き飛ばしましたが……すぐに戻ってきてしまいますね。これでは、際限《きり》がない」

美蘭もまた子義と似たようなことを言った。

「原因《おおもと》をなんとかしないことには……」

柳眉をひそめるようにして、そう続ける。

原因、と、継登はくちびるの動きだけでつぶやいた。

思い当たるものなど、ひとつしかない。季名だ。どのような形かはわからないが、この事態には、間違いなく彼が関わっている。

それならば、とにかく、季名が囚われているはずの東対屋《ひがしのたいのや》の塗籠まで行って、もう一度、彼に会ってみなければならない。継登は、き、と、鋭い眼差しで、黒々とした影となってたたずむ東対屋《ひがしのたいのや》を見据えた。

「――つぐと、さま」

継登が駆け出そうとしたそのとき、どこからともなく弱々しい声が聞こえてきた。聞き覚えのある声だ。はっとして意識を凝《こ》らした。

「かがみ……？」

慎重に周囲に視線をめぐらせ、昨日、季名のもとまで案内してくれた少年の姿を探す。程なく、庭園の東南側に広がる池の縁《ふち》のところに、倒れ伏しているかがみを見つけた。

すぐさま駆け寄ろうとする。

そのとき、継登の行く手を阻むかのように、美薗がさっとこちらの前に立ちはだかった。

「待ちなさい、継登」

低めた声でそう言う美薗は、こちらに背を向けるかたちで、かがみと継登の間に立っている。それはまるで、何ものかから、継登を庇《かば》い立てするかのような位置取りだった。

「あなたには……あれは、見えるのですか？」

警戒心をにじませた声音で美薗が訊いた。

けれども継登には、何を問われているのかがわからなかった。

かがみが見えるか、だと――……もちろん、見える。

だが、なぜ美薗は、わざわざそんなことを訊ねたのだろうか。

かがみは、橘家で季名に仕えている少年だ。だというのに、その彼を前にして、どうして美薗は、これほどまでぴりぴりと張り詰めた気をまとっているのだろうか。かがみと継登との間を、継登を背に守るかのように、塞《ふさ》いでいたりするのだろうか。

「継登……あれは、鬼、物ノ怪の類ですよ」

紛《まご》う方なき異形のもの、妖物だ、と、美薗は言った。

「まさか」

継登はわずかに目を瞠《みは》って、反射的にそう口にした。そんなはずがない、と、どこか呆れをにじませた半笑いをすら浮かべている。

「だって……」

もしも美薗の言う通りかがみが妖怪変化だとして、ならばどうして、継登の目に映っているというのか。霊的な力に恵まれず、見鬼の才がまるでない、と、そう言われる己にさえ、かがみの姿ははっきりと見えているのだ。妖であるはずがないではないか。

訝《いぶか》る継登を、美薗は、ちら、と、振り返った。

「それほどに……あれが、強大な存在だということ」

美薗の声には警戒がにじんでいる。

ふと見れば、子義もまた、弓弦に新たな矢を打ち食わせ、きりきりと引き絞っていた。いつでも矢を射ることのできる体勢だ。油断なく構える子義の、その鏃《やじり》の向く先は、やはり、かがみだった。

「まさ、か……」

継登はもう一度、信じられない気持ちでつぶやいた。

しかしそのとき、不意に思い至ったことがある。昨日、最初にかがみに出逢った際、少年は言わなかったか――……季名が幼い頃から己は彼の傍にいるのだ、と。

その言を、どうして自分は奇妙に思わなかったのだろう。

季名の年齢はおそらく、継登とさほど変わらない。数え歳で二十歳《はたち》前後といったところだろう。かがみは十歳ばかりに見えていたが、もしもその見た目の通りの年齢ならば、季名が幼かった頃には、少年はまだ生まれてもいないはずだ。その頃から季名に仕えることなど不可能である。

かがみは、見目の通りの年齢《とし》ではないのだ。

それに、と、継登は思う。季名のいる塗籠の妻戸《つまど》のところまで継登を案内しておきながら、かがみは結局、塗籠の内に入らなかった。不可解なことに、いつの間にか忽然《こつぜん》と姿を消していた。

それにも、理由があったのだ。

改めて思い返してみれば、少年は季名と言葉を交わしはしても、妻戸《つまど》には触れることさえしていなかった。それは、近づきたくとも近づくことができなかったがため――……もしもかがみが妻戸《つまど》に触れようとしていたならば、間違いなく、少年に対して呪は反応していたはずだ。

目の前にあるのは、物ノ怪。

この世で、長く長く、時を過ごしてきたモノ、なのかもしれない。

しかも、継登の目にも初めからはっきりと姿が見えるくらい、強力な――あるいは兇悪《きょうあく》な――妖物なのだ。

ぞ、と、肌が粟立つような感覚があった。

その瞬間、目の前で、それまで地面に倒れ伏していたかがみが、ゆら、と、立ち上がった。

どこからともなく、生温い風が、ふぅう、と、吹いてくる。饐《す》えた匂いのする風だ。それは継登の短い髪も、そして、継登の前に立つ美薗の高く結い上げた黒髪をも、ゆるく弄《なぶ》りつけて吹き抜けていった。水干《すいかん》の袖が風をはらんで脹《ふく》らみ、はためいた。

肩が、否、全身が、重い。

とてつもなく、呼吸《いき》がしにくい。

こぉおぉ、と、重たく低い音がした。

瘴気《しょうき》が集まり、ひとところに収斂《しゅうれん》し、凝《こご》っていく。

かがみの周りには黒々とした靄《もや》のようなものが立ち込めはじめ、やがてその中に、継登は、酸漿《ほおずき》のように紅くほの昏い、不気味な光を見たと思った。

その瞬間、継登たちの前には、黒光りする大蛇《おろち》が姿を現している。

紅い真円の目がこちらを見た。それだけで身が竦《すく》んで動けなくなるほどの圧迫感がある。

大きく裂けた口の端から、こぉおぅ、と、気味の悪い地響きのような唸《うな》りが漏れていた。

「あれをかがみと呼びましたね……なるほど、蛇目《かがめ》、か……蛇そのものを指す語でもあります」

美薗が、まるで自身に確認するように独り言ちる。ついでに、厄介ですね、と、付け足した。

神代の昔を記した書物、古事記《ふることふみ》にも八岐大蛇《やまたのおろち》の伝説があるとおり、蛇霊は古来、国を乱す異形の代表格だった。継登の左手に依《よ》り憑《つ》いた剣の名は天羽羽斬、まさにその八岐大蛇《やまたのおろち》を退治たという伝説を帯びる神剣だが、ハバ、とは、これも古い言葉で蛇を指す語である。

そして、いままさに目の前に、その禍《まが》つ神の象徴のような存在が姿を現している。

「かがみ……」

継登は呆然とつぶやいた。

蛇の霊。かがみがそうだということを、季名は知っていたのだろうか。

そんな疑問が浮かんだ次の瞬間、継登の頭の中には、季名がつぶやいた言葉が甦《よみがえ》り、翻《ひるがえ》っていた。

――このこたちに、敵意を向けないで……。

継登ははっとした。知らなかったはずがないではないか、と、思った。

美薗のほうを見れば、真っ直ぐに大蛇《おろち》を見据えた彼が息を吸うところだ。

「矢を」

そう短く口にして、彼は子義のほうに目配せをした。

「やつを、射てください。私が言霊《ことだま》を乗せます」

その言葉に子義はうなずき、大蛇《おろち》に向けて、きりきり、と、弦を引き絞った。

いま目の前にいるのは、強大な蛇霊だ。だから、美薗や子義の行動は鬼和としては当然のもの。まともに鬼を見る目すら持たない、鬼和として半人前以下の存在でしかない継登が、彼らに対してもの申そうとするなど、愚か極まりないのかもしれない――……だが。

それでも。

まさに矢が放たれんとしたその瞬間、継登は本能に衝き動かされるように、自らの前に立つ美薗を押し退けていた。

そのまま、いまや大蛇《おろち》の姿となったかがみのほうへと駆け寄っている。美薗と子義との間に、大蛇《おろち》を庇《かば》う態《てい》で立ち塞がった。

頭で考えるよりも先に身体が動いていた。

「なんのつもりだ、継登」

正気か、と、構えた弓はそのままに子義が唸《うな》るように言う。

正気だとも、と、継登は思った。

「こいつに、敵意を向けるな……！」

叫ぶようにして言う。あるいは、声には懇願すらもが宿っていたかもしれない。

「こいつら、たぶん、人間の負の感情に反応するんだ。鏡みたいに。だから俺たちがこいつら物ノ怪に敵意を向ければ、むこうからも敵意が返ってくる……そういうことだと、思う」

とにかく気を鎮めてくれ、と、継登は乞うた。

そして、ゆっくりとかがみのほうを振り返った。

「大丈夫だ。俺はお前を傷つけたりしない。だから……教えてくれ。季名どのは、どこだ？無事でいるのか？」

継登が問いを投げてしばし、その場には、しん、と、奇妙な静謐《せいひつ》が落ちた。

やがて、巨《おお》きな大蛇《おろち》の姿が、ゆら、ゆらり、と、空気ににじむように不確かになる。かと思うと、それはみるみる縮みはじめた。

最後には、ゆらゆら、と、陽炎《かげろう》のように頼みなく揺らいだかと思うと、それはもとの、まだ幼さの残る少年の姿へと戻った。

「継登、さま……季名さまを、たすけて」

かがみは継登の水干《すいかん》の袖に縋《すが》って言った。

「わかってる。――あいつはまだ塗籠にいるのか？」

問うとかがみは、こく、と、ちいさくうなずいた。

「みんな、たすけようとしてて……でも、季名さまが、いたくて、くるしくて、そういうきもちでいっぱいだから、ぼくたちも、苦しいんだ……それに、人間が、ぼくたちを怖がるから……そしたら、人間を、おそってしまう」

やめて、と、かがみは頭を抱えるようにした。その声は、昨日、季名が継登に最後に聞かせた、悲痛な叫びじみた声とよく似ていた。

やめてくれ、どうか彼らに敵意を向けないでくれ、と、そう懇願するかのように言っていた声――……あのとき、継登は季名を取り囲む物ノ怪たちを斬ろうとした。理不尽に、一方的に、害意を向けた。だからこそ、化生のものたちはその感情を鏡映しにするかのように、色めきたったのだ。

俄《にわ》かに――彼ら自身、望みもしないのに――ほの昏《ぐら》い瘴気《しょうき》を、まとってしまった。

継登のせいだ。

もしあのとき季名が止めてくれなかったら、継登はあのまま、たわいない、罪もない存在でしかない物ノ怪たちを、無残に斬っていたのかもしれない。そして、物ノ怪たちもまた、彼ら自身は欠片《かけら》ほどもそんなことをしたいと思ってはいなくとも、継登に襲いかかってきていたのかもしれない。

そんな、互いにとって不幸でしかない出来事が起きるのを未然に防いでくれたのが、季名だった。わたしのせいで誰かが傷付くのも失われるのもいやだ、と、そう言った季名は、たぶん、ただただ恐れている――……己が原因になって、傍の人間が傷付くことはもちろん、鬼や妖といったモノたちが傷付くことをすらも、怖がっているのだ。

だから季名は、継登が乞うても、あの塗籠の中から出ようとはしなかった。

もしもまた季名が力を暴走させるようなことがあれば、否応なく、周囲の人間たちには犇《ひし》めく妖怪変化の姿が見えてしまう。それでなくとも、彼のごく近くに寄れば、只人であっても物ノ怪が見えるのだ。

たとえば無数に群れる妖を不意に目にしたら、人間たちはきっと、恐れ戦《おのの》くことだろう。

その強い負の感情は、本来ならば人に悪さなどしはしない異形のモノたちさえ、邪悪なる存在《もの》に変えてしまう。人を襲う妖物《ばけもの》にしてしまう。

そして、襲われれば、人とて当然、反撃するだろう。その中で人が向ける敵意は、更に、物ノ怪たちを悪鬼羅刹《あっきらせつ》のごときものにしてしまうのに違いない。

負の連鎖だ。

その果てに、人も、物ノ怪も、たくさん傷つく。失われてしまう。

そのことを、季名は恐がっている――……そして、そうならないためになら、己ひとりが何もかもを背負い込んで我慢を強いられることなど、不自由やさびしさを強いられることなど、きっと、なんとも思わないのだ。

だから、あの塗籠は閉じられている。

己のせいで誰も傷ついたりしない世界を願う、その季名の望みによって、閉じられている。

周囲に災禍をもたらす可能性のある己を閉じられた場所に封じ込めておくために、抑え込んでおくために、きっと、彼自身があの塗籠を利用している――……おそらくそういうことなのだろう、と、おもう。

あんたはやさしいな、と、継登は塗籠の中の人を思いながら、そっと息をついた。

東対屋《ひがしのたいのや》のほうを鳶色の眸で見据える。そこにはいま、無数の妖怪変化たちが押し寄せているのだという。

「お前の……お前たちの大事なひとは、必ず救い出す」

継登は言って、決心とともに己の左の手を見下ろした。

木賊重《とくさがさね》の水干《すいかん》の袂《たもと》を捲《まく》る。黒い稲妻の形の痣《あざ》が走る皮膚の奥、血潮の流れ自体が、不意に、じん、と、熱を持った気がした。

「大丈夫だから……任せろ」

かがみに向けてひとつうなずいてやると、少年は、ほっと安堵した表情を見せる。そしてそのまましゅるしゅると音を立てて縮み、ちいさな蛇の姿になった。この場の気の乱れのために、もう、うまく人に化け続けていられなくなったのかもしれない。

継登は地面で頻《しき》りに鎌首を擡《もた》げて何やら訴える相手に、そっと掌《たなごころ》を差し出してやった。かがみはしゅるりと継登の手に乗ってくる。そのまま相手を持ち上げ、括《くく》り緒を解いて襟《えり》をくつろげると、仔蛇を懐《ふところ》に忍ばせた。

再び東対屋《ひがしのたいのや》のほうへ視線を向ける。

「季名どのを連れ出してくる」

継登は告げて、美薗と子義を振り向いた。

「ここは頼んだ。できたら……妖たちを傷つけるのは、最小限にしてくれると有り難い」

「は？　この状況で、傷つけるな？」

「頼む。あいつらたぶん、季名どのを助けようとしているだけなんだ。もともと悪さをしたいわけじゃないから」

そう付け足すと、美薗が呆れたふうに、ふう、と、嘆息した。

「だからって、なかなか無茶を言いますね、あなた」

げんなりとした表情で言ったが、すぐにまたひとつ、はあ、と、溜め息をこぼすと苦笑した。

「まあ、できる限り、がんばってみますか。――ねえ、子義？」

「仕方がないな……なにせ、かわいい弟分の頼みだ」

応じて、子義もちいさく苦笑しながらうなずいた。

「おい継登、これ持ってけ。お前、なんの武器も持ってきてないだろうが」

子義はそう言って、腰に佩いていた己の太刀を、継登のほうへと鞘ごと放って寄越した。

子義から投げ渡された彼の太刀を、継登は反射的に受け止める。そういえば陽晟院《ようぜいいん》を飛び出してきたとき、焦りのあまり、己の太刀すら持ち出すのを失念していたことに思い至った。

「お前には物ノ怪は斬れんが」

子義はそこまで言って一旦、言葉を切った。

「人間相手に使わにゃならんかもしれん」

低い声で告げられ、継登は息を呑んだ。

「ここの化生どもは季名どのを助けようとしているんだろう？　裏返せば、彼はいま危難に陥《おちい》っているということ……すなわち橘家は、早々に、彼を始末する方向で動いたということだ。――急げ」

　急かされて、継登は力強くうなずいて駆け出した。

　後ろで鳴弦が聞こえる。続いてすぐに、子義は鏑矢をつがえて天に向けて放ったようだ。鏑が空気を含んで鳴る清澄な音がする。

　物ノ怪を積極的に攻撃するのではなくて、空間を浄めることに徹してくれているのだ。それでも襲いかかってきたものは仕方なく振り払ってはいるようだったが、おそらく、根こそぎ滅するようなやり方ではない。

　美薗の口にする和歌《ことだま》もまた同様だった。

「春日野に斎《いつ》く三諸《みもろ》の梅の花、栄えてあり待て帰り来るまで」

　ぱぁん、と、濁りのない拍手《かしわで》の音に重ねて発せられるのは、おそらくは相手の動きを封じる呪である。これならば、そうそう物ノ怪たちに犠牲が出ることはないだろう。

　ただ、相手をせねばならぬ妖物たちの数が減ることがないから、その分、術を使い続けるふたりにはかなり負担を強いることになる。早いところ片をつけなければ、と、継登は足早に東対屋《ひがしのたいのや》を目指した。

◇四

　短い階《きざはし》を駆けのぼり、簀子《ろうか》を抜け、妻戸《つまど》を乱暴に開けて、廂間《ひさしのま》へと入っていく。今日もやはりそこに人気はなかった。伽藍堂《がらんどう》の中を一気に駆け抜け、昨日訪ねたばかりの塗籠に向かう。

継登が辿り着いた時、塗籠の妻戸《つまど》はすでに開け放たれていた。

「季名どの……季名！」

名を呼ぶが、返事はない。厚い土壁に囲まれたその小部屋は、昨日訪ねたとき以上に暗い印象だった。日暮れにもかかわらず燈台には灯がなく、そのせいもあって、塗籠の中には重たく濡れた闇ばかりが凝《こご》って蟠《わだかま》っているようだ。

その湿っぽい闇の中に、ぞろ、と、不意に何かが蠢《うごめ》いたような気がした。

おぉん、おん、と、地を這うような、あるいは低く唸《うな》りたてるような音がするのは、果たして遠くで風が鳴るためだろうか。

ぎぃぎぃ、ぎぎ、ぎ、と、聞こえる軋《きし》みは、いったい、ほんとうに家鳴りか何かなのだろうか。

きき、ちちち、と、鼠や小鳥が鳴くような声は、けれど、きっと、そんなごくありふれた可愛らしい生き物のものではない。

重苦しい瘴気《しょうき》が——継登にも感じ取れるほどに濃いそれが——ぐるり、と、蜷局《とぐろ》を巻いていた。

ぞわ、と、膚が粟立つ。身が竦《すく》む。身体に緊張が走って、継登は無意識に借りてきた太刀の柄に手をかけていた。

体勢を低くし、鋭く辺りを警戒しながら、塗籠の中へと足を踏み入れる。

「やめ、て……」

うめき声が聞こえた。季名だ。はっとしてそちらを見ると、白い汗衫《したぎ》に袙《あこめ》を羽織っただけの姿が、部屋の隅に蹲《うずくま》っていた。

継登は慌てて季名に駆け寄り、その身を抱き起こした。季名の傍らは、まるで清らかな水が滾々《こんこん》と湧く泉のように、そこだけ澄んだ気を湛えている。だが、周囲には、へどろじみた粘っこい瘴気《しょうき》が溜まっていて、不気味に蠢《うごめ》き続けていた。

この気を発するのは、季名の周りにいた物ノ怪たちなのだろうか。

昨日はこんなふうに、継登にも感じ取れるほどの禍々《まがまが》しい気配は、微塵《みじん》もまとってはいなかったはずなのに、と、継登は思った。

「なんで、こんな……」

いったいここで何があったんだ、と、眉をひそめる。

そのとき、懐から、するり、と、蛇の姿のかがみが顔を出した。そういえば塗籠の呪は大丈夫だったのか、と、今更ながらに継登は思ったが、仔蛇はとりあえず入り口の呪に弾かれることもなく、無事でいるようだ。もしかすると、かがみの力が――いまは人型を保てないほどに――弱っているがために、呪が反応しなかったのかもしれなかった。

白銀の仔蛇は継登の着物の中から抜け出ると、そのまま季名のほうへと懸命に這い下りて行く。やがて彼の顔のあたりに辿りつくと、するり、と、汗衫《したぎ》の袷《あわせ》から、ちいさな躰《からだ》を季名の懐へと滑り込ませた。

かがみの姿を追うようにして、改めて視線を季名のほうへと向けたとき、継登はようやく気がついた――……季名の細く白い頸《くび》には、何者かによって絞められた痕《あと》がある。

「っ」

それは痛ましい縄目の痕だ。誰かが季名を縊《くび》り殺そうとしたということか。なんということを、と、腹の奥底で怒りが沸騰するのを感じながら、継登は狭い部屋の中を見まわした。

闇の中に、もうひとり誰かが――鬼などではない誰かが――いる。

継登は季名を抱えたままで、暗闇に目を凝《こ》らした。季名に触れているためなのか、あるいは相手の発する気が凝《こご》って強まっているためなのか、徐々に視野に浮かび上がってきた、本来なら継登の目には見えないはずのモノたちがある。

物ノ怪だ。

鋭い爪を曝し、醜い牙を剥き出しにし、あるいは、不気味な紅い舌をちろつかせている数多《あまた》の妖怪変化たち。琵琶や笛の怪も、履物や器の怪も、昨日目にしたときのどこか愛嬌ある姿とは、すっかり様変わりしてしまっていた。

正気の失せた昏《くら》い目をぎろつかせて、ぐる、ぐぅるる、と、唸《うな》り声をあげている。そして彼らはいま、うじゃうじゃと、何者かに群がっているのだった。

じっとそちらを見る。物ノ怪たちが黒山となって取り囲んでいるのは、どうも、水干《すいかん》をまとった青年のようだった。

そうと気付いた刹那、継登は季名をその場に横たえると、素早く太刀を抜いて短い距離を跳んでいた。とん、と、ひと息に妖の山の前に降り立つと、そのまま横に剣を一閃させ、物ノ怪たちを薙ぎ払う。

とはいえ、もとより継登に鬼が斬れるわけではなかった。だからただ驚かせただけのことだったが、それでも異形のものたちは瞬時、ぱっとそこから散っていた。

「やめろ」

継登は噛むようにゆっくりと口にする。きつく太刀を握り締める。

水干《すいかん》の男は、昨日継登を門前払いにした門衛の青年だった。そのすぐ傍らには、縄が落ちている。おそらくは、誰かに命じられて、季名を殺しに来たということだろう。

吐き気がした。

黒い怒りが燃え立った。目の前が真っ赤に染まるようだ。

が、継登は深呼吸をして、肚《はら》の底で蜷局《とぐろ》を巻く重たい感情を、意思の力でぐっと抑え込もうと努めた。落ち着け、と、自分自身に言い聞かせる。そうしなければ、自分のこの感情が、この場の妖たちに影響し、邪悪なものへと変節させてしまうかもしれない。

とにかく、季名は生きている。

もしかすると、あの白く細い頸に縄がかけられ、絞め上げられたところで、季名のまわりにいた妖たちが門衛の青年に牙を剥いたのかもしれない。それで、間一髪のところで、救われたのかもしれなかった。

物ノ怪たちが相手を攻撃したのは、向こうの明確な害意に影響されてのことだったのか。

それもあるのかもしれない。

だが、たぶん、それだけではなかったはずだ。

彼らは、季名が襲われた瞬間、条件反射のように季名を守ろうと動いたのではなかったのか。

「やめろ、お前たち……！」

ぐぅる、ぐるるる、と、遠巻きにこちらを囲んで唸《うな》っているモノたちに向かって、継登は絞り出すようにして、もう一度言う。けれどそれは、物ノ怪に取り囲まれている門衛の青年を救おうとして、そう口にするのではなかった。

そうではなくて、継登が救いたいのは、もっと別のものだ。

「やめろ……お前たちが人を襲ったら、季名どのがかなしむ」

だから引け、と、継登は物ノ怪たちに向かって、噛んで含めるように言った。

それでもまだ小鬼たちのおどろおどろしい形相《ぎょうそう》は変わらない。けれども、一方で、それは悲愴な苦悶《くもん》の表情にも見えるのだった。

門衛の男の殺意。

継登の怒り。

そして、季名の恐怖。

この狭い塗籠の中に、いま、どろりとした負の感情が渦巻いている。ここの物ノ怪たちは皆、否応なくその影響を受け、望まぬのに、悪鬼羅刹のごとき様相を呈さざるを得ないのだ。

いま見えているのは、そのままならなさに身悶《もだ》えるがゆえの、彼らの、かなしく捩《よじ》れた姿なのかもしれない。

おそらく彼らは、そうした己をどうにもできない。制御が叶わぬのだ。

鬼とは、そも、曖昧模糊《あいまいもこ》として形なきものである。人間や他の動物、植物、器物など、世にあるものにはすべて魂が宿るとされるが、宿るべき物理的な器《うつわ》を失い、あるいはそこから離《あくが》れ出てしまった状態が鬼、物ノ怪だ。

物ノ怪とは、剥き出しの気《け》である。

肉体《からだ》という冑《よろい》を持たぬ分、周囲の者の発する感情にまともに影響を受けてしまう。ただそれだけのことであって、ほんとうは、彼らはもとから兇悪なものではないはずなのに――……。

先程、美薗や子義からかがみを庇《かば》ったときと同じような気持ちがわいてくる。

これまでの継登にとって、人に災禍をもたらす妖怪変化や物ノ怪は、倒すべき相手だという認識だった。しかし、明確な理由があってその認識を持つに至ったわけではなく、ただ漠然とそう思っていただけのことだったのだ。

そのことを、継登はいまこの瞬間に、はっきりと思い知っていた。

継登には鬼が見えない。だからこれまで、彼らはいつも、想像の中にしか存在していない、ぼんやりとしたものでしかなかった。

そして、継登とは違って見えている他の鬼和たちは、院の命に従って、各所で怪異を始末していた。

その事実を前に、あまりにも単純に、思い込んでしまっていたのだ――……それは人にとっては害悪であり、倒してしかるべきものだ、と。

彼らの実態を知りもしないくせに勝手に抱いた、愚かな先入観。

継登は、ぎり、と、拳を握り締めた。

彼らを恐ろしい妖物にしているのは、自分たち人間の発する、どろついた黒い感情《こころ》なのかもしれないのだ。そう思えば継登はもう、望まぬ姿に成り果てた、この憐れなモノたちのことを、放っておくわけにはいかない気がしていた。否、放っておいてはいけない、と、そう思った。

「季名どの」

継登は弾かれたように季名の傍らへと戻った。ぐったりと横たわったままの相手の半身を横抱きに抱え上げる。

「ここを、出るぞ」

短く宣告した。すると、不意にうっそりと瞼《まぶた》を持ち上げた季名が、弱々しい力で継登の肩を押して抵抗した。

けれども継登は、相手の身を改めて力強く抱え込むことで、その抵抗を封じてしまう。

「出るからな」

今度こそ、有無《うむ》を言わせるつもりなどはなかった。

「この塗籠の呪は、もともとは三年前、たまたま混乱の場に居合わせただけの一介の僧侶が、その場凌《しの》ぎにかけたものでしかなかった。だったら、そんなものがそう長く……何年にも亙《わた》って、保《も》つはずがないんだ。その程度の封呪が、あんたに破れなかったとも、俺には思えない。季名どの……季名！」

あんただろう、と、継登は低く唸《うな》るように言った。

「あんた自身なんだ、あんたをここに閉じ込めているのは。あんたが、自分で自分に、呪をかけてる」

それが継登の辿りついた結論《こたえ》だった。

「三年前、あんたの力の突如とした暴走は、人の恐怖を呼び、結果として、物ノ怪たちを変節させた。自分たちに向けられた敵意、害意……そんな人間の負の感情に中《あ》てられることになったやつらは、本来なら人なんか襲うはずもなかったのに、襲いたくもないのに、人を襲って、その末に……退治されてしまったものもあった」

継登の言葉に、言葉もなく、季名がふるえているのがわかる。継登は痛ましく眉根を寄せた。

「あんたにはそれが、堪えがたくつらかった。だから、もう二度とそんなことが起こらないように……自ら、ここに閉じ籠った。――ちがうか？」

最初こそもしかしたら、僧侶の結界も、真実、機能していたのかもしれない。だが、いまとなってはもう、そうではないはずだ。

いまこの塗籠に呪をかけているのは、己に関わるものが傷付くことを極度に恐れる、季名の無意識である。

「……ちが、う」

「ちがわない」

継登は言ったが、季名はまだ継登の腕の中で、いやいやをするように頑《かたく》なに頭《かぶり》を振っていた。

継登は息をついた。この際もう強行突破してしまうか、と、妻戸《つまど》のほうを睨《にら》み据える。季名を腕に抱いているからなのか、この塗籠に張り巡らされている呪が、いまの継登には見えていた。絹糸のように繊細な蒼白い線が、複雑に交差しながら、幾重にも走っている。だが、それはまるで、風に揺れる蜘蛛の巣のように、いまではゆらゆらと頼りなく揺らいでもいた。

季名の心が揺れているからだろう。

これなら、多少強引にでも、ここを抜けてしまえるかもしれない。実際、先程、かがみは呪をすり抜けることができているではないか。

継登は息を詰めると、季名を抱えて立ち上がった。妻戸《つまど》のほうへ一歩踏み出す。

「ま、て……鬼子め」

そのとき、ふと、かすれた声が後ろからかけられた。

先程までその場に倒れ伏していたはずの、門衛の青年だ。継登ははっと息を呑み、やや身を低くした。

集《たか》るように群がっていた物ノ怪たちが散って自由になった男が、ゆら、と、立ち上がる。昏《くら》い目をしていた。妖たちの発する瘴気《しょうき》に中てられたか、それとも自分自身のうちに渦巻く恐怖に惑わされてのことなのか、恐慌状態に陥っているように見えた。

男は、身を起こした動きのそのままに、遮二無二《しゃにむに》こちらへと向かって突進してくる。

継登はかろうじて相手の体当たりでの攻撃を避けた。が、季名を抱えている分、どうしたって動きは制限されてしまう。いったん突撃を躱《かわ》された相手がくるりと向きを変えてまた挑みかかってくると、今度は避けきれず、腰のあたりにしたたか身体をぶつけられてしまっていた。

体当たりを喰らって、継登は思わず蹈鞴《たたら》を踏んだ。

が、なんとかこらえて、季名を抱き直す。不利だろうがなんだろうが、彼を下ろそうという気には、どうしたってならなかった。

継登が彼を下ろしたなら、たぶん季名は塗籠の奥へと逃げる。そうはさせるか、絶対に連れてここを出てやるからな、と、意地を張るようにそう思っていた。

だが、塗籠を出んとする継登の意志を阻むのは、なにも門衛の青年だけではなかった。

季名が唐突に、継登の腕の中で暴れたのだ。それがちょうど、門衛がこちらに再び喰らいついてくるのと重なった。

継登は、ぐ、と、歯を喰いしばって耐えようとする。しかし、わずかにゆるんだ腕の中から、隙《すき》を突いて季名は逃れ、床へと転げ落ちてしまった。

しまった、と、思う間もなかった。

門衛の男は、季名の抵抗にあって体勢を崩していた継登から、あろうことか太刀を奪い取り、鞘を払った。そのまま季名に斬りかかろうとする。

継登は男を後ろから羽交《はが》い絞めようと腕を伸ばした。

が、一拍、間に合わない。

「季名っ！」

逃げろ、と、おもう。

抵抗してくれ、と、祈る。

だが、季名は床に転がったままで動かない。

おそらくは敢えてのことだ。畜生め、逃げるなら俺からじゃなくてむしろいまこそだろうが、と、継登は内心に悪態《あくたい》をついた。

「死ね、鬼子《ばけもの》が」

聞くに堪えない口汚い罵《のの》りと共に、門衛の男は季名に馬乗りになる。継登から奪った太刀を振りかぶって、そのまま、季名の胸元めがけて容赦《ようしゃ》なく突き下ろした。

「季名……っ」

継登は叫ぶような声を漏らした。

その瞬間、ぱきぃぃん、と、澄んだ音が、かすかに、けれどもたしかに、塗籠の中に響いた。

「っ、かがみ……！」

今度、我を失くした悲痛な叫び声を上げたのは季名だった。

門衛の青年が一瞬動きを止めた隙に、継登は相手の胴に体当たりを喰らわせ、季名の上から突き飛ばした。男は土壁にしたたか身体をぶつけて、うう、と、低くうめいた。

季名を抱き起こす。呆然としている彼の汗衫《したぎ》の胸元から、ことん、と、音を立てて、てのひらほどの大きさの鏡が床に落ちた。

縁に蛇の鱗《うろこ》のような文様のある、うつくしい細工の古鏡《ふるかがみ》だった。けれどもいまはその鏡面に醜い罅《ひび》が入っている。

「かがみ……」

鏡は、三種《みくさ》の神器《かんだから》のひとつにも連なる、霊力無尽の器物である。高天原を主宰する天照大神の形代《かたしろ》もまた鏡だと伝わるほど、古来、神聖視されたものだった。

「鏡、だったのか……」

継登は割れてしまった古鏡を見てつぶやく。

これこそ、先程まで蛇の姿をしていた妖の――かがみの――ほんとうの正体なのだろう。

そういえば、目にした記録では、橘家の庭園の池の名は鏡池と記されてはいなかったか。

もしかすると、築庭の際、地鎮のために池に沈められた呪具が、その名の由来だったのかもしれない。その呪具の鏡がやがて化生して、季名を慕って、度々その傍らに姿を現すようになっていた。

かがみは、季名が塗籠に閉じこもってしまった後も、ずっと彼の身を案じ続けていたのにちがいない――……ほかの物ノ怪たちと同様、ずっと、季名に心を寄せ続けていたのだろう。

「……っ、やっぱりあんたは、ちゃんと外へ出ないと駄目だ、季名」

継登は床に落ちた鏡を拾い上げると、もう片方の手で季名の手を引いた。

季名は、ぼう、と、視線を継登に向ける。呆《ほう》けてないでしっかりしろ、と、継登は相手の肩を掴んで、その身を軽くゆすぶった。

「あんたのことを好いてるやつらは、皆、あんたひとりが全部抱え込むのを望んじゃいない。あんたを救おうと必死なんだ！」

わからないのか、と、継登は叱るように声を荒らげた。

「あんた、ずっと、物ノ怪たちが見えてたんだろうが。俺には見えない。見えなかった。けど、あんたの傍のやつらが、みんな、あんたのこと好きなのは、ちゃんとわかる。感じる。――なのになんで……あんたは見えてんのに、なんで、ちっともわかってないんだよ！　莫迦《ばか》じゃないのかっ！　……莫迦《ばか》、だろ」

継登は吐き棄てるように季名を罵った。

立ち上がらせた。

「行くぞ」

目を怒らせたままで低く言って、季名の手を再び引く。へたり込んでいる相手を強引に
だが、季名の足に、継登に突き飛ばされてうめいていた門衛の男が取り縋《すが》る。

「行かせるか……鬼子め」

男が地を這うような低い声で、血を吐くがごとくに言ったとき、継登はその全身から黒くおどろおどろしい気が立ち上ったのを見た。

そして同時に、己の手の中にあった鏡が、ばきん、と、鈍く耳障《ざわ》りな音を立てて割れた。

「っ、かがみ、だめ……！」

季名が頽《くずお》れる。

刹那の後、継登はいったい何が起こったのかを理解した――……門衛の男の強い害意に侵され、かがみが、変質したのだ。

割れた古鏡からは、もうもうと黒い靄《もや》が立ち込めていた。それは凝《こご》り、やがて禍々《まがまが》しく黒光りする鱗を全身にまとった大蛇《おろち》の姿をとった。

巨大な蛇は、こちらに向かって、敵意も顕わに、がぁ、と、醜く吠えたててくる。そびえるかのごときその巨体は、すでに屋根すら突き破っていた。

そのまま、大蛇《おろち》は夜の中で不気味に身をくねらせる。けれども、ぐるる、ぐぅ、と、唸《うな》りながら身を捩《よじ》るその姿は、どこか苦しみ悶《もだ》えているようにも見えた。

継登は大蛇《おろち》の姿を仰ぎ見て、奥歯を喰い締める。

どうすればいい――……いったい、どうすれば。

いまできることは何だ。すべきことは何だ。

自問しながら継登は眉を寄せ、門衛の男が取り落として床に転がっていた太刀を拾った。柄を握り、再び大蛇《おろち》の姿を見上げる。

子義から借り受けた太刀は、ごくごく普通の武器でしかない。霊器でも何でもないこの太刀をいま継登が振るったところで、おそらく、物ノ怪を斬れるものではなかった。だから、柄を握るのだって、たぶん単なる気休めのようなものでしかない。

どうする、と、再び自問する。

そのとき、太刀を提げた継登の袖を、誰かの手が強く掴んだ。

季名だった。彼は懇願の調子で言いながら、きゅっと眉を寄せ、潤《うる》んだ黒曜石の眸で、

「ころさ、ないで……おねがい」

真っ直ぐに継登を見詰めた。

「かがみを、殺さないで……おねがい、だから」

縋《すが》るように言う。継登は、ぎりり、と、奥歯を噛んだ。

殺すつもりなどもとよりない。というよりも、継登には、そもそもその術《すべ》がないのだ。

自分は名ばかりの鬼和である。ひとりでは鬼も見えず、この腕に宿っているという神剣、天羽羽斬を使いこなすこともできない。

そう――……ひとりでは、どうしたって、無理だ。

何もできない。

なんと無力なんだろう。

忸怩《じくじ》たる想いを噛んだとき、継登ははっとした。

「……待て。そう、そうだ……この剣は、羽羽斬」

独り言ちると、左腕を持ち上げる。そこにある、雷の形の痣《あざ》に指を這わせる。

そこがいま、じん、と、熱を持っている気がした。

そうだ――……可能、かもしれない。

ひとりでは何もできない、と、己の力のなさをここでいくら嘆いてみたって、何の解決にもならない。憐れんだ大いなる何者かが、そうそう都合よく力を恵んでなどくれるものか。それよりも、継登には目の前に、恃《たの》むべき相手がいるではないか。ひとりでできないことがあるのは当然だ、と、それなら他者の力を借りればいい、と、ごく当然のようにそう言ってくれる者が、いままさに、傍らにいるではないか。

彼が継登に力を貸してくれれば、きっと、可能だ。

そして、継登にだって、彼のためにしてやれることがある。

我が腕に依り憑《よ》いているのは、天羽羽斬剣だ。蛇《はば》斬りの名の通り、太古の神代に、素戔嗚が大蛇《おろち》退治に使ったともいわれる神剣だった。

蛇神を制する力を持つ剣――……ならば、可能なのではないのか。

「季名」

継登はきっぱりと相手の名を呼んだ。

「ここを、出るぞ」

継登の呼びかけに季名ははっとし、この期に及んでもなお躊躇《ちゅうちょ》を見せる。けれども継登は、相手の手首を左腕で強引に掴んだ。

「かがみを助けたいんだろ？　だったら、あんたの力が要る」

真正面から、相手の黒眸を見据える。

「俺の剣を目覚めさせてほしい。昨日みたいに」

「でも……」

「ぐだぐだ言ってる間に、かがみは人を襲うぞ！　そうしたら、他の鬼和だって来る。僧侶や陰陽師だって、来るかもしれない。人に害を為してしまったらもう、きっと、誰も、容赦はしてくれない。あいつがほんとうは悪いやつじゃなくても……あんたがどんなに、懇願しても。――かがみが調伏《ちょうぶく》されてもいいのか……京《みやこ》を騒がした、邪悪な妖物として」

だいじなんだろう、やつが、と、そう季名に迫った。

「でも、わたしは……」

「でももなにもない！　なあ、季名。生きてりゃ、誰かを傷つけることなんて、誰にだってあるんだ。あんただけじゃない。傷つけたくなくても、傷つけるつもりなんかなくても、どうしようもないことなんか、いっぱいある」

　言いながら、継登は己の言葉が我が胸にまでも鋭く刺さり、そこが痛むのを感じていた。それでもひと息に言い切ると、こちらの言葉に息を呑んで黒曜石の眸を瞠《みは》っている季名を見据えて、更に言葉を続ける。

「傷つけたくないと望むことも、傷つけることを怖がることも、たぶん、べつに間違ってない。それはやさしさで、すごく、大事なことかもしれない。でも、だからって、臆病になりすぎるなよ。あんたがそんなんじゃ……ずっと、あんたが大事で、あんたの傍にいて、あんたを守りたくて救いたくて、でもそういうのが捩《ね》じけて、いまここを襲っちまってる物ノ怪たちだって……可哀想、だろ」

「……かわい、そう……」

「そうだ」

「彼らは、物ノ怪なのに……あなたは彼らを、かわいそう、だ、と……？　昨日は、斬ろうと、した、のに……」

　季名の口調は継登を責めるようなものでは決してなかった。それでも、その言葉に継登は言葉を詰まらせた。

　考え無しだった昨日の己に腹が立つ。だが、どれだけ後悔してみたところで、時を巻き戻して過去をやり直すことなどできはしないのだ。変えられるのは、現在《いま》と、その向こうにある将来《さき》だけである。

「――わるかった」

意を決した継登は、きっぱりと詫《わ》びた。

「俺が無分別だったんだ。悪かったと思ってる……あんたにも、あんたの傍の、やさしい、やつらにも」

継登が言葉を継ぐと、まるで信じられないものでも見たかのように、季名がまるく目を瞠《みは》った。継登は鳶色の眸で相手の眸を真正面から覗《のぞ》き込む。

「悪かった。謝ったって、あんたの大事なものを傷つけようとした俺のこと、あんたは許したくなんかないかもしれない。すぐは信じられないって思うかもしれない。けど……でもさ。俺はほんとに、あんたの傍にずっといて、あんたのために捩《ね》じけちまってるやつらのこと、あわれだって、おもうんだ、いまは。あいつらにだって、心はある。そして……それを誰より知ってるのは、あんたなんだよな、季名」

継登は季名を見詰めた。黒曜石の眸が揺れている。

「いま奴らを救えるのは、あんただけだ」

継登は畳《たた》みかけた。

「この事態を収めて、あいつらを正気に戻せるのは、あんただけだ。だから……力を貸してほしい。いまだけでもいい。あんたのためにも……必ず、かがみは俺が救うから」

約束する、と、継登は言った。

「で、も……わたし……わたしが外に出たら、また……」

何か善くないことが再び起きるかもしれない、と、季名はまだそのことを憂《うれ》うようだっ

ていた。

た。不安げにうつむいてしまいそうになる季名の腕を掴む手に、継登は反射的に力を籠めた。

「大丈夫だ」

自分でも驚くほど強い口調で言っていた。季名は驚いて、継登の顔をまじまじと見た。

「大丈夫だ」

継登は繰り返す。

「だって、あんたはずっと自分を犠牲にして、まわりのやつらの平穏を守ってた。そうだろ？　己を賭《と》して誰かを守ろうとできるやつは、強い。あんたはやさしくて、そのやさしさのぶんだけ、強いよ、季名。だから……きっとだいじょうぶだ」

ここを出たって大丈夫だよ、と、継登は季名の手をゆっくりと、けれども力強く引いた。

「ここを出て、そのせいで誰かを傷つけるのが怖いってんなら、今度は俺があんたに力を貸す。あんたが守りたいものを、俺も一緒に守る。な、季名。ひとりじゃできないことがあるのは普通で、だったら人を恃《たの》めばいいいんだろ？　あんたがそう言ったんだ。――俺のこと、頼ってくれないか？」

季名は、はた、はたり、と、ゆっくりと瞬いた。

しばしの沈黙ののち、継登を見詰め返す整った容貌が、ふいに、くしゃりと歪む。

かと思うと、ゆらゆらと眸が揺らいで、眦《まなじり》のあたりに透明な滴が盛り上がり、あふれ、頬を伝った。

「……かがみを、たすけて……」

しゃくりあげるような声で、季名は言った。それは、ようやくあふれ出た、季名の心だった。

継登は、ふ、と、表情をゆるめると、相手の涙をやさしく拭《ぬぐ》ってやる。

「もちろんだ」

根拠などはない。けれども、できる気がする——……ほかならぬ季名が、継登に力を貸してくれるのだから。

ぱち、ぱちん、と、かすかに火の粉がはぜるような音が耳につく。

継登は確信していた。これは、この塗籠に長くかかっていた呪が解ける音だ。

そして、たぶん——……頑なだった季名のこころが、融けだす音だ。

継登は改めて季名の手を取った。その手を引いて、そのまま妻戸《つまど》を難なく抜けると、廂間《ひさしのま》を抜けて簀子《ろうか》へと出る。後庭《うらにわ》へと下りる階《きざはし》のあたりから、もはやとっぷりと暮れてしまった空に影のように浮かぶ大蛇《おろち》の巨体を見上げた。

「たのむ」

隣の季名を見る。目を見交わして、左手を差し出すと、季名が痣《あざ》のあるこちらのてのひらに、己のそれをゆっくりと重ねた。

瞼《まぶた》を閉じて、息を吸う。

ゆっくりと吐き出す。

もう一度吸い込むと、継登はかっと目を見開いた。

「海ゆかば、水漬《みづ》く屍《かばね》」

応えるように季名が唱和する。

「山ゆかば、草生《む》す屍《かばね》」

てのひらが熱い。

だが、それはちっともいやな感じではなかった。

力が漲《みなぎ》ってくる。

高揚する。

その昂《たかぶ》りのままに、継登は唱えた。

「御君《おんきみ》の傍《へ》にこそ死なめ」

季名の声が重なる。なんて心地好いのだろう。

その恍惚《こうこつ》に身を委ねるかのごとく目を閉じると、ふわり、と、髪が逆立つような感覚があった。

「後悔《かえりみ》は、せじ」

唱えた刹那、継登の左手には、神々しく輝く長剣があらわれていた。

神代三剣がひと振り、十握《とつか》の長さを誇る伝説の剣――……天羽羽斬。

継登はその柄をしっかと握る。季名の手指が継登から離れてしまっても、今度は剣が消えることはなかった。

そしてまた、継登の視野はいま、この世ならざるものたちをすべて、あまりにもはっきりと捉えることができている。これが季名の力か、と、継登は感嘆の息をついた。

いま我が手にある剣の発する気の、なんと清らかで澄み渡っていることか。

はじめて塗籠の戸を開けたときに、すっと吹いてきた清澄な香りのする風と同じだ。季名のまとう気のきよらかさ。それを宿した剣ならば、きっと、いまかがみな歪めてしまっている邪気を吹き払うことができるはずだ。

根拠などない、直感だ。

けれども、継登のそれは当たるのだ。

継登は剣を提げて地を蹴った。木賊重《とくさがさね》の水干《すいかん》の袂《たもと》が風をはらんで夜の中にはためく。勾欄《てすり》を踏み、屋根に足をかけて、そのまま高く中空へと身を躍らせた。

もう大蛇《おろち》は目の前だ。

があ、と、唸《うな》って、大きく口を開く。鋭い牙、赤い舌が、醜悪な口の中に覗《のぞ》いていた。

真円の目は昏く濁った色をしている。そのことが、とてもかなしく、いたましい。

「いま、たすける」

身をくねらせてこちらに攻撃してくる大蛇《おろち》の牙を、継登は素早く身体を捻《ひね》ることで躱《かわ》した。そしてそのまま、天羽羽斬剣を頭上高くに振りかぶって、一閃させる。

たしかな手ごたえがあった。

肉を断ち切る感触とは、まるで違うものだ。

次の瞬間、ぶぉん、と、一迅の風が吹き抜ける。

継登は吹き飛ばされ、地面に転がった。けれども、大地にしたたか身体をぶつけるかと思われた刹那に、ふわ、と、己の身体を何ものかがやわらかく受けとめてくれたような感覚があった。おかげで衝撃は覚悟したほどのものではない。

気付けば、継登は季名の身の上に折り重なるように倒れ伏していた。季名が反射的に、弾き飛ばされた継登を庇《かば》って受けとめようとしてくれたようだ。

「……っ、大丈夫か？」

継登は問いかけたが、相手の反応はない。季名は目を閉じて、ぐったりとしていた。

「おい、季名っ！」

継登は季名の身を抱え起こしつつ、焦って呼びかける。

その時、みし、と、いやな軋《きし》みが聞こえた。はっとして見上げると、東対屋《ひがしのたいのや》の屋根を突き破り、首を擡《もた》げた大蛇《おろち》は身を捩《よじ》って、苦しげにのたうっていた。その周りには数多《あまた》の物ノ怪たちが犇《ひし》めいている。

継登は季名を片腕に抱えたままで剣を握り直した。夜空に黒々とそびえるような巨大な蛇をきつく見据える。

が、継登が再び剣を振るう必要はなかった。

いつの間にか高く昇っていた月明かりに照らされて、きら、と、何かが白銀に光った気がした。

鱗《うろこ》が輝いたのだろうか。そう思った途端、禍々《まがまが》しく黒光りしていた大蛇《おろち》の身体から、ぱき、ぱきん、と、鱗が剥がれはじめた。

それはやがて、篠突《しのつ》く雨が降るごとく、さぁん、さぁあぁん、と、無数の音を立てて、ことごとく剥がれ落ちていく。すべての鱗が剥がれ落ちると、蛇の身体は、月光の下で神秘的な白銀に輝いた。

夜闇の中、白蛇がひとたび身をくねらせると、東対屋《ひがしのたいのや》に集い群れていた物ノ怪たちの、醜く牙を剥いた兇悪な形相が、ひとつ、またひとつと、愛嬌のあるそれに変わって――否、戻って――いく。

白銀の蛇の身体はゆらゆらと陽炎《かげろう》のように揺らぎ、やがて空気に融けるように消えていった。

時を同じくして、異形のものたちが列をなす。跳んだり跳ねたりしながら、むこうの空へ向けて、百鬼夜行《ひゃっきやぎょう》はすぅっと視野から遠ざかっていった。

「あ……」

その光景を前に、継登は呆然とした声をあげた。

しかし、ぼう、と、見惚《みと》れている暇《いとま》などはなかった。大蛇《おろち》が屋根を突き破った東対《ひがしのたい》は、建物全体が撓《たわ》みかけている。梁《はり》や柱が歪《ひず》む際の軋《きし》みが、間断なく続いていた。

もう長く持たない――……倒壊する。

「建物から離れろ！　崩れるぞ！」

継登が思わずそう口にしたのは、東対《ひがしのたい》の尋常ならざる様子に魂消《たまげ》ている橘家の家人たちの姿が、目の端に映ったからだ。叫ぶように告げておいて、季名を抱え上げると、己もまた、悲鳴のような軋《きし》みを上げる東対屋《ひがしのたいのや》から距離を取った。

東対《ひがしのたい》の屋根が、穴の開いたところへ向けて沈み込むように崩れ落ちる。どぉん、と、重たい音が響くと共に大地が震動し、月光下にはもうもうと土煙が舞い上がった。

既《すんで》のところで難を逃れた継登は、ほう、と、息をつく。

そのとき、同じように難を逃れたらしき橘家の家人の誰かが、倒壊した東対屋《ひがしのたいのや》を呆然と眺めながら、おののくような声を漏らすのが聞こえた。

「……お、鬼子を、解放するからだ。だから、災厄《わざわい》が……」

継登は声がしたほうを一瞥《いちべつ》し、眉をひそめて舌打ちした。季名を抱える腕に無意識に力が籠る。すると、季名がかすかに白い瞼《まぶた》をふるわせた。

「……継登、さま」

ぼんやりと瞬きしつつ、こちらをそう呼ぶ。

気がついたのか、と、そんな安堵もあって、継登はすこしばかり苦笑しつつ季名の顔を見下ろした。

「さまなんて、俺はそんな柄《がら》じゃない。継登でいいよ」

肩を竦《すく》めるようにして笑いながら言う。けれども季名は、継登の言葉に反応しなかった。長い睫《まつげ》の縁どる瞼《まぶた》が、はたり、と、緩慢《かんまん》に上下する。そうかと思うと、季名は崩れ落ちた建物の惨状を見やって、くちびるをわななかせ、柳眉をきつく寄せた。

「わ、たしの、せい……」

喉の奥から絞り出すように漏れたのは、そんな言葉だ。季名のこぼした苦しげなかすれ声に、継登はきゅっとくちびるを引き結んだ。

「……そうかもな」

継登が言うと、季名は一瞬、びくりとちいさく身をふるわせた。そんな相手に、継登は目を細め、そっと笑って見せる。

「でも、あんただけのせいじゃないよ。俺のせいでもある。もしかしたら、あんたのまわりの、皆のせいでもあるのかもな。きっと誰かひとりの責任じゃないんだ。あんたひとりが負うべきものじゃない。——少なくとも、俺は、あんたと一緒にこの現実を背負うよ」

そう言ってみても、季名はまだ黙ったままでじっと東対屋《ひがしのたいのや》のほうを見ていた。継登はちいさく嘆息する。それから、自分も崩れた東対屋《ひがしのたいのや》のほうへと目線をやった。

「気にするなっていっても、無理かもしれないけど……でもさ、見ろよ、あんたを閉じ籠めてた分厚い壁は、もうないんだ。それはそれでいいんじゃないか？　で、もし、あんたがもうここに居場所がないっていうなら……俺と、帰ろうぜ」

そっと語りかけたとき、ようやく、季名が反応を見せた。

「……かえ、る……どこ、へ？」

どこか虚《うつ》ろな眸をしたまま、季名は呆然とした口調で問うてくる。

「陽晟院《ようぜいいん》。決まってるだろ？」

継登は短く、けれどもしっかりと答えた。

「……陽晟、院……」

「そう。巷《ちまた》で噂の妖物《ばけもの》屋敷だよ。――でもさ、すくなくとも、あんたを鬼子呼ばわりするやつは、あそこにはいないから」

何が普通で、何が普通でないのか。それは、自らがどこに身を置くかによって、くるくると変転するものだ。橘家で鬼子と呼ばれた季名も、陽晟院《ようぜいいん》でなら、鬼子ではない新しい自分になれるはずだ。

半ば軽口めかした口調で言った継登の言葉は、いったい、季名には届いていただろうか。衝撃を前に呆然自失の状態から抜け切れていないらしい相手は、何の返事もせず、はたはた、と、緩慢《かんまん》に二、三度瞬いたかと思うと、またすぅっと目を閉じてしまった。

そして、季名が再び気を失ったのと時を同じくして、継登の手からは天羽羽斬剣も姿を消していた。

◇五

いつの間にか随分と時は過ぎていたらしい。じきに東の空の端が白くにじんでくるだろう。払暁《ふつぎょう》を迎えれば、うつくしい東雲《しののめ》を背景に、鬼神《おにがみ》たちの支配する時刻は終わりを告げるのだ。
　ぐったりと目を閉じたままの季名を抱えた継登は、後庭《うらにわ》から正面の南庭へと向かってい
た。とりあえず、犇《ひし》めく物ノ怪たちの相手をしてくれていたはずの美薗や了義と合流しな
ければならない。そちらの戦いもすでに已《や》んだようで、いまはもう、橘家はどこもかしこ
も、しん、と、静まり返っていた。
　季名を抱えて庭を抜けていく継登のすぐ後ろには、どこか愛嬌ある姿をした器物の化生
たちが何体か、ひょこひょこと付いて来ている。困ったような、悲しそうな顔をしつつ、
付かず離れず後ろをやってくる妖たちを目の端に映しつつ、庭に引かれた遣水《やりみず》にかかる橋
を渡ろうとしたときだった。
「……ん」
　むずかるような声を上げて、季名がわずかに身じろいだ。はっとした継登は、すぐに相
手の顔を覗《のぞ》きこむ。
「気がついたか？　大丈夫か？」
瞼《まぶた》を持ち上げた季名は、はたり、と、ゆっくりと瞬いたものの、継登の問いかけに対し
てたしかな反応を返してはこなかった。
「おい、季名……だいじょうぶか？」
　ぼう、と、したままの相手に、もう一度ゆっくりと訊くと、それでようやく我に返った
らしい季名が、今度は、こく、と、ちいさくうなずいた。

それを見て、継登もほっと安堵の息をついた。

「よかった。怪我は？　どこか痛かったりはしないか？」

「へいき、です」

季名はふるふると首を横に振ってから、小声でそう言った。

「あの……大丈夫、ですから……おろして、ください」

どこか気恥ずかしそうにされて、継登は一拍、きょとんとする。それから、ああそうか、そうだよな、と、すこしばかり慌てたように季名を地面に立たせてやった。

相手の身体を支えるようにすると、季名が黒曜石の眸を継登に向けた。

「……あなた、は？」

「ん？」

「あなたは、お怪我は……？」

おずおずとした調子の声で訊いてくる季名は、継登のことを慮《おもんぱか》ってくれているようだ。相手の黒眸に隠しようもない憂いが揺らぐのを見て、継登は何となくくすぐったい気持ちになった。

「ああ、ぜんぜん、心配ない」

自分が季名の心遣いの対象になっていることに、不思議な嬉しさと、同時に照れくさい気分をも覚えつつ、鼻をこするようにしながら継登は答えた。

「派手に吹き飛ばされた割には、かすり傷くらいのもんだ。あんたが庇《かば》ってくれたからな」

口の端を持ち上げて笑って言って、無事の証拠を見せるように左腕をぐるぐるとまわしてみせる。そういえばあのとき、一瞬、何か見えない力に身体をふわりと受けとめてもらったような気がしたが、あれはいったい何だったのだろうか。刹那、継登の頭の隅をそんな疑問が掠《かす》めたものの、それはすぐにどこかへと霧散してしまった。

「よかった、です」

季名が、ほう、と、しずかに息をついて、かすかに笑ったからだった。

「……わらった」

思わずぽかんとする。

「え？」

季名が不思議そうに、こと、と、小首を傾げた。

「あ、いや、なんでもないっ」

慌てたように季名から視線を逸らしたとき、継登は、いつの間にか自分と季名とが数多《あまた》の物ノ怪たちに取り囲まれていることに気がついた。

さっきから継登の後について歩いていたのは、もとから季名の傍にいた妖怪変化たちだ。履物や器、琴に匙、そんな器物の姿をした、たわいない怪《け》のものたちである。奇妙な愛嬌はあれど、もはや、おそろしい感じは微塵《みじん》もしない姿に戻った彼らは、何対もの目をじっとこちらに向けていた。

そのうち、ちいさな妖物たちのうちの何匹か、とことこと近づいてくるものたちがある。

彼らはそのまま、季名の着物の裾《すそ》に取りついたり、袖を引いたりしていた。

継登の手にはすでに天羽羽斬剣はなく、季名から手を離してしまったせいもあるのか、彼らの姿は薄ぼんやりと翳《かす》むようにしか見えなかった。

それでも、わかることがある。

「みんな、あんたを心配してるんだな」

継登が肩を竦《すく》めると、季名は、きゅ、と、柳眉を寄せた。長い睫《まつげ》が目許にかすかな翳《かげ》を落とし、それがなんともかなしげにふるえた。

「……ごめん」

声をふるわせて、こぼす。

「みんな、ごめんね」

そう繰り返した季名は、ふと何かに気がついたようだ。ふら、と、俄《にわ》かに蹈鞴《たたら》を踏むように、二、三歩足を踏み出した。

そのまま倒れるようにしゃがみ込んだ相手に、継登は慌てて駆け寄った。

「どうした？」

訊ねても答《いら》えはない。黙って何かを見詰めるらしい相手の視線を追ってみると、地面にきらりと輝くものがあった。

鏡の破片だ。

継登ははっとした。

　その横で、季名は無言で地に手を伸べる。彼の白い手指の先が欠片《かけら》にふれたとき、それは、蜷局《とぐろ》を巻く、ちいさな白銀の蛇に変じた。

「……かがみ」

　季名は妖蛇をそっと、いかにもだいじそうに持ち上げると、我が胸のほうへと引き寄せる。しばらくじっと抱いていると、やがて蛇は、ちいさな頭をゆっくりと擡《もた》げた。

「かがみ……！」

　季名が叫ぶような声で呼ぶ。妖蛇はどこか弱々しいながらも、それでも季名の手にするりと懐いた。季名のほうも、その蛇に頬を寄せる。ああ、と、継登は息を吐いた。

　かがみは生きて――もとよりこの世ならざる怪のものなのだから、そう表現するのが正しいのかどうかはわからないが――いる。季名との約束を破らずにすんだようでよかった、と、漏れたのは心からの安堵の息だった。

「ごめん、ね」

　ごめん、と、ふるえる声で、季名はそう繰り返している。

　それを見て、継登は、はは、と、ちいさく笑っていた。

「そこはさ」

　相手の肩に、ぽん、と、手を乗せる。

「ありがとう、で、いいんじゃないか？　こいつらみんな、命懸けであんたを助けようとしたんだからさ」

詫《わ》びより礼のほうがふさわしいのではないかと言ってやると、季名は虚を衝かれたように、きょとんとした。継登の言葉の意味を思案するように、あるいはそれを噛みしめるかのように、しばらく黙ってじっとちいさな蛇を見詰めている。

やがて、そのくちびるが開いた。

「ありが、とう」

どこか躊躇《ためら》いがちな、消え入りそうな言葉が紡がれる。同時に、季名はそっと微笑していた。

そのやわらかな表情に、継登は自然、目を細める。こちらも思わず口の端をゆるめていた。

「あなた、にも……」

ふと、そう言った季名が顔を上げたので、継登は小首を傾げる。白皙《はくせき》の美貌が、真っ直ぐに継登を見詰めていた。

「ありがとう、ございました……わたしに、いえ、わたしと、物ノ怪たちにも、心を寄せてくださって……とても、うれしかった。ありがとうございます」

急に改まった態度で言われ、丁寧に頭を下げられて、継登はかえって居た堪れない気持ちになった。

「いや……べつに」

再び照れくささに襲われて、思わず明後日のほうへ視線を逃す。しどろもどろな調子で返事をしつつ、ちら、と、横目に季名のほうをうかがった。

顔をあげた後、逸らすことなく真っ直ぐにこちらへと向けられている、相手からの眼差し。それとこちらの視線とが、ほんの一瞬、絡《から》まり合う。すこし気まずいようなくすぐったさを感じて、継登は己を落ち着けようと、ふう、と、ひとつ息を吐いた。

「その……こっちこそ、ありがとう、な」

なんとなく覚えた極《き》まりの悪さから、ちいさく頬を掻いて笑う。

「それにしてもあんた、鏡の化生に、かがみって名をつけてたんだな」

照れを誤魔化《ごまか》すように話題を変えると、季名は、きょとん、と、目を瞬いた。

「あの……いけなかったで、しょうか……？」

訝《いぶか》るふうに首を傾げ、自分の手の中の鏡——蛇目《かがめ》——の化生したものである妖蛇を眺めていた。

そのどこかあどけない表情に、継登はつい、くつり、と、喉を鳴らす。

「ちなみに、こいつは？」

傍の履物の怪を指さす。

「ぞうり、です」

「じゃ、こっちは？」

「さじ」

「じゃあ、えっと、こいつはもしかして、ちゃわん？」

「そうですが……」

くつくつくつ、と、継登がさも可笑《おか》しげに喉を鳴らすのに、季名は困惑げに首を傾げた。

「……いけませんか？」

不安そうに言うので、ぜんぜん、と、継登は首を大きく横に振った。

「別に何でもいいんだけどな。でも、陽晟院《ようぜいいん》に来たら、言葉にうるさい美薗っていうやつに、ちょっと莫迦《ばか》にされるかも……捻《ひね》りがない、もうちょっとどうにかならないのかってさ」

揶揄《やゆ》する調子で言ってやった、まさにその時だった。

「おや、継登。私はそんなことは言いませんよ」

噂をすれば影というべきか、ぴしり、と、背後からそんな声が聞こえてくる。継登が振り返ると、そこには美薗と子義とが立っていた。

「継登はからかうと面白いので言うだけです。私だって相手は選びますよ」

くすん、と、肩を竦《すく》めた言霊《ことだま》使いのその言に、継登は思い切りしかめっ面をした。が、文句を言ったところで、どうせいつものように言い負けるだけだろう。だから穏和《おとな》しく黙っておくことにした。

「それよりも……どうやら、無事に片付いたようですね」

美薗は辺りの状況を確かめて、ふう、と、息をついた。

継登は苦笑する。

「なんとかな……ってか、そっちこそ」

「まあ、こちらもなんとかかんとかかね」

美薗はちらっと笑ってそう返した。

高い位置で結っている髪は乱れ、頬やら、それから牡丹重の狩衣《かりぎぬ》の袖やら裾やらには、ところどころに汚れがある。子義も似たような有様だった。縹《はなだ》色の狩衣《かりぎぬ》には土がつき、かすり傷の見える精悍な顔には疲労の色が浮かんでいた。

あれだけの数の物ノ怪を一晩中――それも、継登の頼みを聞いてくれたのだとしたら、なるべく傷つけないよう、際限なく散らすような戦い方で――相手にしていたのだから、当然と言えば当然なのかもしれない。とはいえ、ふたりとも大きな怪我もなく切り抜けてくれたようだった。継登は鬼和の先達のふたりの無事な姿に安堵する。

「――橘、季名どの？」

美薗は季名のほうを見ると、確認するように名を呼んだ。

「は、い……」

たじろぐように答えた季名だったが、反射的になのか、隣に立つ継登の背に半ば隠れるようにした。

継登は一瞬、なんだ、と、目を瞠《みは》る。どうも、家人でない者と関わるのが久方ぶりだからなのか、急に見知らぬ相手から声をかけられたことに季名は戸惑っているようだ。助けを求めるように黒曜石の眸に見上げられて、苦笑した。

「大丈夫だ。俺の仲間」

そう言ってやるが、それでもまだ、季名は継登の背後でおどおどしていた。

美薗はそんなこちらの遣り取りを、目を細め、おやおやとでも言いたそうな表情で見詰めている。

ははは、と、朗らかに笑い声を立てたのは子義だった。

「ま、美薗《こいつ》はちょっと厭味《いやみ》ったらしい物言いはするけどな。誰かを取って喰うような怖い奴じゃない。だから出ておいで」

軽口めかした調子で言いながら、継登の後ろの季名を覗《のぞ》き込んで、に、と、笑う。

「子義、あなたも、私に対して失礼ですよ。これでも、からかって遊ぶ相手はちゃんと選んでいますから」

「そもそもそういうとこだっての。なあ、継登？」

「どういう意味ですか？」

「別に？」

美薗と子義の――継登にとっては見慣れた――遣り取りを黙って眺めていると、ふいに、ふふ、と、声が聞こえた。

驚いて振り向けば、季名がちいさく笑っている。

「また、わらった」

思わず言ってしまった。

そうしたら、季名は己でも驚いたように目をぱちぱちと瞬くので、なんだか可笑《おか》しくなって、継登のほうもまた、はは、と、笑っていた。

「ええっと……陽晟院《ようぜいいん》へようこそ、ということで、良いのですよね、これ？」

美薗がくちびるにほの笑みを浮かべて、継登と季名を交互に見た。

継登はすこしだけ困って、ちら、と、季名を振り返る。そういえばまだ、季名からはたしかな返事を聞いていなかった。それでいいのだろうか。季名は継登と共に陽晟院《ようぜいいん》に来てくれるだろうか、と、相手の表情をうかがった。

何と答えていいのかわからないのだろう、季名はすこしばかり困った顔を見せている。

黒曜石の眸が、ちら、と、継登のほうを見た。

互いの視線が、刹那、わずかに絡まり合う。

継登はくちびるを引き締める。意を決し、改めて、真正面から季名のほうに向き直った。

すうっと息を吸って、吐いて、それから鏡の化生した物ノ怪を乗せたままの相手の白いてのひらを、その妖物ごと、そっと包み込むようにした。

「季名」

「……はい」

「俺は未熟だから、ぜんぶぜんぶを守るのは、無理かもしれない」

継登はそう、正直に言った。

「でも、あんたの大事なもの、傷つけたくないと思うものを、なるべくたくさん守れるようにするから……だから、俺に、あんたの力を貸してほしいんだ、季名」

相手の名を真っ直ぐに呼んで、長い睫《まつげ》の縁どる黒曜石のごとき眸をじっと見据えた。

さぁん、と、風が吹く。

葉擦《はず》れの音に交じって、きき、ちち、と、聞こえるのは、小鬼たちの声だろうか。それがなんだか嬉しそうな笑い声に聞こえるのは、自分が、そんなふうに聞きたいだけのことなのだろうか。

季名はほんの一拍だけ沈黙したが、やがて、そのくちびるをふわりと緩ませた。

「……はい」

ちいさな声だ。

けれども、たしかに、彼は微笑しながらうなずいてくれていた。

淡々しい陽射しのような、やわらかく、あたたかな微笑み。眩《くるめ》くような光の粒が視野の中でいっぱいに縺《もつ》れているように、なんだかその表情がとてもまぶしく思えて、継登は目を細めていた。

「ありがとう」

万感を籠めて、言う。

「よろしく」

そう続けて笑うと、相手はやわく笑んだままで、こく、と、再びちいさくうなずいた。

＊

「――此度《こたび》はよくやった、継登」

そんな声が聞こえてきたのは、ふたり、手を取りあって微笑みを交わした、まさにその時だった。

継登は季名の手を離して、声のしたほうへと視線をやる。すると、ちょうど車宿《くるまやどり》に牛車《ぎっしゃ》をとめ、そこから降りてきたばかりらしい人物の影が見えた。烏帽子《えぼし》をつけ、呉藍《くれない》の色味を濃く染めた、若々しい二藍《ふたあい》の直衣《のうし》をまとった青年だった。

その姿を見留めると、継登はごく自然にその場に膝をつき、畏まった。美薗は優雅に、子義も慣れた仕草で、それぞれに腰を折る。わけのわかっていない季名だけが、呆然と立ち尽くしたままでいた。

「院だ」

継登は言ってやる。それにはっとした季名が、慌てて跪《ひざまず》き、地に額をつけるように叩頭《こうとう》した。

現れたのは、継登たち鬼和の主である陽晟院《ようぜいいん》――……わずか九《ここの》つ歳で至尊の御位に即《つ》き、そして、わずか十七歳《じゅうしち》でその位を降りた、前帝《さきのみかど》。いまなお数えで弱冠《じゃっかん》二十歳《はたち》に過ぎぬ、若き太上天皇だった。

「御忍びだ、堅苦しくされてはたまらん。皆、立て」

院は嘆息しながら言って、継登たちに頭《こうべ》を上げさせる。主の顔には、に、と、いかにも人を喰ったかのような笑みが浮かんでいた。

陽晟院《ようぜいいん》の型破りはいつものことといえばそうなので、継登も美薗も子義も言われるがままに立ち上がった。今度もやはり季名だけが、どうしていいかわからずに戸惑っている。

「この方は、こうだから」

継登は苦笑して、困惑げにする季名に手を貸し、立たせてやった。

その季名のところに、院はつかつかと真っ直ぐに歩み寄ってくる。

「迎えが遅くなった。赦《ゆる》せよ」

すぐ傍らに立つと、そう言った。

「本来ならばもっと早くに……三年前の時点で、迎えをやらねばならなかった。だが、そなたの結界があまりに巧妙でな、生死すら碌《ろく》にわからんまま、そなたを見つけ出すまでに徒《いたずら》に時がかかってしまった。こちらの手抜《てぬ》かりだ。赦せ」

詫《わ》びの言葉を繰り返した院は、ぽかんとしたままで忙《せわ》しく瞬くばかりの季名の頬に、ゆっくりとてのひらを添えた。そして、すぅっと目を細める。

「陽晟院《ようぜいいん》はそなたを歓迎する。――継登を助けてやってくれ」

そう言うと、季名の答えは待たぬままに、ばさりと二藍の直衣《のうし》の袖を翻《ひるがえ》した。

「常葉、来い」

陽晟院《ようぜいいん》は、すこし離れたところに控《ひか》えている己の側仕えの青年を呼び付ける。

「さて、此度《こたび》の一件の最後の仕上げだ。我《おれ》は橘家の当主と話をつけてくる。ご子息、橘季名は、この陽晟院《ようぜいいん》がもらい受ける、とな」

そなたらは先に帰っていろ、と、そう言われ、継登はとりあえずうなずいた。すでに位を譲っているとはいえ、ほんの三年前まで、院はこの国で最も尊い身の上だったのだ。その彼が話をつけると口にしたからには、後は、きっとすべてうまく取り計らってくれることだろう。

「行こう」

短い言葉で季名を促す。けれども季名は、まだ何やら躊躇《ためら》うふうがあった。

「この期《ご》に及んで、あんた、いったいなんだっていうんだ？」

継登が呆れ半分にちらりと眉根を寄せると、あの、と、おずおずと口を開いた。

「わたしが行くと、このこたち……物ノ怪も、付いてきてしまいます」

それでもいいのだろうか、と、どうやらそれを心配するらしい。

「なんだ、そんなことか」

継登はからからと笑った。美薗も子義も、近くで、くつくつ、と、ちいさく喉を鳴らすようにして笑っている。

「さっきも言わなかったか？　陽晟院《ようぜいいん》のこと」

「え？」

「あんた、気を失いかけてて、聞いてなかったのかな……陽晟院《ようぜいいん》に関する風聞も、ずっと塗籠の中にいたんじゃ、知らなくて当然だしな」

継登が独り言ちると、季名はきょとんとする。わけのわかっていないふうの相手に向かって、くすん、と、肩を竦《すく》めてみせた。

「其処《そこ》は妖物棲《ものす》む所にてなんありける……陽晟院《うち》は、妖怪変化の巣窟《そうくつ》の、妖物《ばけもの》屋敷なんだとよ。もともとそういう噂だからさ」

俺には見えないけどうじゃうじゃいるらしい、と、言ってやる。

「なあ、そうなんだよな？　美薗、子義」

仲間たちに確認すると、にこりと微笑した美薗から、ええ、と、肯定の返事があった。

「継登はよく囲まれてるぞ。本人はとんと気づいていないがな。見えないくせに好かれるから」

子義が軽口を叩いた。

継登は季名に笑いかける。

「な？　もともと物ノ怪だらけの妖物屋敷なんだ。いまさら多少増えたって、なんてことないさ。――だから、安心して来いよ」

継登は黒雷の痣《あざ》のある左手を、改めて季名のほうへ差し出した。

季名はその手を戸惑うようにしばし見詰めていたが、やがて、そ、と、己の白い手指を乗せる。継登はすかさず、その手を掴んだ。

「陽晟院《ようぜいいん》へ、ようこそ」

黒曜石の眸を真っ直ぐに見詰めて、言う。

季名は、じ、と、継登の顔を見上げた。

それから、ふわり、と、微笑んでみせる。それはまるで、冬を堪えた莟《つぼみ》が待ちかねた春についにほころぶときのような、そんなよろこびに満ちていた。

東の空は白くにじみ、まさに一条の曙光《しょこう》が、夜を裂いて射し込んだばかりだった。

一、妖物《ばけもの》屋敷、怪《あや》しの言伝《ことづて》ノ巻

◇一

「すえな、すえな」

「すえな、あ、さ」

「あさ、あさ、すえな、おきる」

「おきる、すえな、あさ、おきる」

歌うような、たのしげに弾んだ声が聞こえる。一度むずかるように、んん、と、うめいた橘《たちばなのすえな》季名は、その後でゆっくりと瞼《まぶた》を持ち上げた。

はた、はたり、と、二度ほど瞬《まばた》きをする。身体を起こして目をこすり、緩慢《かんまん》な動作で立ち上がると、燈台に明かりを点し、それから声のしたほうへと視線をやった。

そこには、暁闇《あかときやみ》の中、踊るようにぴょこんぴょこんと跳びはねている器物の化生《けしょう》たちがいる。

目鼻があり、手足の生えた、どこか愛嬌《あいきょう》のある姿の物《もの》ノ怪《け》たちだ。草履《ぞうり》や匙《さじ》や茶碗などが化生した、可愛らしい怪のもの。先程、季名に目覚めを促した声は彼らが発したものだった。

「ぞうり、さじ、ちゃわん」

季名はいつも自らの傍にいる妖たちそれぞれの名を呼んだ。すると彼らはめいめいに嬉しそうに身をくねらせる。それを見ているだけで、季名の口許には自然とちいさな微笑みが浮かんでいた。

「みんな……おはよう」

やわらかな口調で彼らに向かって改めて朝の挨拶をする。

これは季名にとって、何の変哲もない、ごくごく普通の朝の迎え方であった。幼い頃からずっと繰り返してきているあたりまえの光景だ。けれども、世間一般の人の目からすれば、そんな季名の日常はきっととんでもない景色に映るのだろうことも理解していた。

只人《ただひと》には、物ノ怪は見えない。

それが見える者は、尋常の者ではない。

鬼子《おにご》――……生家である橘家《きつけ》で、季名はそんなふうに呼ばれて生い立った。三年前からは屋敷の塗籠《ぬりごめ》に籠められたきりで、一歩も外へ出ることはなかった。家の者たちから恐れられ、忌《い》まれ、遠ざけられる存在だった季名が友のように親しんだのは、みな、現世《うつしょ》ならざる妖《あやかし》、物ノ怪たちばかりだ。

季名は立ち上がって、曹司《へや》の隅に置かれた行李《こうり》へと近づいた。籐《とう》で編まれた蓋《ふた》を持ち上げ、中から汗衫《かざみ》を取り出して、それに着替える。直ぐの黒髪を首の後ろで一つに結って、それから、厨子《ずし》棚の上に大事に据え置いた古鏡《ふるかがみ》の破片に手を伸ばした。

「かがみ、おはよう」

やさしく手に取った破片を左のてのひらの上に乗せてしずかに声をかけると、その鏡の輪郭がゆらゆらと陽炎《かげろう》のように揺らぎ出した。そのうちに、それはちいさな白銀の蛇に変じて、ほっそりとした鎌首をゆっくりと擡《もた》げた。

紅い、真円の眼《まなこ》が、じっと自分のほうを見る。それをたしかめながら、季名は口許をゆるめて、人さし指の腹でそっと仔蛇の顔のあたりを撫でた。

かがみは、もと、季名の生家である橘家の庭の池に呪《まじない》として沈められた鏡が化生した妖だ。人の姿――子供の姿であることが多い――をとることもあるのだが、季名を庇《かば》って割れ欠けてしまったせいなのか、いまは仔蛇の姿になるのが精いっぱいのようだった。人語を発することもない。

それでも、この三年は塗籠の妻戸《つまど》を隔てて言葉を交わすだけだったかがみと、こうしてまた直に触れあえるようになったことが、季名にはしあわせでたまらなかった。

かがみが季名の指に懐くように頬擦りをする。いつの間にか足元にやってきている器物の物ノ怪たちも、季名のまわりで、きゃっきゃ、と、たのしそうな声を上げていた。

「新しい暮らし……だね」

季名は誰にともなくつぶやくように言った。そして、そ、と、溜め息をついた。

「鬼和《おんなぎ》たちの住む、妖物《ばけもの》屋敷、か……」

その風聞の通り、季名が暮らすことになったこの陽晟院《ようぜいいん》には、人のみならず、数多《あまた》の妖たちが存在しているようだった。ここに足を踏み入れてすぐ、季名は実に様々なモノを目にしていた。

平安京《へいあんきょう》を開いたのは、暄武《かんむ》と謚号《おくりな》された帝だ。いまからおおよそ百年《ももとせ》ほど前のことである。

北は玄武、船岡の山。東は青竜、鴨の川。南は朱雀、巨椋《おぐら》の池。西は白虎、木嶋の大路。四《し》神《しん》相応の地に置かれたこの京《みやこ》は、その名に負うごとく、長く平安を謳歌するはずだった。

けれども、いまやここは、魑魅魍魎《ちみもうりょう》が跳梁跋扈《ちょうりょうばっこ》し、百鬼夜行《ひゃっきやぎょう》が往行する魔都である。

そんな中にあって、更に妖物屋敷と噂されているらしい陽晟院《ようぜいいん》は、京《みやこ》を東西、南北に走る大路小路のうち、南北を大炊御門大路《おおいみかどおおじ》と二条大路《にじょうおおじ》とに、また東西を西洞院大路《にしのとういんおおじ》と油小《あぶらのこう》路《じ》とに挟《はさ》まれた場所にあった。

京《みやこ》の北の一画には、帝の坐《ましま》す内裏《だいり》を中心として官衙《やくしょ》が建ち並ぶ大内裏《だいだいり》があるが、その東南の郁芳門《いくふくもん》を出てすぐの所という、一等地だ。それもそのはずで、ここを居院《すまい》とするのは譲位《おりい》の帝――……数えで弱冠二十歳にしかならぬ、若き太上天皇だった。

新しく季名の主となった人である。

季名がここへきたのは、つい昨日のことだ。広い屋敷の中の、東対屋《ひがしのたいのや》にある曹司《へや》のうちのひとつを新たに賜《たまわ》り、以後、この屋敷で暮らしていくことになったばかりだった。

きっかけは、大伴継登《おおとものつぐと》――……陽晟院《ようぜいいん》の命《めい》を受けて季名を訪ねてきた彼と出逢ってまだわずかだが、それによって、季名の宿運は大きく動いた。

陽晟院《ようぜいいん》の鬼和――……鬼を見、それらと対峙《たいじ》する者たち。まだ実感は持てずにいるが、自分もまたそのひとりとしてここに迎え入れられたのだった。

「鬼子だったわたしが、今度は、鬼和……」

傍にいる者にまで意図せず妖を見せてしまう季名は、家中ではずっと、畏《おそ》れとともに恐れられ、忌まれる存在だった。

自分の存在は、誰かに恐怖を抱かせる。

自分の存在は、何かが傷付く原因になってしまう。

そんな自分が外へ出ていいのか、と、思った。けれども継登は、大丈夫だと言ってくれた。季名にも、季名の傍の物ノ怪たちにも、心を寄せてくれた。そんな継登だから、信じてみよう、と、自然とそう思えたのかもしれない。

これまでは不気味で厄介《やっかい》なものでしかなかった季名の力も、継登の傍でなら、役に立つものに変わるだろうか。

「陽晟院《ようぜいいん》の、鬼和……」

差し出された継登の手を取った季名は、これからは、そうやって生きていく。

ただ、この屋敷に暮らす者たちとうまく関係を築いていけるかどうか、とても不安だった。

かなうなら良い関係をつくっていきたい、と、思う。けれども生家において鬼子、忌み子と遠巻きにされていた季名には、これまで誰かと関わりらしい関わりを持った経験がない。

「これからここで……うまく、やっていけるのかな」

新しい暮らしへの不安を思わず口にすると、手の上に乗っているちいさな蛇が、またこちらの手指に頬《ほお》擦《ず》りをした。きっとかがみは季名を慰めようとしてくれているのだ。それを感じ取った季名は、そ、と、口許をゆるめた。

「うん、わかってる……最初から弱気になってたら、だめだよね。がんばらないと……」

蛇の姿のかがみをもうひと撫でてすると、季名は彼を静かに元の厨子棚の上へと戻した。

そのとき、ふと、かがみが真円の紅眼を曹司《へや》の扉のほうへと向けた。首を擡《もた》げ、ちろちろ、と、舌を出す。

かがみがそうするのと同時に、季名の足もとにじゃれついていた、ぞうりとさじとちゃわんとが、きぃ、きききき、と、ちいさな声をあげて跳びはねた。

「どうしたの、みんな？」

彼らの様子に季名が訝《いぶか》る声を上げた、まさにその刹那だった。

「――季名、起きてるか？」

遣戸《とびら》の向こうから、そんな声が聞こえてきた。

季名は振り返り、遣戸《とびら》のほうへと近寄った。ゆっくりと戸を開け、外を見る。まだ黎明《れいめい》の刻限のこと、外は薄暗かったが、東雲《しののめ》の空を背景に簀子《ろうか》に立っているのは、昨日、およそ三年ぶりに季名を橘家の塗籠から連れ出した大伴継登そのひとだった。

「おはようございます……えっと、継登、さん」

季名はおずおずと相手の名を呼んだ。

最初、継登さま、と、呼びかけたら、相手は柄《がら》ではないと苦笑した。では継登どのではどうかと問うと、これにも眉をひそめて首を横に振られた。かといって呼び捨てにするのはどうしても躊躇《ためら》われて、結局、継登さん、と、そう呼ぶことで落着していた。

それでも、いざ口にすると、なんだかくすぐったいような、気恥ずかしいようなきもちになる。物ノ怪以外の誰かの名をこんなふうに親しく呼ぶのも、そういえば季名にとっては、およそ初めての経験だった。

「あの……本日は、陽晟院《ようぜいいん》をご案内くださると……もう、用意をしたほうが、いいでしょうか？」

まだ夜は明けたばかりだ。だが、この屋敷には、それこそ主に夜闇の中に跋扈跳梁《ばっこちょうりょう》する鬼を相手取る鬼和たちが暮らしているのだ。彼らの生活時間は、世の人々のそれとは異なっているのかもしれない。

もしかしたら、季名は継登を待たせてしまったのだろうか。のんびり起きて、物ノ怪たちと戯《たわむ》れている場合ではなかったのかもしれない、と、不意に焦りと不安とに襲われながら、うかがうようにおずおずと継登の顔を見た。

「あ、の……」

勝手がわからなくて失礼をしただろうか、それなら申し訳なかった、と、季名が口にしかけたときだ。次第に紺青《こんじょう》が薄れ、うす藍に透けてくる空を背に無言で簀子《ろうか》にたたずんでいた継登が、唐突に、季名のほうに手を差し出した。

木賊重《とくさがさね》の水干《すいかん》をまとう相手の手にあるのは、ひとひらの薄様紙《うすようがみ》である。

「えっと……これは？」

季名は戸惑いながら、その薄様を継登から受け取った。視線を落とせば、なにやら紙には文字が綴《つづ》られているようだ。

――夜長《よなが》と日短《ひみじか》のさきに鬼の見《まみ》ゆる処――

漢字と仮名まじりで流れるように書かれた文字面は、そう読める。だが、その意味するところはよくわからなかった。季名は黒曜石のような艶やかな黒の眸《ひとみ》を瞬いて、意を確かめようと継登を見た。

「あの……」

「それ、探してくれって」

季名が問いを投げるよりも先に、継登は被せるようにして短く言った。

「えっと、もしかして……陽晟院《ようぜいいん》さまからの、ご下命、でしょうか？」

それならば急がなければ、と、慌てた季名は、継登の返事を待たずに踵《きびす》を返した。

「あの、すこし、待っていてください。すぐに用意しますから」

そう言って、薄様紙を手にしたままに曹司《へや》の奥へ取って返すと、白地に無紋の衵衣《あこめぎぬ》を汗衫《したぎ》の上にさっと羽織る。たぶん、かかった時間は、ほんのわずかだった。

それなのに、季名が再び遣戸《とびら》のところへ戻ったときには、そこに継登の姿はすでになかった。

「継登さん？」

季名は目を瞬いて簀子《ろうか》へ出ると、辺りをきょろきょろと見回した。東対《ひがしのたい》の簀子《ろうか》の、見える限りに人影はない。釣殿《つりどの》へと続く中門廊《ろうか》にも、目前に広がる大きな庭にも、人らしき影はなかった。

季名の目に見えるものといえば、ぽわぽわと空中を漂う綿虫みたいな妖や、木霊《こだま》や狐火《きつねび》らしきもの、あるいは草蔭に潜《ひそ》む器物の怪の姿――さじたちと同じような――ばかりである。

「継登、さん……？」

季名はそろそろと足を踏み出しつつ、躊躇《ためら》うように再びそう呼んでみた。

「――ねえ、どうしたのぉ？」

そのとき、背後から不意に声がかかった。

季名はびくっと身を跳ねさせる。慌てて振り向くと、季名のすぐ後ろには数えで十三、四歳ばかりの少年が立っていて、大きな眸でじっと季名を見上げているのだった。

まだ鬟《みずら》を結っている。着ているものも、紫苑《しおん》色の童水干《わらわすいかん》である。

「継登を呼んでたねぇ。探してるの？」

少年はにこにこと笑いながら、こと、と、可愛らしく小首を傾げて言った。季名が戸惑いつつもこくりとうなずくと、ふうん、と、鼻を鳴らす。

「継登の曹司《へや》、そこだよぉ」

季名がいる場所からふたつ奥の曹司《へや》を指さすと、そのままぴょこんぴょこんと跳ねるような軽い足取りで、季名の傍を通り過ぎていく。そうかと思ううちに、その少年は、一切の躊躇《ちゅうちょ》を見せずに曹司《へや》の遣戸《とびら》に手をかけた。

季名が止める暇など、欠片《かけら》もありはしない。少年は、曹司《へや》の主に許可を求めるつもりなど端《はな》からないかのように、すらり、と、無遠慮に遣戸《とびら》を開いた。

「ちょっと、継登！　なんか継登を探してる人がいるよぉ！　——……って、あれ？　なんだ、いないのか……ってことは、侍所《さぶらいどころ》じゃないかなぁ」

くるっと振り向いた彼の最後の言葉は、どうやら季名に向けてのものらしい。

「あ……はい」

一部始終を目をぱちくりさせながらぽかんと見詰めていた季名が、なんとも間の抜けた返事をすると、相手は、にこ、と、大輪の花が咲くような満面の笑みを浮かべた。

「ぼく、案内するぅ！」

たかたかたか、と、音を立てて季名のところまで駆け戻ってきた少年は、にこにこ笑ったままで季名の手を取ると、ぐい、と、引いた。

その刹那、童《わらわ》らしからぬ力の強さに、季名は思わず蹈鞴《たたら》を踏んだ。すると相手は、あ、と、慌てたように息を呑む。

「ごめんごめん。ぼく、無駄に力持ちだからさぁ。加減がわからないんだよねぇ。失敗しちゃった」

てへへ、と、舌を出しつつ、きゃらきゃらと明るく声を立てて笑うと、季名の手をつかむ手指の力をゆるめてくれながら、こっちだよ、と、言う。相手が目配せで示してみせたのは、東中門廊《ひがしちゅうもんろう》のほうだった。

＊

「ぼくは源《みなもとの》穣《みのる》」

少年は弾むような声で名乗ると、屈託《くったく》のない笑顔を見せた。当歳十三だという。源姓ということは、その血筋は数代前の帝から出たものであり、つまりは前帝である陽晟院《ようぜいいん》とは縁戚関係にある人物のようだった。

「院の猶子《ゆうし》みたいなものかなぁ。あくまで、みたいな、だけど」

穣自身はそう言った。

「いちおう、ぼくもここの鬼和のひとりだよ。すっごく力持ちだからねぇ」

穣は、季名の手を引いてどんどん進んでいきながら、ちら、と、振り向いて、ぱちぱち、と、意味深に瞬《まばた》きしてみせたりもした。

「アナタ、昨日、新しく陽晟院《ようぜいいん》に来た人だよねぇ」

「はい……橘季名と申します」

「継登の相棒になるんだっけぇ？」

続けざまに訊ねられて、季名はなんと答えたものか迷い、黙って黒目を瞬いた。

継登は見鬼の才に恵まれていない。霊的な力もほとんどないのだという。だが、そんな彼が身のうちに宿す天羽羽斬剣《あめのはばきりのつるぎ》を季名が目覚めさせ――それに付随してだったのかどうか――彼の目がいままで見ることのなかった物ノ怪たちを認識できたのは確かではあった。

ただ、それを以て自分は継登の相棒だと言いきれるのかと問われたら、季名には自信がない。彼とはまだ出会ってほんの数日だ。それに、これ以後も、季名がちゃんと継登の力を引き出すことができるのかどうか、まだまだ未知数でもあった。

「あぁあ、やだなぁ」

季名が迷いと不安とに駆られているときにふいに穣がそう言って、それで季名ははっと息を呑むとともに身を強ばらせた。

それは、季名は継登の隣にふさわしくないという意味だろうか。継登とともに鬼和として戦う仕事をするには季名は力不足で、穣にとっては、納得のいかないことだとでもいうのだろうか。

思わずその場に立ち止まってしまった季名を、穣は大きな眸で訝《いぶか》るように見上げた。

「どうしたの？」

「い、え……なんでも、ありません」

「ふうん、そっかぁ。――継登、これから、アナタといっしょに鬼和としての仕事をするようになるんだもんねぇ。継登の仕事が増えたら、ぼく、あんまり遊んでもらえなくなっちゃう。つまんないなぁ、やだなぁ」

穣は言って、はあ、と、これ見よがしな溜め息をついた。

それを聞いた季名は虚を衝かれ、ぱちくり、と、黒曜石の眸を瞬いた。どうやら先程の穣の発言の意図はそういうことであって、季名に評価を下すような気持ちはまるでなかったらしい。邪推して要らぬ懸念を抱いてしまっていたようだ、と、季名は恥じ入るようにうつむいた。

「あ、あそこ！　あの、東対屋《ひがしのたいのや》の並びの建物が侍所《さぶらいどころ》だよぉ」

季名の反省など知るよしもない穣が、にこにこしながら指さしてそう教えてくれる。中門廊《ろうか》の半ばまで来たところで、それまで引っぱっていた季名の手を離した少年は、そのまま勾欄《てすり》へと駆け寄った。

「継登ぉ！」

そこから身を乗り出すようにすると、庭に向かって、そう声を張り上げた。

季名も勾欄《てすり》のほうへと歩み寄る。穣が大きな動作で、ぶんぶん、と、元気よく手を振る先には、木賊重《とくさがさね》の水干《すいかん》を着た継登の姿が見えていた。

継登の近くには、橘家で顔を合わせた鬼和である文屋子義《ふんやのしぎ》もいる。

それからもうひとり、動きやすそうな黒橡《くろつるばみ》色の水干《すいかん》姿で長い棒を構えた、季名や継登よりも二、三歳ばかり年若かと思われる少年の姿もあった。

どうやら武芸の稽古の最中かなにかのようだ。継登はいま木刀を掲げ、その少年と打ち合っていた。

「陽晟院《ようぜいいん》には鬼和だけじゃなくて、家政を取り仕切ってる家司《けいし》とか警衛のための兵仗《ひょうじょう》とか世話役の女房とか下男とかもふつうにいるんだけどさぁ。兵仗の人たちが詰めてるのが、あそこ。で、継登とか子義とか嘉佳《よしか》とかは、あんなふうに、よくあの辺で稽古してるんだぁ。鬼和の仕事がないときとかは、屋敷の警護を手伝ったりもしてるみたいだねぇ」

「そう、なのですね」

おそらくいま穣が口にした嘉佳というのが、棒を繰り出しつつ継登とやりあっている人物のことなのだろう。穣の口振りからして、彼も鬼和ということなのだろうか。

季名がそんなことを考えるうちに、打ち合いに限《きり》がついたのか、継登がこちらへと軽く駆けるような歩調でやってきた。子義が、こちらはゆったりとした足取りで、継登に続いてくる。嘉佳という名だと思われる少年ひとりは、その場にとどまって、くるくる、と、まだ器用に棒を操《あやつ》っていた。

「継登！　このひと、継登のことを探してたんだよぉ。だからぼく、連れてきてあげたんだぁ」

穣が、えへん、と、胸を反らすようにして言った。

「おう、ありがとうな、穣。――で、季名は、俺になんか用だったたか？」

継登は笑いながら、鳶《とび》色の眸を季名へと向けた。

「えっと、あの……用、というか」

「ってか、あんた、なんて恰好してんだよ。汗衫《したぎ》の上に衵衣《あこめぎぬ》一枚って」

戸惑う季名の気も知らぬげに、継登はちらりと眉をひそめる。指摘され、あ、と、季名はちいさく声をあげた。

「それは、その……これまでずっと塗籠にいたので、まともな着物が、いま、手許になくて」

昨日、陽晟院《ようぜいいん》に移った際、院の従者《ずさ》は、橘家から季名の身の回りのものを預かってきて、曹司《へや》へ運び入れてはくれていた。だが、そうはいっても、季名の荷は、せいぜい行李がふたつ分だ。

鬼子と忌まれていた季名に生家で与えられているものは、ごくごくわずかだった。三年前に塗籠に籠められ、人前に出ることもなくなって以降は尚更で、白の汗衫《かざみ》と、上着として、無紋の衵《あこめ》が何着か、申し訳程度にあるくらいなのである。

「おい、継登」

季名の事情を察したのだろう子義が、軽く咎《とが》めるような口調で言う。それで継登もはっとして、極《き》まり悪そうな顔をしてみせた。

「悪い。その……俺のでよければ、貸そうか？」

「ありがとう、ございます。でも……」

気遣いは有り難いが、いつまでも借り物というわけにもいくまい。しばらくは継登の言葉に甘えるにしたって、いずれ新しく着物を仕立てねばならなかった。

だが、そのための帛《ぬの》をどう入手したものだろうか。生家との複雑な関係を思えば、いまさら父母兄弟を恃《たの》むというわけにもいくまいし、と、季名はちいさく息をついた。

こちらのそんな様子を見たからか、まあとりあえず、と、子義がいまの話題をいったん切り上げるかのように言った。

「継登を探していたってことだが、季名は結局、継登に何の用だったんだ？」

「あ、そうだ。なんか急ぎの用だったか？　屋敷の案内とみんなの紹介する予定だったし、ひと稽古終わってから、曹司《へや》へ呼びに行こうと思ってたんだけど」

用はなに、と、そう再び問われ、季名は今度こそ、あれ、と、たしかな違和感を覚えた。先に季名を訪ねてきたのは継登のほうだ。それなのに、そんなことなどすっかり失念したかのような言い方である。季名は戸惑った。

「あの……これ」

手に持ってきた、継登から渡されたものである薄様紙を、勾欄《てすり》越しに相手に差し出してみる。継登は不思議そうな顔をしつつ、それを受け取った。

「なんだ？　文《ふみ》？」

「えっと、さきほど、わたしの曹司《へや》へ来た継登さんから、渡されたものなのですが」

「は？　俺？」

素っ頓狂な声とともに、継登が鳶色の眸を白黒させる。

「いや、そんなこと、してない。今日は起きてすぐ、子義たちと一緒にここへ来て、いままで稽古してたし。――なあ、子義」

「たしかにな」

子義が、くすん、と、肩を竦《すく》めた。それから目を細めて季名のほうを見ると、ちら、と、苦笑してみせる。

「新入りだってんで、からかわれたんじゃないか……ここの物ノ怪にでも」

「え？」

今度は季名のほうが目を丸くする番だった。

物ノ怪にからかわれた――……では、先程季名の曹司《へや》を訪ねてきた、季名が継登だと認識した相手は、何かが化けたものだったとでもいうのだろうか。

そう思いながら改めて思い起こしてみると、対面はほんの一瞬だったとはいえ、確かにすこし奇妙に感じたことがないでもなかった。

「そ、ういえば、あのとき……かがみたちの反応、変だった、かも」

継登が声をかけてくる直前、季名のまわりにいた化生たちの様子が、俄《にわ》かに変化していたのではなかったか。あれは、奇妙《おかし》なものが近づいてきた、と、そういう一種の警告だったのかもしれない。

「わたし……ぜんぜん、気付きませんでした」

どうやらまんまとこの妖物屋敷の物ノ怪に化かされてしまったらしい。新しい生活が始まるというので変に緊張してしまっていたためもあるのだろうが、初日から変化《へんげ》のモノにころっと騙《だま》されるとは、先が思いやられるというものだ。こんな有様で鬼和としてほんとうにやっていけるのだろうか、と、季名は思わず肩を落として溜め息をついていた。

「まあ、気にするな。単なる他愛ない悪戯《いたずら》なんだろうし。それにさ、そういうのに騙されるのは、あんたの目が良いからってことでもあるんじゃないか？　だって俺なら、絶対に引っ掛からないんだしさ」

　鬼が見えない継登がそんなことを言って慰めてくれる。季名はそれに、はい、と、力ない小声ながらもうなずいた。

「そんなことよりさぁ！」

　今度、明るい声で話題を切り替えたのは、しばらく黙っていた穣だった。

「その紙、何が書いてあるの？」

　そう言いながら、勾欄《てすり》から身を乗り出すようにする。

「あ？　ええっと、夜長と日短のさきに鬼の見ゆる処……って、読めるけど。これ、どういう意味だ？」

　継登が季名から受け取った薄様に綴られた文字を読み上げた。どうやら妖と思しき相手に手渡されたものとはいえ、紙や文字自体はごくごく普通のものであるらしく、継登にも見えているようだ。

「意味は、わたしにも、わかりません。でも、わたしのところへやって来た継登さん……の、贋物《にせもの》は、それを探せと」

「探せ？」

「探せとなると……なにか、謎かけにでもなっているのかもしれないな」

　顎に手を当て、唸《うな》るように言ったのは子義だった。

しばし皆で思案する。

やがて季名はおずおずと声を上げた。

「あの……夜長といえば、秋、ですよね。日短は、冬、でしょうか」

「たしかにな。じゃあ、その先っていうと……春のことか？」

継登が季名の言葉を受けて推論を述べた。

「いや、夏かもしれんぞ。さきには、前という意味だってある」

子義が言う。

「で？　春とか夏とかに鬼が見えるって、結局、何のことなのさぁ？」

穣が大きな眸《まみ》を瞬いて皆の顔を見まわしたが、誰も彼もが、うぅむ、と、唸《うな》ったきり、答えを発することはできなかった。

「——それって！　アとフじゃ！　ねぇの！」

そのとき、不意に、余所《よそ》からそう割り込んでくる声があった。

声の主は、いまもすこし離れたところでひとり棒による稽古を続けている少年である。

季名は視線を彼のほうに向けた。皆もまた、同じように、器用に棒を操り続ける相手を見る。

「おい、嘉佳。どういう意味だ？　ちょっとこっちきて、説明してくれ」

継登が声をかけると、相手はいったん棒を振り回すのをやめる。それから一瞬、ちら、と、いやそうな表情をしてみせた。

「えぇ？　オレ、めんどくせぇこと嫌いなんだけど……」

顔をしかめ、継登のよりもやや長いざんばら髪の頭をがしがしと掻きながら言う。

「そう言うなよ。稽古つきあってやっただろうが」

継登が溜め息をつくように言うと、ややあって相手は、仕方ねぇなぁ、と、空を仰いだ。

そして、ひょこひょこ、と、季名たちのいるほうへ近づいてくる。

「季名、こいつ、高階嘉佳《たかしなのよしか》。鬼和のひとりで、霊器の鉾《ほこ》使い。で、嘉佳、こっちは橘季名。院が迎えた新しい鬼和だ」

継登が互いに互いを紹介してくれる。

「お初に、お目にかかります。橘季名です。あの、以後、よろしくご指導ご鞭撻《べんたつ》のほど、お願いいたします」

季名は相手に向かって、ぺこり、と、頭を下げた。

「どうも」

しかし、対する相手の反応は、そんな素っ気ないものだった。

「おまえもちゃんと挨拶しろよな、嘉佳」

継登がそう嗜《たしな》めている。

「えぇ、やだよ。面倒くさい」

それでも口を曲げてそんなことを言う相手に、呆れ気味に息をつくと、まあいい、と、気を取り直した継登が嘉佳を見た。

「それで。アとフって、どういうことなんだ？」

「だからさぁ、夜長は秋、日短が冬。で、その先だから、先頭ってことだろ？」

どうやら、やや距離のある位置にいた嘉佳のところにまで、季名たちの会話の声は届いていたらしい。手に持った棒を、くるくる、と、器用に操りながら、嘉佳はそんなことを口にした。

「秋の先頭……頭文字はア、冬はフ、じゃん」

それを聞いて一同は、なるほど、と、手を打った。

「それで、アフ、か。なら、それに鬼の見ゆる、は……アフに、鬼をつけろってことか？

アフオニ……青鬼、は……ちょっと苦しいな。意味もわからん」

子義がぶつぶつとつぶやきながらも、結局は己の考えを否定するように頭を振る。

そのとき、ちがう、と、低い声で短く言って、不意に顔を上げたのは継登だった。

「オニじゃない。それ、キって読むんだ」

「アフキ、ですか……？」

確かめるように口にして、季名ははっとした。

「あふぎ……扇！」

「なっるほどぉ。継登、たまには賢ぉい」

穣が明るい声を上げる。そして、すぅっと目を細めると、意味深なその眼差しを、庭の先、中門の陰のあたりに向けた。

「さっきからそこの門の陰でこそこそちらちらしてる物ノ怪がいたのは、そういうわけ、かぁ！」

　言うや否や勾欄《てすり》に手をかけ、足をかけ、とん、と、そこを蹴って穣は庭へと降り立った。素早い動作で中門へとまわり込むと、慌てふためいて逃げ出そうとしていた何者かを、ひょい、と、摘まみ上げたようだ。

　電光石火の速さで物ノ怪を捕らえ、すぐに戻ってきた穣の手には、足を掴まれ、憐れにも逆さ吊りにされた、衵扇《あこめおうぎ》の妖がいた。

「あ、あの……あまり手荒なことは、しないであげて」

　季名は穣に捕まって、ぴぃぴぃ声をあげつつ、じたばたともがく扇の化生に憐憫《れんびん》を覚え、とりなすようにそう言った。

「ん？　なんで？　だってこいつ、季名を化かしたやつなんじゃないの？」

　穣が、心底不思議というふうに、ことんと小首を傾げた。捕まえた妖を目の高さまで持ち上げると、矯《た》めつ眇《すが》めつするように、間近から相手を観察している。憐れに喚《わめ》き散らす妖の様子には、てんでお構いなしというふうだった。

「んー……人に化けたにしては、こいつ、気配が小物すぎる気がするけどなぁ」

　たしかに穣の言うことには一理ある。その妖は、何の変哲もない、その辺りによくいるような器物の怪のようで、とてもではないが、人の姿に化けて大きな悪さを仕出かすようには見えなかった。

だが、季名は手荒な扱いを受ける衵扇《あこめおうぎ》の物ノ怪が気懸かりでたまらなくて、それどころではない。あわあわと落ち着かない気分でいるところに、次に声を上げたのは嘉佳だった。

「なんだ、こいつ……何か背中に書いてねぇ？」

彼は穣の手に吊り下げられた物ノ怪に顔を近づけた。

「露をしも置かで萩《はぎ》の葉散りぬべし」

「また謎かけか？」

子義が腕組みをして言った。

季名のところへやってきた贋物だったらしい継登は、探せ、と、言って、季名に手掛りの文言を残していった。だとすれば、何かが見つかるまで、謎かけらしきものを解いていけということなのかもしれない。

「今度は和歌の上の句のような形か……ということは、知恵を借りるべき相手は、ひとりだろうな。――たぶん政所《まんどころ》にいる。行ってみるか？」

子義にそう訊ねられ、それまで逆さ吊りの衵扇《あこめおうぎ》に気を取られていた季名ははっとして、相手の顔を見る。黒曜石の目を瞬いてから、穏やかに笑みかけてくる相手に向かって、こく、と、ひとつうなずいた。

「ああ、一応そいつも連れてくか」

続けてつぶやくように言った子義が、穣がぶらさげたままになっている扇の妖に手を伸ばした。それを見て取った刹那、季名もまた反射的に、そちらに手を伸ばしている。

「あの、それなら、わたしが……！」

急《せ》くように言って、さっと穣から物ノ怪を受け取ってしまうと、守るように胸に抱いた。

そして、ほう、と、息をつく。

子義も嘉佳も穣も、そんな季名の様子に、一様に驚いたように目を瞬いている。不思議なものでも見たかのようにお互いに目を見交わしている彼らの傍で、おそらくは一切が見えていないのだろう継登だけが、わけがわからず、ひとりきょとんとした表情をしていた。

◇二

その後、中門廊《ろうか》へ上がってきた子義と継登に案内されて季名が訪れたのは、東対屋《ひがしのたいのや》から北奥に延びる短い渡殿《わたりろうか》の向こうの建物だった。この北対屋《きたのたいのや》に、陽晟院《ようぜいいん》の政所《まんどころ》が置かれているのだという。

「美薗《みその》、ちょっといいか？」

簀子《ろうか》側から中を覗《のぞ》くように顔を出し、そう声をかけたのは子義である。

その声に顔を上げた紀美薗《きのみその》は、こちらの姿を見とめると、ちら、と、優美な面《おもて》の柳眉をひそめてみせた。

「なんですか。皆してぞろぞろと」

「これでも人数は減ったんだがな」

子義がそう言って苦笑する。その言のとおり、穣と嘉佳とは――穣が唐突に、相撲《すまい》の稽古をしたぁい、と、そう言い出したこともあって――あの場に残ったのだった。

そろそろ辺りに漂っていた夜の気配もすっかりと薄れ、空は白んでいる。澄んだ青空の下の爽やかな空気の中で、穣が捕まえた衵扇《あこめおうぎ》の物ノ怪を腕に抱きかかえた季名は、いま、継登と並んで子義の後ろに立っていた。

そこから、曹司《へや》の中を、そっと覗《のぞ》き込んでみる。

書物が積まれた架台《たな》や文机《ふづくえ》が並ぶその曹司《へや》では、いまちょうど、各々が仕事をはじめる用意にかかっている時分のようだった。かすかに響くのは墨を擦る音で、場には好《よ》い墨の香も漂っている。それに気を引かれるように、気づけば季名は、もの珍しげに曹司《へや》の中を見回していた。

そうするうちに美薗がこちらに近付いてくる。彼もまた物ノ怪に襲われた橘家にやってきてくれた鬼和のひとりだったから、季名にとっても、すでに見知っている相手だった。ぺこ、と、軽く頭を下げると、相手は季名に対しては、にこりと穏やかな微笑を口許に刷いて応えてくれた。

「おはようございます、季名くん。もしかして、屋敷を見学して回っているのですか？」

季名の様子を見てか、美薗がやわらかく微笑みながら問いかけてくる。

「おはようございます、美薗さん……えっと、わたしは……」

これまでの経緯をいったいどう説明したものか、と、戸惑った季名が口籠ると、美薗は牡丹重《ぼたんがさね》の狩衣《かりぎぬ》の袖で口許を軽く覆いつつ、くすくす、と、鈴を転がすように笑った。

「緊張しなくても大丈夫ですよ。継登にするみたいにいじめたりはしませんからね」

「俺にもやめろよな」

傍で継登が眉を寄せて小声で文句を言ったが、これは美薗には見事に聞き流されてしまうようだ。にこりと穏やかな笑みを季名に向けた彼は、その場から、曹司《へや》の奥を軽く振り返った。

「せっかくお越しいただきましたし、紹介しておきましょうか。——匡時《まさとき》どの」

呼びかけると、それまで文机について一心に墨を擦っていた、子義や美薗と同年代くらいの青年が顔を上げる。すっと立ち上がるとこちらへ近づいてくるが、香《こう》色と紅色をあわせた濃香重《こがれこうがさね》の直衣《のうし》姿の彼は、大男と言って良いような上背があった。

鋭い眼光で見下ろすようにされて、季名は思わず、継登の背に隠れてしまった。

「はは、季名くん、怖がらなくていいですよ。このひと、図体《ずうたい》はちょっと大きいですけど、気はとっても優しいですからね。——こら、匡時どの、季名くんを睨《にら》んではいけません」

「いや、睨《にら》んだつもりはないのだが……どうも自分は顔がいかついらしい。怖がらせたなら申し訳ない」

頭を掻きながらそう詫《わ》びてくれる男の声は穏やかで、真面目で実直そうな印象を受けた。

季名は胸もとを押さえ、己を落ち着けるように、ほう、と、息をつく。それから意を決して、継登の背後から身を出した。

匡時に向かって、ゆっくりと、深く、頭を下げる。

「こちらこそ……申し訳、ありません。あの……人付きあいに、慣れていなくて……」

人との距離感の掴み方が、季名にはよくわからなかった。それでも、いま己が目の前の相手に対して取った態度が適切なものでなかっただろうことは、わかる。だから、失礼をお許しいただきたい、と、改めて詫《わ》びると、相手は、なんの、と、目尻を下げて笑ってくれた。

「昨日、橘家からお越しの方だな。自分は大江匡時《おおえのまさとき》だ」

「匡時どのは、琵琶とか笛とか、いろいろな楽器が得意だぞ」

その楽の音で鬼を退治るのだ、と、継登がそう教えてくれた。

「特に何もないときは、私や匡時どのは、政所で家司の方の手伝いをしています。なにか用があるときには、こちらへ訪ねていらっしゃい」

政所《まんどころ》とは家政を担当する機関で、その事務官が家司であった。これは主に所領の勧農や検断、徴税などを担っているが、これらの仕事は荘務と総称される。継登や子義、嘉佳らが平時には侍所《さぶらいどころ》に詰めているように、美薗や匡時は普段、陽晟院《ようぜいいん》の荘務に携《たずさ》わっているということらしかった。

鬼和とはなにも妖に対峙するばかりではないようだ、と、季名は認識を新たにした。

たしかに、平穏無事な日々に何もすることがなければ、時を持て余してしまうようなこともあるだろう。季名はこれまで、橘家の塗籠の中、徒然《つれづれ》を物ノ怪たちと戯れて過ごしてきた。だが、もしかすると、陽晟院《ようぜいいん》での生活に慣れてきたあかつきには、いずれ自分だって何らかの職務を担うことになるのかもしれない。もしそうなったら精一杯がんばらなければ、と、そんなことを思う。

「それで？　あなたがたはそろって、結局何をしにここへ来たんですか？　子義」

今度は美薗は、子義に対して問うた。

「ああ、お前に見てもらいたいものがあってな。――季名、ちょっとそいつ借りるぞ」

言うなり、子義は季名の腕の中にいた衵扇《あこめおうぎ》の怪に手を伸ばすと、またしてもその足を掴んで逆さ吊りにした。

それまで季名に抱えられてひと心地ついていた物ノ怪は、再び、ぶらん、と、宙吊りにされて、ぴぃぴぃ喚きながら、じたばたする。

「あの……もうちょっと、やさしく……」

季名は小声で訴えたが、そう言う間にも、子義はぶら下げた扇の妖を美薗のほうへと突き出していた。美薗は美薗で、扇の両の親骨のところを持つ恰好で、子義の手から妖を受け取っている。もちろん、扇の物ノ怪はその間、ずっと頭を下にしたままの恰好を強いられ続けていた。

「あの……あの……」

季名が抗議するように上げる声は、残念ながら、誰にも気づいてもらえない。

「ん？　何か書いてありますね」

「そうなんだ。和歌の上の句かと思ったんだが、お前、何かわからないか？　――露をしも置かで萩の葉散りぬべし」

「露も置かないで萩の葉が散ってしまうだろう、ですか……そんな歌は聞いたことがありませんが、とはいえもちろん、私だってすべての歌を知っているわけでもないですからね」

美薗が細い顎に指を当てつつ、柳眉をひそめて思案顔をする。次いで傍らの匡時に眼差しを向けたが、彼もまた、わからない、というふうに、軽く首を横に振っていた。

「何かの謎かけかもしれないいんだが」

継登がそう付け足す。それを聞いた美薗は、継登の顔を見た。

「謎かけ？」

「ああ。言葉遊びみたいな。――何か、ある物を指してたりしないか？」

継登に訊ねられて、今度答えたのは匡時だった。

「なるほどな。それなら、わかるかもしれん」

彼は穏やかに笑むと、傍の美薗と目を見交わすようにしてうなずきあった。

「あの……継登さん」

季名は隣に立つ継登の袖をちいさく引いた。すると相手が鳶色の眸を季名に向けてくれたので、季名は、継登の顔と美薗の手許とに、代わる代わる眼差しを向けた。

最初はきょとんとしていた継登だったが、困ったように眉を下げている季名の様子から何か感じるものがあったのか、すぐに、ちら、と、苦笑した。

「美薗」

「何です？　継登」

「あのさ、物ノ怪、こいつに返してやってくれないか」

季名のほうへと顎をしゃくって、美薗にそう頼んでくれる。

「おや、あなた、これのことが見えてるんですか？」

「見えないよ。ただ、なんか季名がそわそわしてるからさ」

継登が言うのに合わせて、美薗が季名のほうを見た。季名はそのとき、美薗の手の中で喚きながらばたばたしている衵扇《あこめおうぎ》の怪をはらはらと見詰めていた。そんな季名と、己の手のうちにある物ノ怪とに交互に視線を送りつつ、美薗は、はたはた、と、いかにも不思議そうに目を瞬く。

「えっと……返せば、いいんですね」

戸惑う口調で言って、季名のほうに妖を差し出した。

季名は美薗の手から扇の化生を受け取ると、再び大事に腕に抱えて、そ、と、心からの安堵の息をつく。すると美薗は、再び、驚いたようにわずかに目を瞠《みは》った。

「いやはや、橘どのは」

匡時もまた、ややぽかんとした表情で何やら言いかけたが、そこで言葉を呑んで、微苦笑した。

ふたりの反応の意味がよくわからず、季名はことりと首を傾げる。助けを求めるように継登を上目遣いでうかがったが、気にしなくていいんじゃないか、と、彼はちいさく笑って肩を竦《すく》めた。

「それよりも、美薗、匡時どの。答えがわかったのか？」

仕切り直すように、継登はふたりに問う。そうだった、と、物ノ怪への心配に気を取られていた季名もそのことを思い出して、艶めく黒曜石の眸をぱちぱち瞬きながら、ふたりのほうを見た。

匡時は継登と季名とにゆったりとした穏やかな眼差しを送りつつ、ああ、と、ひとつしっかとうなずいた。

「こういうのは、類型なんだ。だから謎かけと分かりさえすれば、解くのはさほど難しくない。——まず、露をしも置かずは、ツユの下《しも》の字を置かない、つまり下のユの字を取り去ればいいから、ツ」

「萩の葉散るは、ハギのうち、ハの字が散る、つまり、ハを取ればいいので、キ、ですね」

美薗が言葉を継いだ。

「これを合わせると……」

「ツキ……月、ですか？」

現れた言葉を口にして、季名は外を振り仰いだ。

夜はもはやすっかり明けて、空は透明な浅縹《あさはなだ》色である。有明の月は見上げた空には姿がない。自分の考えは間違っていたのだろうか、と、そう思ったとき、いや、と、傍らの継登が顎に手を当てて低い声で言った。

「もしかしたら、ツキはツキでも、高坏《たかつき》とか、盃《さかづき》とかの坏《つき》かもしれない」

その言葉を聞いた刹那、ああ、と、子義が声を上げた。

「そっちだ、継登。さっきからずいぶん冴えてるじゃないか」

に、と、口角を持ち上げつつ、子義は継登の肩を軽く叩いた。

「盃」

「あ？」

「盃だ。なぜなら、字は物ノ怪の背中に逆さに書いてある」

「そうなのか？」

扇の化生が見えていない継登は眉根を寄せて不思議そうにする。が、たしかに、物ノ怪を逆さに吊り下げた状態にして読める向きに文字は綴られていたのだから、そういうことになる。

「逆さ、つき、で……盃」

季名は、ほう、と、得心の嘆息をこぼしながらつぶやいた。腕の中に抱き取った衵扇《あこめおうぎ》の化生を見下ろしてから、もしかしたら今度もまた盃の物ノ怪がどこか近くにいたりするのだろうか、と、そう思って、辺りを見回してみた。

だが、見える限りにおいて、そうした妖の姿はなさそうだ。

「探すのは普通の盃ではなくて、衵扇《あこめおうぎ》のこれのような、器物の化生したモノなのですよね。

それならもしかしたら、裏の庫《くら》に保管されているモノかもしれません」

美薗が言い、子義や匡時も、そうかもしれない、と、うなずいた。

「季名くん、庫を見に行ってみますか？　案内しますよ」

美薗がそう言ってくれる。継登をうかがってみると、そうしよう、と、笑うので、季名は先達の鬼和の申し出に、こくりとうなずいた。

＊

「あそこが台盤所《だいばんどころ》です。食事での潔斎《けっさい》が必要なときは、あちらにいる者に伝えれば、良いように用意してくれますよ。それから、向こうが湯殿。身を浄める禊《みそぎ》の際にも、あちらを使ったらいいですからね」

この際ついでだからとばかり、美薗は陽晟院《ようぜいいん》の中を案内してくれた。

季名たちは、北対屋《きたのたいのや》から庭に下り、後庭《うらにわ》を横切るようなかたちで、庫のほうへと向かっている途中である。匡時は荘務にとりかかるというので政所《まんどころ》に残ったから、美薗の案内のもと、同行しているのは先程までと同様に継登と子義とであった。季名は、祖扇《あこめおうぎ》の物ノ怪を腕に抱いたままで、いまは美薗のやや後ろを歩いている。

それにしても、いったいこの事態はどういうことなのだろう、と、改めて不思議でならなかった。

夜明けに継登の贋物が訊ねてきたところからはじまって、謎かけの言葉に導かれるままに、いつの間にか今度は庫へ向かうことになっている。いったい何者が何の目的でこんなことを仕掛けたのだろう。それに、この言伝《ことづて》の遊戯のようなことは、いったい、いつ、どこまで続いていくのかもまるで不明だった。

子義が最初に口にしていたように、季名は新参者だからといって、この屋敷を棲処《すみか》とする妖物にでもかつがれ、からかわれ、遊ばれてしまっているだけなのだろうか。

季名がぼんやりとそんなことを考えていたときである。一行はちょうど、屋敷の中央に位置する寝殿《おもや》の裏へとさしかかっていた。

主たる陽晟院《ようぜいいん》が起居するはずの建物だ。季名は見るともなくそちらへと眼差しを送っていた。

いま見えているのは建物の北側と東側とだったが、簀子《ろうか》と廂間《ひさしのま》とを分ける蔀戸《しとみど》は、すべて下ろされた状態で、中の様子はうかがい知れない。けれども、何となくまじまじとそちらを見てしまっていた。

ひっそりとしたその佇《たたず》まいに気を引かれてしまうのは、きっとこんなふうに見えていたに違いない、自分がいた橘家の東対屋《ひがしのたいのや》のことを思い出すからだ。

寝殿《おもや》は、しん、と、静まりかえって、誰の姿も見えなかった。

否――……誰かいる。

廂間《ひさしのま》の外側は勾欄《てすり》をめぐらせた簀子《ろうか》がぐるりと囲むが、その簀子《ろうか》の北東《うしとら》の隅に、男がひとり、ぽつねん、と、立っていた。

気づいた季名は、その男を無意識にじっと見詰めていた。

「……何が、見える？」

季名が男に眼差しをやっているのに気づいたのか、訊ねてきたのは子義だった。はっとした季名が子義の顔を見ると、相手はすこしばかり緊張に強張《こわば》った表情を見せていた。

「えっと……男の人、です。十七、八歳の」

「どんな様子だ？」

「その……項垂《うなだ》れて……血に、塗《まみ》れています」

季名は戸惑いながら、とつとつと口にした。言いながら己でも、ああきっとあの人は継登の目には見えない種類の誰かなのだ、と、そう気がついていた。

「なるほど、あなたは随分いい目をしているようですね」

美薗が感嘆の息を漏らすようにして言う。

「私には、うっすらと黒い靄《もや》がかかっているようにしか見えません」

そう言葉を続けて、微苦笑するような笑みを口の端に浮かべた。その美薗の表情もまた、子義が見せているものと同様、何とも言明しがたい、複雑な感情をにじませている。

話題にのぼっているモノがまるで認識できていない継登だけが、いままた、きょとんとした顔をしていた。

季名は、はたはた、と、瞬いて、もう一度、自分の視野にはたしかに男の形を取って映っている、おそらくは鬼霊《れい》なのだろう人物を見た。

深くうつむいた恰好の男の表情は、はっきりとはうかがい知れない。彼がいったい悪い存在《もの》なのかどうかも、季名には判断がつかなかった。

「いまは、見なかったことになさい」

黙って男を見詰め続ける季名に、やがて美薗は言って、わずかに歩調を早めた。え、と、季名は目を瞠《みは》った。

「たぶん、おれたちが簡単に踏み込んでいい問題ではない。――陽晟院《ここ》には、そういう類のことも存在しているとだけ、いまは知っておけ」

子義もうめくような小声で言った。

わけがわからなくて、季名が黒い眸をはたはたと瞬いていると、傍らで継登が、ふ、と、吐息を漏らした。季名はそちらを見る。継登もまた、事情を心得ているのだろうか。

「あんた、三年前から塗籠にいたんじゃ……院の御退位の事情は、知らないよな?」

問われて季名は、こく、と、ちいさくうなずいた。

阮慶《がんぎょう》八年の二月《きさらぎ》、俄《にわ》かな退位があったことすら、季名はまだ知ったばかりだった。ちょうどその頃には、橘家に魑魅魍魎《ちみもうりょう》を呼び込み、災禍をもたらした元凶として、季名は塗籠に閉じ込められてしまっていたからだ。御代替わりの詳細な経緯など、もちろん、屋敷の奥深くの塗籠にいた季名の耳に届いてきたりはしなかった。

「表向きは病を理由にした禅譲《ぜんじょう》。でも、ほんとは、兄弟にも等しい存在の乳母子《めのとご》を、格殺《なぐりころ》したんだって。それでその身に天子としてあるまじき穢《けが》れを負ったたってことで、事実上、廃位されたんだと……すくなくとも巷《ちまた》では、実《まこと》しやかにそう語られてるよ」

継登がすこしだけ言いにくそうに口にしたその言葉に、季名は息を呑んだ。

子義と美薗とをうかがっても、ふたりは何も言おうとしなかった。とはいえ、特に驚いたふうも見せてはいないので、これは先刻承知の内容だということなのだろう。

継登の口から聞かされた、自らの主となったばかりの人の行状。それは季名にとって、思いもよらぬ、信じ難いものだった。

再び寝殿《おもや》の簀子《ろうか》に立つ男の霊を見る。男は先程からまるで動かず、首折れるほどに深々と項垂《うなだ》れた恰好のまま、そこに佇《たたず》み続けていた。

その姿に、ふいに言い知れぬ畏怖《おそれ》を覚える。

ぞく、と、背筋が冷えた気がした。

「無論のこと、そんな風聞が世に流れていること自体、己の意のままに動く帝を立てて権勢を恣《ほしいまま》にしようという藤原北家……藤大臣《とうのおとど》のたくらみなのかもしれません。なにが事実《ほんとう》でなにが嘘《でたらめ》なのか、詳しいことは、院の御退位の後にこの屋敷に集められた私たちにも、正直、わからない……ただ」

美薗が静かに言い、そこでひとつ、呼吸を整えるように息を吐いた。

「かつて暄武帝《かんむ》が施《ほどこ》されたのだという、平安京を怪異から守る結界……その強力な呪法の要《かなめ》は、代々の帝の存在なのだといいます。その結界が、院の御退位に前後して異常を来《きた》したというのは事実ですから……御身に何事かがあったのは、間違いのないことなのでしょう」

漏れ聞こえてくる噂の真偽は定かではないものの、当時まさに帝だった陽晟院《ようぜいいん》の身に尋常でないことが起きたのだけはほぼ確実だ、と、美薗は語った。

「院が寝殿《おもや》から外へお出坐《でま》しになることが滅多とないのも、もしかすると、そのことと関わりがあるのかもしれません」

「そう、なのですか……？」

季名は昨日、お忍びながらも橘家を訪れた陽晟院《ようぜいいん》を、直接目にしている。だから、寝殿《おもや》からすら出ることが少ないという美薗の言葉に驚いたのだったが、美薗は、ええ、と、ひとつしずかにうなずいた。

「我々の前に姿をお見せになることも、最近では、決して多くはない。ご下命も、ほぼ、ご側近の常葉さまを通じてなさいますしね」

「普段も、ほとんどの時間を夜御殿《よんのおとど》……寝殿《おもや》の塗籠でお過ごしのようだ。たまに昼御座《ひのおまし》にいらっしゃることもあるが、それも、ごくごく稀《まれ》だな。昨日、お前を迎えに橘家へお出掛けになったのなど、例外中の例外のこと」

美薗と子義とに教えられ、季名は目を丸くした。

昨日、季名が対面の機会を得た前帝は――高貴な身分であることは措《お》くとしても――自分と同じ年齢《としのころ》の、普通の青年のように見えていた。だが、季名が接したその院の姿は、異例のものであったという。

蔀戸《しとみど》を下ろしてぴたりと閉じられた寝殿《おもや》の、更に最も奥まったところ。

土壁に囲まれた塗籠の中。

普段はそこに籠りきりでいる人の姿を、季名は想像してみる。それは、ほんのすこし前まで橘家の東　対屋《ひがしのたいのや》の塗籠の中で過ごしていた自身の姿に、二重うつしのように重なった。

何ものか、己の身のうちに抱えた善くないモノを抑え込もうとしてのことなのだろうか。

それとも、何ものか、悪しきモノに這《は》い入り込まれまいとしてのことなのだろうか。

季名は無意識のうちにもう一度、ちら、と、簀子《ろうか》に立つ項《うな》垂《だ》れた男の鬼霊《れい》を見てしまっていた。

「それは……」

疑問を口にしかけた、その刹那だった。

「院が鬼和を組織なさった目的は、主にふたつです」

まるで、陽晟院《ようぜいいん》に関して季名がそれ以上の発言をするのを遮《さえぎ》るかのように、美薗が言葉を発した。季名ははっと口を噤《つぐ》んで、美薗のほうへと黒曜石の眸を向ける。

「鬼和を組織した、目的……」

「ええ。一つに、平安京を守る結界を正常に戻すこと。もう一つに、結界の異常ゆえに、京《みやこ》でそれまでにも増して頻々《ひんぴん》と起こるようになった怪異に対処すること。――とりあえず、表向きには、それが私たちのお役目です」

「あの方が真実何を考えているのかは、読みがたいし、拝察するよりほかない。が、すくなくとも、院はたしかに、いまの状況……この平安京《みやこ》を、鬼の跳梁跋扈《ちょうりょうばっこ》する場所にしてしまった要因は己にもあると、責任をお感じではあるらしい」

子義が美薗の言葉を引き継ぐようにして言った。それがすべてかはわからないが、と、奥底にそんな含みを持たせつつ、言葉を継ぐ。

「おれたちにできるのは、院の御下命に従って、鬼を退治ること、結界を直すための手掛かりを探すこと……とりあえず、まずはそのふたつだよ、季名」

教え諭すように鬼和の使命を告げられて、季名はうなずくともなく、胸元を押さえるようにして、すこしばかりうつむいた。

主となった陽晟院《ようぜいいん》という人のことについて、気になることはある。けれども、この屋敷の先達である彼らの言う通り、それはここへ来たばかりでまだ何も知らない季名などが、考えなしに踏み込んでいって良い問題ではないのかもしれなかった。

簀子《ろうか》に立つ男の鬼霊《れい》のこととて、そうだ。鬼を見、鬼に対処できる鬼和が集う屋敷にあって、これまで祓《はら》われることもなくそのままにされている。きっと、誰かの、何らかの意図が働いてのことなのだろう、と、一旦そう納得しておくこととした。

「さ、行きましょう。庫はあそこですよ」

美薗が、敢えて話題を切り替えるような調子で促した。

「並びにあるのが文殿《ふどの》ですから、何か書物を見て調べたいことがあるときなども、あそこへ行くと良い」

敷地の北西の隅にある建物を指して、説明の言葉が続く。季名は胸に靄《もや》のようなものを抱えつつも、きゅ、と、くちびるを引き結び、強いて男の姿を視界に入れぬように視線を落としたまま、寝殿《おもや》の裏を通り過ぎた。

◇三

庫なのだという高床、校倉造《あぜくらづくり》の建物に着くと、美薗は数段の階《きざはし》を上って、木製の戸に手をかける。戸を開くと、庫の中には灯りがともされていた。

「ああ、昭衡《あけひら》くんが来ているみたいですね」

どうやら先客がいるらしい。昭衡とはいったい誰だろう、と、そう思った季名は、ちら、と、継登に視線をやった。

「鬼和の最後のひとりだよ。呪符《ふだ》使いってやつかな」

季名の眼差しを受け、継登は簡単な説明をくれた。

「文字とか紋様とかを書いて、結界を張ったり封呪を施したりが上手いんだ。庫に保管されてる呪物なんかは、あいつの呪符で封じてたりする。そういうのの点検に来てるんだろう。まあ、そうじゃなくても、あいつはよくここに籠ってるんだけどな」

そう付け足し、昭衡という人物がいま庫にいる理由を教えた。

そうこうするうちに、奥の薄闇の中からぬっと現れた、振分髪《ふりわけ》の人影がある。朱華《はねず》色の直衣《のうし》を着た、自分と同じくらいの年齢に見える青年だった。

「なにしにきたの。邪魔しないで」

とつとつとした調子で、彼はぼそぼそと言った。

切りそろえられた前髪の下から、入り口に立っている一行に眼差しを向けてくる。ほんのわずかの間、新参者の季名をじろりと見はしたが、とはいえあまりこちらに興味はないようだ。その後はすぐに踵《きびす》を返して、架台のほうへと戻ってしまった。

図らずも仕事の邪魔をしてしまったので、立腹なのだろうか。そうだったら申し訳ない、と、相手の素っ気ない言葉や態度に触れた季名がはらはらと心配を募らせていると、それを見た継登が、ちらりと苦笑した。

「あれが小野昭衡《おののあけひら》。あいつ、いつもあの調子だから」

別段怒っているというわけでもなく、あれで平生の通りであるらしい。気にする必要はない、と、季名にそう言った継登は、実際、昭衡の様子をすこしも気にするふうなく、躊躇《ためら》いなく彼の傍らへと近づいていった。

「継登、なに。僕、忙しいんだけど」

昭衡は、ちら、と、継登を睨《にら》む。

「まあ、そう言うなって。――なあ、この庫にさ、盃の怪って、いたりする？　いま不審な動きをしてたりとかするやつ」

「それがなに。いても継登には見えないでしょ」

「それはそうなんだけどさ」

「そこのひとが、なんでか知らないけど大事そうに抱えてる、その扇の物ノ怪と関係でもするの?」

昭衡は、今度は季名の腕の中の衵扇《あこめおうぎ》の化生に一瞥《いちべつ》をくれた。継登もつられてこちらを見はしたが、彼にはいま季名に抱えられている物ノ怪の姿は見えていないはずだ。

「まあ、そうかな。ちなみにあいつ、橘季名ね。新入りだから、よろしくしてやってくれ」

継登が季名を昭衡に紹介してくれ、季名は、ぺこ、と、頭を下げた。が、それに対して相手は、黒い目をじっと季名に向けただけで、何か言ったりはしなかった。

「盃の、物ノ怪」

やがてつぶやくように言いつつ、今いる場所を離れて、庫の奥へと入っていく。

しばらくすると、てのひらほどの大きさの土器《かわらけ》を持って戻ってきた。手足が生え、顔のある、まさに盃の怪である。

「たぶん、これ」

昭衡はてのひらの上の盃を差し出すようにして示して見せた。

「ふつうの土器《かわらけ》に見えるけど」

継登は首を傾げて言う。すると昭衡はじとりとした眼差しで継登を見た。

「継登の目、節穴」

言われた継登は、なんだと、と、眉を寄せる。気色ばんだ継登の傍で季名はひとり気を揉みかけたが、まあ落ち着け、と、子義がふたりの間に割って入ってくれた。

子義に制された継登はむすっと黙り込んだが、そんな継登に苦笑しつつ、子義は顎に手を当てて、昭衡が手に乗せている盃を覗《のぞ》き込んだ。

「こいつかな？　確かに物ノ怪が憑《つ》いてはいるが、それ以外におかしなところはなさそうだが」

いま季名が抱きかかえている扇の怪のように、字が書いてあったりするというようなことはないようだ。美薗もやってきて、皆でその化生のものを覗《のぞ》き込むかたちになると、まわりからいく対もの眸に見詰められたためか、妖はいかにも居心地悪そうに、もぞもぞと身動《みじろ》ぎした。

しかし、皆で見てみても、何か新たに気付くようなことはない。

「お酒でも、呑ませたら」

ふと――ほんとうに思い付きのように、いかにも適当な調子で――そう言ったのは昭衡だった。

「これ、盃だし。お酒でも飲ませてみれば。なにか吐くかも。知らないけど」

短く連ねられた言葉を受け、美薗が、うむ、と、一瞬思案する様子である。その後で彼は、切れ長の涼やかな眸を継登に向けた。

「継登。ちょっと台盤所《だいばんどころ》まで行って、お酒をもらってきてください」

「あ？　俺？」

「なんです？　まだ陽晟院《こうせいいん》に慣れていない季名くんを行かせろとでも？」

「いや、そうじゃなくて、あんたが行けば……」

言いかけた継登の言葉は、けれども、なんですか、と、そう言った美薗のやわらかな微笑みを前に、途中からくちびるの中に呑みこまれてしまった。

「はいはい、わかったっての！」

しぶしぶの態《てい》で出て行った継登は、しばらくして、酒瓶を手に戻ってきた。

「——で。ふつうに注いでみればいいのか？」

いま目の前にいる、盃の化生したもの。季名たちの目には目鼻のある妖に見えているわけだが、継登にとっては単なる土器《かわらけ》の盃に過ぎない。昭衡の手に乗っているそれを前に、継登はそう確認を取った。

美薗がうなずくと、これでほんとうに何かわかるのか、と、そんな半信半疑の様子で、とくとくとく、と、濁り酒を盃に注いだ。

盃の縁までなみなみと酒が注がれる。それにつれて、妖はうっとりしたふうに目を細めると、ぽう、と、頬を薄紅に染め、ほう、と、満足そうな息を吐いた。酔っ払っているのかもしれない。

そうこうするうちに、昭衡の手の上、千鳥足で足踏みをした。

「おろして、ほしいみたい」

物ノ怪の様子を見て季名がぽつりとつぶやくと、昭衡は一瞬、何か奇妙なものでも見るような眼差しを無言で季名のほうへと向けた。が、結局は季名の言葉に従って、盃の妖の頭を手指で摘まみあげ、中の酒をこぼさぬよう、ゆっくりと床へと置く。

物ノ怪は、ほう、と、またしても満足げな溜め息をひとつついた。

それから、酒の満たされた己の中に手を突っ込み、そして、酒に濡れた指でなにやら床に文字を綴りはじめた。

「わっ、なんだよ？」

盃の怪の動きは見えずとも、酒で書かれた文字自体は見えるらしい継登が、驚いたように声を上げる。季名たちは、皆、額を突き合わせるようにして、変化のモノが綴る文字を見詰めていた。

――木の横の女の角《つの》は貝ふたつ――

やがて現れたのは、そんな不可解な文言である。

「また謎かけか。だが今回のは、どれか文字を消すとか足すとかではなさそうじゃないか？」

子義が同意を求めるように美薗を見て言った。たしかに、先だの上下《かみしも》だの、見《まみ》ゆるだの置くだの散るだのといった語はない。これまでと同じような謎かけならば、今回もまた言葉に何らかの操作を加えて答えを得るのだろうが、先程までの二つとは、少々趣《おもむき》が異なるようだった。

季名は、盃の物ノ怪の綴った字をじっと見下ろしながら、頭の中にさまざま思考をめぐらせてみる。だが、ぴんとくるものはなかった。

「なんだよ。こんなの、そのままだろ？」

そのとき、ふと、継登が言った。

え、と、思って季名が顔を上げると、皆と同じように床の字を見ていた継登が、いきなり盃の中に己の指を浸した。突然のことに盃の妖は仰天《ぎょうてん》したように跳び上がり、その後で、きき、ききぃ、と、抗議するかのごとき鳴き声を出していた。

しかし、継登には見えていないし、きっと聞こえてもいない。

「つ、継登さん」

季名が慌てて声をかけると、相手はきょとんとした。

「盃のこが、びっくり、してます」

「ああ……悪い、つい。ってか、一緒のもんが見えないって、不便だな」

継登はぼやく調子で言った。

季名は、よしよし、と、盃の妖をなだめるように撫でてやる。その間に、継登は酒に濡れた指を床に付けていた。

「木、だろ」

言いながら、先程、物ノ怪がやったのと同じように、酒で字を書いていく。

「その右横に、女を書いて」

木という漢字の横、やや下寄りに女という漢字を付け足した。

「で、あと、角には貝がふたつ」

女の字の上に、鹿などの頭に角が生えるような位置取りで、貝という字をふたつ書き加える。すると、見事に、ひとつの文字ができあがった。

「……櫻《さくら》」

季名は感心の溜息をつくようにつぶやいた。

「なるほど、櫻か。——まったく良くできている。たぶん、これが伝言の最後だ。訪ねるべきは、あの櫻だろうな」

子義がすこし口角を上げつつ、分かったふうにしみじみと言って、くすん、と、肩を竦《すく》めた。

「でしょうねえ。なにしろ、ここにいるのは、我らが新たに迎えた橘なんですから」

ふふ、と、美薗も楽しげに笑ったが、よくわからない季名は黒曜石の目をぱちぱちと瞬いて、こと、と、小首を傾げた。

◇四

子義と美薗とに連れられて、継登とともに季名が辿り着いたのは、陽晟院《ようぜいいん》の寝殿《おもや》の正面、目前に大きな池が広がる南庭だった。腕の中には相変わらず祖扇《あこめおうぎ》の物ノ怪がいて、ついでに後ろには、ふらりふらりと千鳥足で、盃の物ノ怪までついてきてしまっている。

広い庭の中央あたりまでくると、季名はそこから寝殿《おもや》の正面へと視線をやった。先程目にした折、北側や東側の蔀戸《しとみど》は下ろされていた。が、いま、南廂間《みなみびさしのま》の蔀戸《しとみど》は、ちょうど真正面にあたる二間《にけん》ばかりが上げられ、開け放たれている。とはいえそこにも御簾《みす》が下ろされ、その向こうに几帳《きちょう》までもが立てられているため、さらに奥の母屋《もや》にある、昼御座《ひのおまし》と呼ばれる場所の様子は、やはりうかがい知れなかった。

そこにはいま、誰かが座しているのかもしれないし、そうではないのかもしれない。

庫へ行く前に聞いた話が季名の頭の隅を掠《かす》めていく。けれども、そんな物思いに耽《ふけ》る暇もなく、美薗が季名を呼んで、手招いた。

「季名くん、こっちへ」

導かれたのは、寝殿《おもや》の中央、簀子《ろうか》へと続く五段《ごしな》の階《きざはし》の傍近くである。その階《きざはし》の東側と西側とには、ともに、人の背の高さにも満たないほどの、まだ若々しい木が植えられていた。東側、すなわち寝殿《おもや》にいる人から見て左側の木は櫻、西側の、右にあたる木は橘だ。

「左近《さこん》の櫻に、右近《うこん》の橘か」

後ろについてきた継登が、階《きざはし》の真正面から、左右の木を交互に見ながら感心したようにつぶやいた。

「たしかに、橘姓のあんたが辿り着く場所としては、ここ以外ないってくらいぴったりかもな」

そう言って、笑う。

平安京の北の一画には大内裏《だいだいり》があり、帝の坐《おわ》す内裏《だいり》がある。その内裏《だいり》の中央、正殿たる紫宸殿《ししいでん》の正面の階《きざはし》の左右には、櫻と橘とが植えられているのだそうだ。

殿上《てんじょう》での儀式の際に左右の近衛《このえ》がこの辺りに陣をしくことから、これらをそれぞれ、左近の櫻、右近の橘と称する。おそらくはそれに倣《なら》うかたちでなのだろう、前帝たる陽晟院《ようぜいいん》の寝殿《おもや》の前にも、左右に櫻と橘の若木が配されているのだった。

「あんたは橘だから、こっちだな」

継登が季名の手を取り、引いた。

導かれたのは階《きざはし》の西側の木、橘の間近である。いまは冬を過ぎ、春ももう終わりに近付こうという頃だったが、まだ木にはいくつか、黄色く色づいたちいさな実が生《な》り残っていた。

花は香り高い純白、実は非時香菓《ときじくのかぐのこのみ》、すなわち、時を選ばず香《かぐわ》しい実であるとされ、神話《かむづたえ》には、不老不死をもたらすものとして登場する。葉は常緑《ときわみどり》の、めでたい木――……橘。

そのとき、季名の耳に、くすくす、と、かすかな笑い声が聞こえた。

見れば枝には、身の丈三寸ばかり、花橘《はなたちばな》の重《かさね》の童水干《すいかん》を着た、ちいさな男童《おのわらわ》が腰掛けて、たのしそうに声を立てて笑っているではないか。季名が驚いて目を瞬くうちに、ぽう、ぽう、と――まだ花の時節にはずいぶん早いというのに――真白で可憐な花がいくつか咲きほころんだ。

季名の後ろをずっとついてきた盃の妖が、木の下でぴょんぴょんと跳ねる。するとふいに、まだ酒が満ちたままだった盃の中に、ぽこん、と、ひとつ、黄金色《こがね》に照り映える、一寸ほどの大きさの橘の実が、木からこぼれ落ちて浮かんだ。そしてまた、くすくす、くすくす、と、木霊《こだま》が声を立てて笑うのが聞こえた。

「橘は、実さえ花さえその葉さえ、枝《え》に霜置けど、いや常葉《とこは》の樹……ですか」

そう詠《うた》ったのは美薗だ。

それは季名も知る、萬葉集にある歌だった。橘は実も花もめでたいが、その葉も、枝に霜が降ってさえ常緑、常かわらずに清らに青々とした葉を繁らせている、と、その木の素晴らしさが詠われている。

橘氏の始祖がその姓を賜った際、時の太上天皇は御酒《みき》に橘を浮かべた盃を下賜したのだと伝わっていた。そしてまた、賜姓の際に詠われた、橘を嘉《よみ》するこの御製歌は、橘氏の新たなる門出を言祝《ことほ》ぐものであったのだといわれる。

そういえば季名にとっても、いまはまさに、新しい人生の一歩を踏み出そうとしている時である。

それを思って、ほう、と、静かに息を吐き出した。

そのとき、それまで季名の腕に抱えられていた衵扇《あこめおうぎ》の妖が、ぴょこん、と、地面に飛び降りた。ぴょんぴょん、ぴょん、と、二、三度跳ねて移動した物ノ怪が、今度はその場でくるりと廻る。螺旋《らせん》をえがくようにして、空へと舞い上がってみせる。

途端に、さぁん、と、風が吹き抜けた。

そして、今度季名の身を包んだのは、見事な櫻の花吹雪だった。

どこから、と、視線をやると、階《きざはし》の東にある櫻木が——こちらはもう花の季節はとっくに過ぎ去ったはずだというのに——薄紅の花を満開に咲かせているではないか。そのうえこちらにもやはり、枝には桜襲《さくらがさね》の袿《うちぎ》姿の女童《めのわらわ》が腰掛けて、袖で口許を覆いつつ、ふんわりと微笑んでいるのだった。

季名がいま見る橘の花も、それから満開の櫻花も、木々に宿る精霊、木霊《こだま》が見せた幻影《まぼろし》なのに違いない。妖のつくりだした景色だ、と、そうは思うのだけれど、夢のようなうつくしさに、季名は思わず感嘆の息をついていた。

自分を迎え入れようとしてくれている、あたたかさを感じる。

勘違いだろうか。

気のせいだろうか。

でも、そうであっても構わなかった。だって、この場所での新たな生活をうまく営んでいけるだろうか、と、そんなふうに抱いていたはずの不安は、いまはもう、春風に固い蕾《つぼみ》がほころぶときのように、池の氷が融けるときのように、ふわりと和らいでしまっているのだ。

季名は黒眸を細めて、また口許をゆるめていた。なんという素晴らしい光景なのだろう、と、改めてそう思った刹那、継登が、あ、と、声を上げた。

「櫻の、花吹雪。それに……橘も、咲いてる？」

どうやら木霊《こだま》の作り出した夢幻の光景が、継登の目にも見えたらしい。継登の手指が、季名を橘の傍まで導いたままに、まだこちらの右手を取った状態だったからなのかもしれない。あるいは季名が、継登ともこの景色の素晴らしさを共有したい、と、無意識に願っていたからなのかもしれなかった。

「きれいだな」

継登がこちらに笑いかけつつ言った。

「はい」

季名もまた笑って、ちいさく答えた。

「お。そいつが、おうぎだな」

続いて継登は、季名の傍にいる祖扇《あこめおうぎ》の怪に視線を向ける。どうやらこちらの姿も見えたらしい。

「で、こっちが、さかづき。さっきはびっくりさせてごめんな」

次いで盃の怪を見下ろして言ったところで、季名は目をぱちくりさせた。

「おうぎと、さかづき？」

こと、と、小首を傾けたところで、継登もまた虚を衝かれたように鳶色の眸を瞬いた。

「だって、どうせそういう名前つけるだろ？　あんた」

「あ……」

指摘された季名は一瞬口ごもって、それからしばらくの後、こくん、と、うなずいた。

たしかにそうだ、と、思う。思うけれども、なぜだか気恥ずかしさもあって、すこしだけうつむき加減になっていた。

「たぶんいままで、陽晟院《ここ》の妖物《ようぶつ》どもに名前をつけたやつなんて、いないぞ。おれたちは物ノ怪とそういうふうに付き合ったりは、してきていないから」

そう肩を竦《すく》めながら笑って言ったのは子義だ。

美薗も苦笑してうなずいた。

「私たちとて、屋敷にいる他愛ないモノまで、退治したりはしませんが。際限《きり》がありませんしね。でも、季名くんがするみたいに、接したりもしない。――ちょっと新鮮でしたね」

「あー……だからあんたら、変なもん見るみたいな表情《かお》で、季名のこと見てたのかよ」

ようやくわかった、と、継登が得心したように言うに至って、季名はますます深くうつむいてしまった。ふつうはそういうものなのだろうか、と、下を向いたままで、黒曜石の眸を瞬かせる。

季名にとっては、傍に寄ってくる妖たちを名で呼び、親しくするのは、これまで当然のようにしてきたことだった。たぶん、これからもずっとそうしていくのだろうと思う。

それでも、正面切って、それは皆が皆――鬼が見える鬼和たちでさえ――やることではないのだ、と、指摘されると、すこしばかり極《き》まりが悪いような気もちがした。

「すみ、ません」

わずかにうつむいて口にすると、はは、と、継登は朗らかな声で笑った。

「謝ることじゃないだろ、別に。あんたはあんたなんだしな、季名。――しかし、こいつらもだけどさ、結局なんだったんだろうな、この一件」

継登は話題を切り替えて、ふと、不思議そうにそう口にする。

それで季名も、はた、と、忘れかけていたことを改めて思い出した。

最初は単に、新参者の季名のことを、屋敷に棲《す》む妖怪変化がからかったのかもしれないと思っていた。が、いまとなっては、どうも妖たちが季名を翻弄《ほんろう》して遊んでいたというのではないような気がしている。

だって季名は、はからずも鬼和たち皆と対面を果たすことができたではないか。彼らの名を知り、どういう能力《ちから》を持つのかを知り、あるいは普段の彼らがこの屋敷の中でどのような役割を果たしているのかも見知ることがかなった。更に、この屋敷のどこに何があるかも、案内を受けることができた。

結果として、季名にとって非常にありがたい機会だった。

この屋敷に棲《す》む物ノ怪とも知り合いになれたし、と、自分の傍で踊るように跳びはねているおうぎとさかづきを交互に見て、季名は頬をゆるめる。

「なんですか？　わからないとは莫迦《ばか》ですね、継登は」

継登の口にした疑問に対して、ふう、と、呆れたような嘆息で答えたのは美薗だった。

「そんなの、考えるまでもないでしょうに」

「あ？」

「ここの物ノ怪たちに、こんなに凝《こ》ったことをさせることができる……ここまで高度の使役術を使える人に、思い当たるところはありませんか？」

「ついでに。季名は目が良いようだ。継登の贋物は、でも、その卓抜《たくばつ》の目を晦《くら》ましたわけだ。そんな術を使える者は、この屋敷でも限られてるだろってことさ」

子義もまた訳知り顔で、くすん、と、肩を竦《すく》めた。

彼らの言葉に季名ははっとして、寝殿《おもや》の中を仰ぐように見る。が、御簾《みす》のトりた廂間《ひさしのま》は、いまもやはり、奥に誰かがいるのか、そうでないのかもわからなかった。

それでも、昨日不意に顔を合わせたばかりのその人が、御簾《みす》と几帳《きちょう》で目隠しされたその奥で、ちいさく口角を持ち上げたような気がした。

そのときふいに、母屋《もや》の東側の妻戸《つまど》が開いた。

姿を見せたのは、季名よりも十《とお》歳近くは年嵩《としかさ》だろう、白の浄衣《じょうえ》姿の青年である。彼は手に二疋《ひき》の帛《きぬ》を捧げ持っていた。

「藤原常葉《ふじわらのときわ》さまだ」

継登が教えてくれる。それは、陽晟院《ようぜいいん》の命はほとんどすべてその人を通じてなされる、と、子義や美薗が名を挙げた、院の側近とされる人物だった。

感情のいっさい浮かばない、整いすぎるほどに整った怜悧《れいり》な顔つきは、まるでよくできた人形かなにかのようである。神事を執り行う真夜中の清浄なる闇、浄闇《じょうあん》そのものを凝《こご》らせたかのような、と、橘家を訪れた際に陽晟院《ようぜいいん》の後ろに影のように付き従っていた彼の姿をも思い出しながら、季名はそんなことを思った。

「橘季名、上へ」

簀子《ろうか》を音もなく歩いてきた常葉は、その中央、階《きざはし》にかかる手前で足をとめると、闇に塗り潰《つぶ》された夜のような眸で季名を見下ろして言った。

はっとした季名は、戸惑って、傍の継登をうかがい見る。どうしたらいいのか、と、視線だけで訊ねたわけだが、継登は無言でひとつうなずいた。

言われたとおりにすればいい、と、そういうことらしい。その動作に促されるかたちで、季名はおずおずとながら階《きざはし》を上っていった。

どうするのが正しい作法なのかはわからないが、御簾《みす》の向こうには、この屋敷の主人がいるのかもしれない。それでなんとなく、御簾《みす》の下りた昼御座《ひのおまし》の正面に膝を折って畏《かしこ》まった。すると常葉は、音もなく季名に近づき、手にしていた帛《きぬ》をこちらの肩にかけた。

「院があなたに、これを賜うと」

言われて、驚きのあまり、下げていた頭を思わず上げてしまった。

「あの……ですが」

「よくぞ探し出したとの仰《おお》せです」

それだけを端的に言うと、常葉は目を白黒させる季名をおいて、静かにもと来た道を戻っていく。彼がそのまま妻戸《つまど》から再び寝殿《おもや》の中へと姿を消したらしいことを悟って、季名はその場で、どうしよう、と、途方に暮れた。

しばし逡巡《しゅんじゅん》した挙句、とりあえずもう一度――そこにたしかに誰かがいるとも限らなかったが、そうすべき気がして――寝殿《おもや》の中央、御簾《みす》の向こうに向けて頭を下げる。

「お心遣いに、感謝いたします」

ゆっくりと口にする。返事はなかった。が、御簾《みす》の向こうで、また、誰かがそっと笑ったような気がした。

折節、さぁんと吹きつけた風が、御簾《みす》をわずかに揺るがせる。

それを合図に、季名は躊躇《ためら》いつつも立ち上がった。階《きざはし》を下りて、継登たちのいるところへと戻る。

「朽葉《くちば》色と萌木《もえぎ》色の帛ですか。重《かさね》の色目は花橘。――良いですね、これで狩衣《かりぎぬ》か水干《すいかん》でも仕立てるといい。きっとあなたに似合いますよ」

賜った帛を捧げ持つ季名に、美薗が言う。季名は、ああ、と、嘆息するように息を吐いた――……これで着る物をどうしようかと悩む必要もまた、なくなったわけだ。なんと、至れり尽くせりなのだろう。

今日のことは、いったい、誰の意図だったのか。

「おい、継登。おまえもしかして、院に何か申し上げたか？」

季名と同じようなことを思ったのだろう、子義が継登の肩に己の肩を軽くぶつけるようにしつつ、そう問うた。

「あ？　なにがだ？」

「季名のことだよ。誰のときにもなかった、この手の込んだお膳《ぜん》立て振り。誰かさんが何か頼んだからなのかと思ってさ」

　もしかしたら継登が、他の鬼和に遅れて陽晟院《ようぜいいん》に加わることとなった季名への特別な気遣いを主に要望したのではないか、と、子義はそう疑うようだった。

　そうなのだろうか、と、季名は目を大きく見開いて、継登を見詰める。すると相手は慌てたように、ふるふる、と、首を横に振った。

「いや、俺は別に何も！　……まあ、昨日、俺たちの後にあの方が屋敷にお戻りになったのを迎えたときに、ちらっと、ほんのちらっと、季名が早く屋敷に馴染めるといいんですがとは、耳に入れたけど……でも、ほんと、それだけだぞ？　まさかこんなことになるなんて、思ってなかったんだからな！」

　今日の出来事は自分のせいで起きたのではない、と、継登は言った。

　季名は、ふ、と、口許をほころばせる。

「あの……継登さん」

　継登の袖を、そっと引いた。

「お気遣い、ありがとうございます。わたし……がんばります。早く、ここに馴染めるように。それから、早く、皆さんや……継登さんのお役に、立てるようにも」

　不安はたくさんあるけれど、ここには、自分をあたたかく迎え入れようとしてくれている人がいる。

　だったら、世間に妖物屋敷とも呼ばれる陽晟院こそは、季名にとって新天地となるべき場所のはずだ。

「まあ、なんつぅか……べつに、無理はしなくていいんだからな」

継登が言う。

けれども、季名は、ふるふる、と、頭《かぶり》を振った。

「わたしが……がんばりたいんです」

与えられた帛を胸に押し戴《いただ》くようにしつつ、季名は己に確かめるように、そう口にして微笑んだ。

さぁん、と、風が吹き渡り、右近の橘がさわやかに香った。

一、賀茂斎院《かものさいいん》、歪《ひず》みたる魔魅《まみ》ノ巻

◇一

「海行かば水漬《みづ》く屍《かばね》、山行かば草生《む》す屍《かばね》」

目を閉じ、息を調えると、声をそろえてゆっくりと唱える。

季名《すえな》の手が継登《つぐと》の左腕、ちょうど稲妻のかたちをした墨《すみ》色の痣《あざ》が走る膚《はだ》のあたりに触れていた。相手の手指の添えられたところはじんわりとあたたかい。継登は、ほう、と、息を吐き、もう一度深く吸い込んだ。

「御君《おんきみ》の傍《へ》にこそ死なめ、後悔《かえりみ》はせじ」

後を一息に言い切って、瞼《まぶた》を持ち上げる。

目前の光景は――……残念ながら、何ら変化してはいなかった。

「また駄目かぁ」

継登は溜め息をひとつ、がしがし、と、短めのざんばら髪の頭を掻いた。

陽晟院《ようぜいいん》の東の一角、ここは侍所《さぶらいどころ》の前の庭である。継登と季名とは、ここ数日、継登の体に依《よ》り憑《つ》いている神剣、天羽羽斬剣《あめのはばきりのつるぎ》を目覚めさせるための修練を繰り返していた。つまりは、橘家《きっけ》でその剣が顕現したときのことを再現してみているわけである。

天羽羽斬剣が継登のもとに姿を現したのは、これまでに都合、三度だ。そのうち、阮慶《がんぎょう》八年のはじめ、まるで黒雷に撃たれるような衝撃とともに剣が身に宿ったときを除けば、後の二度は、両方ともに季名の力を借りてのことだった。

一つ、季名の指が継登の左腕の痣《あざ》――継登自身にはまるで感じ取れないのだが、そこには剣霊が依《よ》り憑《つ》いているのだという――に触れること。

一つ、大伴《おおとも》の誓言《ことだて》と称される文言を唱えること。

剣が目覚めたときは、二度ともこの条件を満たしていた。だが、どうもそれだけではなかったのか、ここ数日、幾度となく同じことを繰り返してみてはいるものの、これまでうまく神剣を顕現させることはできていなかった。ついでに、見鬼の才がまるでない、と、そう言われる継登の目が、この世ならざる鬼《もの》の姿を認識することも、ない。

「あの、今度も……見えも、しませんか？」

天羽羽斬が姿を現していないことは、もちろん、季名にとっても一目瞭然《いちもくりょうぜん》のことである。ただ、剣の顕現はなくとも、季名が傍にいることで継登の目に物《もの》ノ怪《け》が見えたこともあったから、そちらのほうはどうか、と、彼はうかがうような色を黒曜石の眸に浮かべて継登をじっと見たのだった。

継登は首を横に振る。すると、またしてもの失敗を悟って、季名はちいさく溜め息をついて肩を落とした。

「すみません、わたし……役立たずで」

しゅん、と、うつむいて、そのまま小さくなってしまう。

「あー……気にすんなって。というか、まるであんたのせいじゃないんだからな」

そんな相手の肩を、継登は苦笑しつつ、ぽん、と、軽く叩いた。

神剣が目覚めないのも、継登に鬼が見えないのも、いうまでもなく、季名が悪いわけではないのだ。季名の力不足が原因などではないのに、要らぬところで、負うべきでない責任まで感じてほしくはなかった。

継登にしてみれば、見えないのが普通であり、これまでもずっとそうだったのだ。そのせいで鬼和《おんなぎ》としてまともに戦うことができず、口惜《くや》しい想いを噛み続けてきた。それに比べれば、いまは季名を仲間に迎えたことで、鬼を見、鬼と対峙できる可能性の端緒なりとも掴めているわけで、それだけでも大きな前進だ。

「そんな顔すんなって、季名」

「でも……」

継登のとりなしを受けても、季名は眉尻を下げたままだ。その表情に、継登もまた困り顔になった。

このまま失敗が続くようでは、いくら気にするなと言っても季名は気に病んでしまうのだろう。そんな想いを味わわせるために助力を乞うたわけではないのに、と、溜め息をつきたい気分だった。

早く鬼和として戦う方法《ほう》を確立できればいいのに、と、おもう。

単に自分が半人前の鬼和から脱却したいというだけではない。継登が半人前のままだと、今度は季名までもがつらい想いをする。それが心苦しいからだ。季名の気持ちを軽くしてやるためにも、なんとか見鬼を、剣の顕現を、と、継登はてのひらをきつく握り締めた。

しかし、これまでできなかったことが、そうそうすぐにできるようになったりはしないらしい。

「わたし……何が、足りないんでしょう」

「だからさ、あんたがどうこうとかじゃなくて、俺のほうの問題だって、たぶん」

季名は傍にいる只人《ただひと》にも鬼、物ノ怪を見せる。そのせいで、生家で鬼子《おにご》扱いを受けていたくらいなのだ。それほどの力を秘めた存在がこれだけ近くにいて、それでも見鬼ができないというのは、どう考えても、原因は継登のほうにありそうだった。

「まあ、気長に行こう。あんただってまだ陽晟院《ようぜいいん》に来たばっかりなんだしさ」

「ですが」

「心配するなって。俺なんか、この屋敷でもう三年も役立たずやってきてるんだからさ。多少それが延びたところで、どうってことないしな」

とにかくすこしでも相手の気持ちを軽くしてやりたくて、強いて明るい声で言って笑う。

「それに、あんた、目がいいんだろ？　だったら、たとえ俺には見えなくても、あんたが俺の目の代わりをしてくれればいいだけじゃないか？　俺と組むあんたが鬼を見て、俺にそれを伝えてくれるだけでも、できることは格段に増える。な？」

念を押すように軽く叩いてやるのは、仕立てあがってきたばかりの花橘《はなたちばな》重《がさね》の狩衣《かりぎぬ》に包まれた、ほっそりとした背中だった。

鬼——……曖昧模糊《あいまいもこ》たる狭間《あわい》に生じ、形顕《かたちあら》われざるもの、隠《おに》。それは時に、人に襲いかかったり、大小の災禍を呼び込んだりする。そうした種々の怪異に対応するのが、この屋敷、陽晟院《ようぜいいん》に集う鬼和の仕事《つとめ》だ。

そして、その鬼和の主であるのが——高貴なる身の上ゆえに居院《すまい》の呼び名を以て呼称される人物——陽晟院《ようぜいいん》。

継登たちの主である院には、どうやら、継登と季名とを組ませて鬼和として勤めさせようという意図があるようだった。まだふたりが仕事を命じられたことはなかったが、だからこそ、院から下命があるまでにせめて見鬼だけでも——偶然恃《だの》みではなく、意識して——できるようになっておければ良いのだが、とは、たしかに思う。

とはいえどうするかな、と、継登が虚空《くう》を仰ぐようにしてそんなことを考えていたときだった。

「——大伴継登《おおとものつぐと》、橘　季名《たちばなのすえな》」

ふいに静かな声が自分たちの名を呼んだ。

はっとして声のしたほうを見ると、いつの間にか、中門廊《ろうか》には院の側近である藤原常葉《ふじわらのときわ》が立っている。常葉は、まるで感情を読ませない夜闇のような黒い眸を、継登と季名のほうにじっと据えていた。

浄闇《じょうあん》そのものが人のかたちを取ったような、と、常葉と向かいあうとき、継登はそう思うことがあった。屋敷の外へ出掛けるときを含め、常葉がほとんどいつも浄衣《じょうえ》をまとっていて、その姿がいっそ現世《うつしょ》離れして見えるからかもしれない。人形めいた容貌は、彼が瞬《まばた》きをするのさえが不思議に思えるくらいのものだった。

そういえば、初めて季名を見たときも、継登は同じようなことを感じたものだ。が、彼が泣くのを見、笑うのを見て、物ノ怪たちと戯《たわむ》れる姿を知ってからは、もう、感情や生気が乏しいだなどとは思わなくなっていた。

不思議なものだな、と、そう思いつつ、継登は季名との修練をいったん取り止め、常葉の近くへと寄った。継登の後に続いた季名と共に、常葉の前に畏《かしこ》まる。

「常葉さま」

この屋敷の主人である陽晟院《ようぜいいん》が人前に姿を現すときには、常葉はいつも影のごとくに院に近侍している。が、いまは院の姿はなく、彼ひとりのようだった。

そして、こうした場合、彼は院の意を受けての伝役《つてやく》であることが常である。

「陽晟院《ようぜいいん》がお呼びです。ふたりとも、疾《と》く、寝殿《おもや》まで参上するように」

はたして、常葉は抑揚に乏しい声音でそう命じた。

＊

今日の寝殿《おもや》は、南側の蔀戸《しとみど》だけが上げられているようだ。東の妻戸《つまど》から廂間《ひさしのま》に入った継登と季名だったが、そこと、母屋《もや》にある昼御座《ひのおまし》と呼ばれる房間《へや》との間は、下げられた御簾《みす》によって隔てられていた。

房間《へや》の奥には、御簾《みす》を透かして、人影が見えている。陽晟院《ようぜいいん》だろうか。

継登は、季名とともに、御簾《みす》の手前にいったん座した。そこで畏まるように頭を下げ、口上を述べる。

「大伴継登、橘季名、お呼びによって参上いたしました」

「入れ」

中から、どこか籠もったような声での返答がある。ただ、そんな短い答《いら》えがあったきり、後は房間《へや》の中にはしんとした沈黙《もだ》が蟠《わだかま》るばかりだった。

常葉は戸惑う様子ひとつなく、御簾《みす》の端を軽く持ち上げ、それをくぐっていく。ちら、と、こちらに向けて眼差しを送るのは、ついてこいという意味であるらしかった。

促されるままに継登と季名は立ち上がった。常葉の背に続いて、同じように御簾《みす》をくぐる。

しかし、房間《へや》の中へ足を踏み入れた途端、継登はぎょっとして立ち尽くした。

次の瞬間には、大慌てで、くるりと背中を向けている。

昼御座《ひのおまし》の中央には、屛風《びょうぶ》を背後にして、最上位を示す繧繝縁《うんげんべり》の置き畳《だたみ》が二つ合わせ置かれている。その畳の上には、こちらも煌《きら》びやかな縁取りのされた茵《しきもの》が敷かれ、更には、座った際に寄りかかるための脇息《きょうそく》も据えてあった。もちろん、この屋敷の主のための御座《みざ》である。

だが、本来そこに座すべき人は——陽晟院《ようぜいいん》は——いま、この房間《へや》の中のどこにも姿が見当たらなかった。

並びの間にあたる塗籠《ぬりごめ》は、妻戸《つまど》がぴたりと閉じられている。近くから声がしたということは、では、院はその中にいるということなのだろうか。それで先程の声はくぐもって聞こえたのかもしれない。

一方で、姿の見えない主に代わって、房間《へや》には女人がひとり座していた。

彼女は、隔てのための几帳《きちょう》も立て回さず、手にした衵扇《あこめおうぎ》で顔を隠すことさえもせずに、その黒目がちな眸で継登たちの入ってくるほうを真っ直ぐに見ていたのである。

敷かれた置き畳は、こちらもやはり繧繝縁だ。紅 匂 襲《くれないのにおいがさね》の袿《うちぎ》姿を一見しただけでも、それなりに身分のある女性《にょしょう》ではないかと思われた。

そうした高貴な女性が、何の隔てもなく身内以外の成人男性と対面する事など、普通ならばありえない。だからこそ継登は狼狽《ろうばい》し、慌てふためいてしまったというわけだった。

ところが、継登に続いて房間《へや》へと入ってきた季名は、慌てる継登を見てきょとんとするばかりだった。黒眸を瞬いて不思議そうにしながら、こと、と、小首を傾げている。

「ちょっ、あんた、何してるんだ……！」

継登は小声で言うと、季名の肩を掴んで、己と同じように後ろを向けさせた。

「あの、継登さん……いったい、どうしたのですか？」

継登の手で穏和《おとな》しく引っくり返されながらも、季名はまだ、わけがわからないといった表情だった。だってあんた、と、そう言いかけて、けれども継登は、そこで、はた、と、口を噤《つぐ》んだ。

そういえば季名は――おそらくは成人してさほど時も経たぬうちから――最近まで、塗籠に入れられたままで、三年の時を過ごしてきていたのだ。鬼子と忌まれていたその身の上を思えば、もしかすると生まれて以来《このかた》、ずっと屋敷の奥に秘め置かれていたのではないのかとすら想像された。

つまり彼は、おそらく、まるで世間を知らぬままに生い立ってきている可能性が高い。

「あのな……」

季名の身の上を想像した継登が事情を説明してやろうとした矢先、それよりも先に、実におっとりとした声が房間《へや》に響いた。

「おふたりとも、かまわないから、こちらを向いてくださいましな」

背中のほうから聞こえた女性の落ち着き払った声に、継登は戸惑った。

「とりあえず、そちらへお座りになって。そんな状態では、まともにおはなしもできませんから」

声はそう続く。ちら、と、助けを求めるように傍に立つ常葉を見てみるが、彼もまた人形めいた無表情を崩してはいなかった。いまこの場においては、どうやら自分だけが平静を失っているようだ、と、継登は困惑に眉を寄せた。

「……几帳《きちょう》をご用意いたしましょうか」

それでも常葉は継登の戸惑いぶりに気付いたのか、女性に対して静かにそう訊ね、助け舟を出してくれる。ぜひともそうしてほしい、と、継登は思ったが、常葉の言葉を受けた女性は、あら、と、驚いたように目をぱちくりとさせた。

「いらないわ。わたくしがこうなのは、院もご承知のこと。それに、いつもこうでございましょう？　今更だわ」

「そうは仰《おっしゃ》いましても、このふたりは、此度《こたび》はじめて宮さまにお目にかかります」

「まあ、たしかに、そうですわね。どうしてもと仰るなら几帳《きちょう》を立ててもいいけれど……その場合、そちらの方々に、几帳《きちょう》の後ろに入っていただきたいのですけれど、かまわないかしら？　女ばかりが隠れなければならないなんて、不公平ですものね」

彼女は黒目がちな目を細めると、ふふ、と、可笑《おか》しげに、あるいはすこしばかり悪戯《いたずら》っぽく笑った。

継登は反応に困った。傍らの季名は、まだ、きょとんとしたままである。

しばらくそのまま一体どうしたものかと思っていると、相手が再び、ふたりともこちらを向いて座って、と、穏やかな声で促してきた。

「継登さんと季名さんだったかしら。新しくおふたりで鬼和としてお勤めになる方々だと、そう、院からおうかがいいたしております。であれば、わたくしとあなた方とは、これから度々お会いする機会が出てくるとおもうの。ですからね、きっと早く慣れていただいたほうが、楽なのではないかしら。わたくしは気にしませんし、院もお気にはなさいません。

――そうですわよね、院？」

彼女はやや声を張って、塗籠の奥へと問いを投げかけるようだった。

「……そなたの、好きにするがいい」

先程と同じく――土壁に隔てられているためか――くぐもって聞こえる声が答えた。

「ほら、ね。――ですからもう諦《あきら》めて、こちらを向いてくださいな」

はやく、と、急かす声を受けて、常葉がちらりと継登たちを見る。

「ふたりとも……院と宮さまの仰せに従いなさい」

結局はそう常葉に命じられる形になって、継登は季名とともに、おずおずとながら、女性のほうへと向き直った。

継登と季名がその場に用意されていた円座《わろうだ》の上に座ると、改めてこちらを見た相手が、満足げに、にこ、と、微笑む。

「はじめてお会いいたしますわね。わたくしは、主上《おかみ》の八番目の皇女《ひめみこ》で、六条釣殿宮《ろくじょうのつりどののみや》と呼ばれる者にございます」

陽晟院《ようぜいいん》もまたそうだが、やんごとなき身の上の方の名を直接呼ぶことは、一般に憚《はばか》られるものである。そこで、屋敷の名を以てその人物の呼称としたりするのだが、六条釣《ろくじょうのつり》殿宮《どののみや》というのも、そういった類の呼び名であった。

六条には、もともとは今上帝《きんじょうてい》の持ち物であった屋敷があり、南庭の池に設《しつら》えられた釣殿《つりどの》が見事なために、六条釣殿邸《ろくじょうのつりどの》と呼ばれているのだという。それがいまは帝の皇女《ひめみこ》のひとりに譲られており、その女宮《おんなみや》は、父帝から伝領した屋敷に暮らしているとのことだった。

まさにその宮が、いま目の前に座す人物だというわけである。

そして、釣殿宮《つりどののみや》と呼称される女宮は、継登たちの主である陽晟院《ようぜいいん》と、非常に深い縁《ゆかり》を持つ相手でもあるはずだった。

「いま、奥の夜御殿《よんのおとど》にいらっしゃる院にとっては、形式上《かたちばかり》の妻でもありますわね」

ふふ、と、華やかな袿《うちぎ》の袖をそっと口許にやりつつ、釣殿宮《つりどののみや》は笑った。

「宮さま」

継登らの傍らに控えるように座した常葉が、窘《たしな》めるような調子で言う。けれども相手は、あらなにか、と、まるで邪気もなく、こと、と、小首を傾げてみせた。それに合わせて、長く艶やかな黒髪がわずかに揺れる。

「わたくしが院にとって名目だけの妻なのは、事実《ほんとうのこと》でございましょう？　結果として院を御位《みくらい》から放逐《ほうちく》して即位したわたくしの父帝や、最終的にその決を下した藤大臣《とうのおとど》は、わたくしを差し出すことで、院にせめてもの詫《わ》びをなさろうという御心づもりだったのかしら。それとも、わたくしの婿とすることで形だけでも院を身内ということにしておかねば、安堵なさることができなかったのかもしれませんわね」

そんな政情がらみの危ういことを、釣殿宮《つりどののみや》は実にさらりと宣《のたま》ってみせた。

継登たち鬼和が仕える主、陽晟院《ようぜいいん》と呼ばれる人物は、わずか九歳《ここのつ》で天皇位にのぼり、わずか十七歳《じゅうしち》でその位を降りた、譲位《おりい》の帝だ。なお数えで弱冠二十歳にしかならない、うら若き太上天皇だった。

三年前の阮慶《がんぎょう》八年、俄《にわ》かに譲位した陽晟院《ようぜいいん》に替わって御位にのぼったのは、院からみれば大叔父――陽晟院《ようぜいいん》の祖父である多邑帝《たむらのみかど》の、弟皇子《みこ》――である。本来ならば皇位からはほど遠い、践祚《せんそ》の可能性などありはしなかった親王による、異例の皇位継承となった。

誰の目からみても、何らか、尋常ならざる事情ゆえのこととしか思われない。

釣殿宮《つりどののみや》は、その常ならぬ事態の中で、図らずも陽晟院《ようぜいいん》に配偶されることとなった皇女《ひめみこ》であるようだった。

「ふふ、でも、身内だからいったいなんだというのかしらね。天皇家など、平安奠都《へいあんてんと》以来ずっと、身内でばかり血で血を洗う争いを繰り返して、多くの浮かばれぬ御霊《みたま》を生み出してきたというのに……藤氏とて、他氏族の排斥《はいせき》が済めば、どうせじきに身内同士で争い出すのにちがいないわ。――ほんに、愚かですこと」

そう言って、釣殿宮《つりどののみや》は刹那、目を細めて複雑な笑みを口許に刷いた。

口調は穏やかで、声音はやさしいのに、発する言葉はひどく辛辣《しんらつ》で怜悧《れいり》なものだ。その不均衡、落ち着いた物言いや表情とはうらはらの発言は、目の前の相手の秘めたる鬱屈《うっくつ》を継登に感じさせた。

とはいえ、院の一介の家人《けにん》でしかない己の立場では、返すべき言葉があろうはずもなく、ただ黙っているしかない。

「あら、いけない」

そのうちに釣殿宮《つりどののみや》が、ふう、と、溜め息を吐いた。

「わたくしったら、ちょっと無駄口をきいてしまいましたわね。――本題に、入りましょうか」

気を取り直したように言って、ふわ、と、やわらかに微笑した。

世間では妖物《ばけもの》屋敷と実《まこと》しやかに噂され――事実、この屋敷には種々《くさぐさ》の妖物が溢《あふ》れているようだが――遠巻きにされがちである陽晟院《ようぜいいん》ではあるが、それでも、時折ここを訪ねてくる客人のあることは、継登も見知っていた。どうやら、その特定の客のうちの一人が、いま目の前ににこやかに座している六条釣殿宮《ろくじょうのつりどののみや》であったらしい。今上帝の皇女《ひめみこ》で、形の上では陽晟院《ようぜいいん》の正妻でもあるのだという彼女は、その実、洛中《らくちゅう》にあって怪異に関する風聞を集め、必要に応じてその情報を鬼和のもとへと持ちこむ役割を担っているとのことだった。

つまりは、鬼を退治るという継登たちの仕事の、依頼主のうちのひとりというわけだ。

「ただ、此度《こたび》のことは、わたくしの個人的なお願いという面も多分にあるのですけれど」

釣殿宮《つりどののみや》はそう前置きすると、怪異が関わると思しき事件について語り始めた。

「わたくしの、すぐ上の姉……異母姉にあたる内親王《ひめみこ》が、二日ほど前に昏倒《こんとう》したすえ、いまも目を醒《さ》まさないらしいのです。しかも、姉宮さまがお倒れになったちょうどそのころ、お側では怪しげなモノの姿が目撃されたのだとか」

釣殿宮《つりどののみや》は白い頬に右手を添え、黒目がちな眸をやや伏せつつ、そう言った。その言葉に、継登と季名は目を見交わす。

「……女宮さまがお倒れになったのは、物ノ怪の仕業だと？」

貴人に対して直答《じきとう》して良いものかどうか迷いはしたが、取り次ぎの女房などもいない以上、そうするより仕方がない。継登は口を開いて、釣殿宮《つりどののみや》に対してそう問うた。

相手は、こちらが直接話しかけたことなど欠片《かけら》ほども気にするふうもなく――もしそんなことを気にする相手なら、そも、几帳《きちょう》も隔てずに継登たちと対面したりはしないのだろうが――やわらかな微笑を継登らに向ける。

「それが、まだ、はっきりとはわかりませんの。というよりもむしろ、あなた方に、そこを見極めていただきたいのね」

「見極める……」

「ええ、そう。わたくしはこれから、姉宮さまのお見舞いに、紫野院《むらさきのいん》へ参ります」

「紫野院……ということは、女宮さまは、賀茂《かも》の……？」

釣殿宮《つりどののみや》の口にした言葉にはっとした季名が言いかけると、それを受けて、相手はすっと目を細めた。

「ええ。姉は、当代の賀茂斎院《かものさいいん》です」

「もうじき……賀茂祭《かものまつり》が控えている」

継登が無意識に独り言ちると、こちらのつぶやきを拾って、だからこそ困っているのね、と、釣殿宮《つりどののみや》はちいさく息を吐き出した。

「このままでは、京《みやこ》の鎮護、平安を祈る祭祀である賀茂祭が、常のとおりに催せなくなってしまいます。ただでさえ……」

釣殿宮《つりどののみや》は何かを言いかけたが、結局はそこでふと口を噤《つぐ》むと、まるで浮かんだ思考を振り払おうとするかのようにゆるく首を振った。

長い黒髪が揺れる。細い眉根のあたりに一瞬、憂わしげな翳《かげ》が浮かんだような気がしたが、けれどもそれは刹那のことだ。宮はすぐに顔を上げると、改めて真っ直ぐに継登たちを見た。

「あなた方には、紫野院の姉宮さまのところへ、わたくしに同行して、ともに来ていただきたいの。姉宮さまの様子を見て、真実物ノ怪の仕業であり、退治て解決するようなら、もちろんそうしていただきたいわ。そうでなくとも、原因を掴んでくださるだけでもかまいません。とにかく、賀茂祭が迫っているいま、このまま指を咥《くわ》えて事態を見守っているだけというわけには、参りませんもの。——よろしいかしら？」

良いかどうかと問われても、むしろ自分たちで良いのだろうか、と、瞬時、そんな戸惑いが継登の胸を過った。季名も同様と見えて、うかがうように、継登に眼差しを向けてくる。

自分たちは、鬼和として、まだ仕事をこなしたことがない。頼みの天羽羽斬剣も確実に顕現させられるわけではなかったし、継登にいたっては、見鬼が可能かどうかすらもがあやしい状態なのだ。

それに加えて、継登も季名も、一応は陽晟院《ようぜいいん》の家人の立場だ。主の意向がないことには、勝手に動くわけにはいかなかった。

だが、そんなこちらの懸念は、常葉の言葉によって振り払われた。

「院が、あなた方ふたりをと、宮さまにご推挙なさいました。仰《おお》せに従って、宮さまに力をお貸し申し上げるように」

静かに告げられ、継登は主がいるはずの塗籠のほうへと視線をやった。

そこはいま、しん、と、沈黙して、音もない。

だがこれは、主から自分たちへの、正式な下命なのだ。それならば、諾《うべな》うより、ほかはない。

「承知いたしました」

継登は言って、塗籠のほうに向かって、季名とふたり、神妙な面持ちで頭を下げた。

◇二

紫野院は平安京の北端を成す一条大路《いちじょうおおじ》を越えた、更に北にある。賀茂神社《かものみやしろ》に奉仕する内親王、または女王――斎院――が住まう御所であった。

賀茂《かも》神社で祀られているのは、賀茂別雷大神《かもわけいかずちのおおかみ》だ。この神は京《みやこ》に平安をもたらす、京鎮護の神だとされていた。

そして、この賀茂神社の例祭が、四月《うづき》の中酉日《なかのとりのひ》に斎行される賀茂祭なのだった。

賀茂祭の前日、斎院は、京《みやこ》の東を流れる賀茂川で御禊《みそぎ》をし、当日はまず賀茂下社《しもつやしろ》、次いで上社《かみつやしろ》へと参向する。この際、斎院や奉幣勅使《ほうへいちょくし》に加えて諸々の供奉《ぐぶ》人らが壮麗な行列を成すさまは、貴族ばかりでなく庶民まで、京《きょう》中の人々がこぞって見物にくるほど絢爛《けんらん》たるものだった。

とはいえ、この祭はもちろん、単に人々の楽しみのために催されるものというのではない。皇城《おうき》鎮護のための重要な行事であればこそ、それが無事に斎行できるか否かは、国にとっても重大な関心事なのだった。

さて、その賀茂斎院の当代を務めるのは、陽成院《ようぜいいん》に代わって即位した今上帝の、七番目の皇女《ひめみこ》にあたる人物である。

賀茂斎院と並んで神に奉仕する皇女《ひめみこ》として、他にも伊勢斎宮《いせのさいくう》がある。斎宮は、皇祖神《みおやがみ》たる天照大神を祀る伊勢神宮《いせのじんぐう》に奉仕する皇女《ひめみこ》だった。そして、斎宮、斎院をあわせて斎王《いつきのみこ》といい、新たな天皇の即位に際して、内親王または女王が、亀卜《うらない》によって定められるのが通例となっていた。

ただし、御代替わりにあわせて例外なく交代してきた斎宮に対し、斎院については、その初代からして、この限りではなかった。天皇の譲位があっても斎院は退下《たいげ》せず、そのまま次の帝の御代でも斎院を勤め続けることがあるのだ。

当代の斎院はこの例である。継登たちの主である陽晟院《ようぜいいん》がまだ御位にあった阮慶《がんぎょう》六年に斎院に卜定《ぼくじょう》され、阮慶《がんぎょう》八年、異例を極めた院の退位の後も、引き続き父帝の御世の斎院を勤め続けていた。

今上帝は、陽晟院《ようぜいいん》にとっては大叔父にあたる人物であったから、その一女である斎院は、院からすれば従叔母《いとこおば》である。仁那《にんな》三年の今年は、斎院たること六年目にあたる。

そう考えると、当代の斎院は、陽晟院《ようぜいいん》にとって幾重にも縁の柵《しがらみ》の絡む相手だといえた。

血縁者であるのはもちろん、自らの御代に立てられた斎院であり、正妻の姉でもある。そんな相手が不意に昏倒したとあれば、しかもそれが怪異に因るのかもしれないとなれば、なおさら、院にとっても捨て置くことはできない事態なのだろうと想像された。

継登と季名とは、陽晟院《ようぜいいん》にとっては正妻、かつ、こちらもまた従叔母でもある釣殿宮《つりどののみや》に付き従う形で、斎院が平生の生活《くらし》を営む紫野院へ足を踏み入れていた。

刻限は、午《ひる》をいくらか過ぎている。継登たちがいま歩むのは、紫野院の中核を成す寝殿《おもや》へと向かう透渡殿《わたりろうか》だった。

「継登さん、あれ……」

案内《あない》の女房について、釣殿宮《つりどののみや》と共に歩いていた時、ふと、季名が継登の木賊重《とくさがさね》の水干《すいかん》の袖を、ちょんちょん、と、ちいさく引いた。はっとした継登は、ちら、と、隣の季名に眼差しを送る。

「どうした？」

辺りを憚《はばか》って、相手に顔を寄せ、ひそめ声で訊ねる。すると季名は、どこかへ視線を送りつつ、あれです、と、もう一度小声で言った。

どうやらその黒曜石の眸は、すこし先の軒下、寝殿《おもや》の正面にあたる南廂《みなみびさし》間《のま》から続く、勾欄《てすり》の巡らされた簀子《ろうか》を見ているようだ。

継登は季名の眼差しの先を追ってみた。見えたのは、紙垂《しで》のついた榊《さかき》が三本、三角を形づくる位置関係で立てられている様子である。

榊などの木の枝に、木綿《ゆう》や、雷《いかづち》を象った紙垂などを結んだものを玉串《たまぐし》という。それは神事において、依代《よりしろ》として神を宿したり、神への捧げものとされたりするものだった。

そんなものがまるで何かを囲むように立てられているのは、明らかに結界に類するものであろう。

「なにか……神事のあとでしょうか？」

「さあ。あんた、あそこに、何か見えるか？　穢《けが》れにあたるものをその中に封じ込めているか、あるいは逆に、周囲から穢《けが》れが依《よ》り憑《つ》くのを防いで厳重に守護したいものが中にあるということではないのだろうか。継登の目には例によって榊しか見えてはいなかったが、もしかしたら季名には、結界によって囲われた中に、何ものかの姿が見えている可能性もある。

それを考えての継登の問いだったが、案に反して季名はちいさく頭《かぶり》を振った。

「何も……ただ、清浄な気を感じるだけです」

ということは、もはや穢《けが》れを浄め去った後ということなのかもしれない。

「実は二日前の朝に、不吉にも、あそこに獣の死骸《しがい》が出まして」

継登たちの様子に気がついたのか、そう教えてくれたのは、案内に立っている年配の女房だった。軽くこちらを振り向くと、眉尻を下げ、どこか困ったような口調で言う。

「大事な例祭を控えた時期でございますし、万一にも、宮さまが死穢《しえ》にでも触れてはいけないとのことで……念のために厳重に祓《はらえ》を施《ほどこ》していただいたのでございます」

なるほど、ではあの榊の結界は、獣の死骸によって穢《けが》れた場を浄めたあとということであるらしかった。

斎院は、神に仕えるというその立場上、厳しく仏事を忌む。僧侶を呼んで誦経《ずきょう》してもらうなどというわけにはいかないはずだから、呼ばれるとすれば朝廷《ちょう》に仕える陰陽師《おんみょうじ》か、あるいは神官になるはずだ。紙垂のついた榊を見るにきっと後者だろう、と、継登がそう当たりをつけた折だった。

「術を施したのは、もしや、藤《とう》ノ巫覡《かんなき》のどなたかですかしら？」

口をはさんだのは釣殿宮《つりどののみや》である。その言葉に、継登ははっと息を呑んだ。

釣殿宮《つりどののみや》の問いに対し、女房が、さあ、と、曖昧《あいまい》に返事をする。

「わたくしは、詳しくまでは存じませんが……宮さまは賀茂大神にご奉仕なさる御身でございますから、同じく神のお力にお縋《すが》りいたすのがよろしかろうとのことで、藤大臣が手配してくださったとのことでございます。死骸の出ましたあの場と、それから念には念をとのことで、宮さまの御身とを、祓《はら》っていただきましてございます」

「そう……藤大臣が、ね」

釣殿宮《つりどののみや》は、どこか含みを感じさせる口調でうなずいた。が、それ以上なにかを言うよりも前に、どうやら目的の場所へと到着したようだ。

「こちらにございます。──どうぞ」

女房が立ち止まって言い、丁寧な手つきで御簾《みす》を掲げてくれた。

廂間《ひさしのま》の奥には、厚く塗った土壁に囲まれた房間《へや》が見えている。一行が通されたのは、紫野院の寝殿の中央、母屋《もや》にある塗籠であった。

＊

風通しを良くするためなのか、塗籠の妻戸《つまど》は開け放たれている。ただ、出入口には御簾《みす》が下ろされて、外からでは、中の様子が詳《つまび》らかにはうかがえなかった。

「六条釣殿宮《ろくじょうのつりどののみや》さまがおいでにございます」

案内役の女房が御簾《みす》の外から房間《へや》の中へと声をかける。すると、中に控えていたらしき女房の影が御簾《みす》へと近づいてきて、しずかにそれを掲げ、こちらを迎え入れてくれた。

継登は塗籠に足を踏み入れる手前で、ちら、と、季名の顔色をうかがった。相手がすこしばかり表情を強張《こわば》らせているような気がしたからだ。

「大丈夫か？」

思えば季名は、つい先日まで、ずっと橘家の東 対屋《ひがしのたいのや》の塗籠に閉じ込められて過ごしていた身なのである。塗籠に入るのは、そのことを思い出して辛いのでは、と、慮《おもんぱか》って、小声で耳許に囁《ささや》きかけるように訊ねやった。

継登の問いに、季名は顔を上げ、一瞬、黒眸をじっと継登に向ける。はた、と、ひとつゆっくりと瞬いたあとで、口許をすこしだけゆるめた。

「だいじょうぶ、です」

小声だけれども、しっかりした答えが返る。もしかしたら強がりなのかもしれなかったが、それでも気丈に笑う相手を前に、継登はちいさく息だけをついた。

「無理するなよ」

「はい。お気遣い、ありがとうございます。でも……すこしくらいの無理はしないと、きっと、何かができるようには、ならないと思いますから。だから、だいじょうぶです」

季名はそう繰り返した。

塗籠には、まず初めに釣殿宮《つりどののみや》が入って行った。継登はそれに続き、御簾《みす》の向こうへ足を踏み入れる。

その刹那、すぅ、と、色合いのない、無機質で冷たい風が、どこからともなく吹いたような気がした。

季名が継登の背に続く。彼は入ってすぐのところで立ち竦《すく》むように足を止めると、そこからじっと房内を見詰めた。何か感じるものがあるのか、それとも、彼の目には見えているものがあるのかもしれない。

季名は己を落ち着けるかのように、ひとつ息を吸って、それを吐き出していた。黒曜石の眸を、はたり、はた、と、瞬く。

その後で何やらはっと息を呑む気配があったけれども、口を開く様子はなく、慌てたように視線を己の袖の辺りに落としていた。花橘の狩衣《かりぎぬ》の袂《たもと》に触れ、そこを気にするふうである。

「どうした？」

「いえ……なんでも、ないです」

平気だ、と、首を横に振るので、継登もそれ以上は何も言わず、改めて塗籠の中を観察した。

ここはどうやら、平生から斎院の寝所として用いられているらしい。奥には御帳台《しんだい》が据えられていた。そして、その中に敷かれた畳の上にはいま、釣殿宮《つりどののみや》と同年代に見える女性が、衾《かけふ》をかぶせられ、力なく横たわっている。

この女性こそ、二日前に昏倒したまま意識が戻らないのだという、当代の斎院を務める内親王《ひめみこ》なのにちがいない。

目を閉じて横になる彼女の頬は蝋《ろう》のように白く、まるで生気を感じさせなかった。

御簾《みす》を上げてくれた女房は、こちらを室内に招き入れた後、すぐに自らは御帳台の傍らに控えた。そこにはまた、小袿《こうちぎ》姿の壮年の女性がひとり、斎院に付き添って座している。

「釣殿宮《つりどののみや》さま……わざわざお運びいただきまして、誠にありがとう存じます」

女性は釣殿宮《つりどののみや》のほうを見ると、そう言って丁寧に頭を下げた。努めて笑みを浮かべようとしてはいるものの、斎院を案じるあまりなのか、その顔には疲労の色が浮かんでいた。

「志津子《しづこ》さま、姉宮さまのお加減はいかがでございましょうか」

ふたりの口振りから察するに、どうやらこの女性と宮とは、互いに顔見知りのようだ。

釣殿宮《つりどののみや》は女性の傍らまで進むと、そこへしずかに腰を下ろして、斎院の様子を覗《のぞ》き込んだ。いつまでも立ち尽くしたままというわけにもいかず、継登と季名とは、妻戸《つまど》の脇の、邪魔にならないところにそれぞれ座して控え、様子を見守ることにする。

「娘が倒れたと報せを受け、慌てて駆けつけまして以来、いままで一度も目を醒ましませんん。苦しむような素振りもなく、ただただ眠っているようにしか見えぬのではございますが……それがかえって、不安にも思えまして」

女性は袖口で目許を押さえるようにして言った。

釣殿宮《つりどののみや》が志津子と呼んだこの女性は、どうも斎院の母にあたる人物のようだ。憂わしげに眉根を寄せると、彼女は横たわる娘を見下ろして、そ、と、切なげな息をついた。

「何の物ノ怪が憑《つ》いたものか……先程は覡《みこ》の御方もお越しくださって、念入りに祓《はらえ》を施してくださいましたが、いまのところまだ効用は見えぬようでございます。――よもやこのまま目を醒まさず、儚くなるようなことがあるのでは、と」

志津子はそう言いながら、斎院の額のあたりを白い手指でそっと撫でた。

「ご心配にございますわね……わたくしも、居ても立ってもいられず、お見舞いに参じてしまいました」

「宮さまにお越しいただいて、娘もきっと心強いことにございましょう。――それにしても、この母に二度《ふたたび》もこのような胸つぶれる想いをさせるなんて、この子は……」

眼差しを伏せがちに嘆息する。

斎院の母がふとこぼした二度という言葉に、継登は引っ掛かりを覚えた。とはいえ、釣《つり》殿宮《どののみや》に従者として付いてきているだけの身で、勝手に口をきいてはまずかろう。さてどうするべきか、と、思案して、なんとはなしに傍らの季名へ視線を向けた。

ところが、だ。

背筋を凛と伸ばし、綺麗な姿勢で端坐していた季名は、ふと黒曜石の眸を瞬いたかと思うと、俄《にわ》かに口を開いたのだ。

「ふたたび、と、仰《おっしゃ》いますと……？」

それはごく静かな声音ではあった。しかし、ついこぼしてしまった独白というふうではなく、小声ながらも、はっきりと相手に問いかける調子だった。

継登はぎょっとする。穏和《おとな》しそうに見えてこいつ意外と向こう見ずだな、と、呆れ半分、傍らの相手を窘《たしな》めようと口を開きかけた。

が、季名は季名で、継登の表情を見て、いまの自分の行動が一般的に見て礼を失するものであったことを悟ったらしい。はっとしたように息を呑んだ。

「あの、えっと……失礼を、いたしました」

しどろもどろに詫《わ》びを口にして、驚いた表情をしている志津子のほうへと、深々と頭を下げた。

「ああ、志津子さま……わたくしの侍従《じじゅう》が失礼をいたしました」

季名の突然の発言に、こちらも驚いたように一瞬目を瞠《みは》った釣殿宮《つりどののみや》だったが、彼女のほうはすぐに我に返って、口許に穏やかな微笑を浮かべた。

「この者たちも、わたくしと同様、お倒れになった斎院さまの身を心より案じております。その想いのあまりのことと、どうぞ、御寛恕《ごかんじょ》くださいまし」

そう取り成すように続けた後で、ちら、と、継登と季名のほうに目配せをする。彼女は、後は自分に任せろとでもいうふうに、ちいさくうなずいてみせた。

「ですが、志津子さま。わたくしも少々、気にはなりましてございます。ふたたびと仰《おっしゃ》いますと……以前にも姉宮さまの身に同じようなことがあったということでございましょうか？　差し支えなければ、お聞かせくださいまし。姉宮さまを苦しめる物ノ怪について知る、手掛かりになるやもしれませんもの」

釣殿宮《つりどののみや》はこちらに代わって、そう、志津子に経緯の説明を求めてくれた。

志津子はしばし、話すべきことかどうか、と、迷って躊躇《ためら》う様子だ。けれどもやがて、意を決したように口を開いた。

「もう、三十年近くも前になりますかしら。この子が生まれた時のことでございます」

釣殿宮《つりどののみや》の求めに応じて静かに語りはじめた志津子の手が、娘である斎院の、枕許に置いてあったらしき何かを取り上げた。

それはどうやら黄楊《つげ》の櫛《くし》のようだ。しかし、見たところ、半ばあたりで真二つに折れてしまっていた。それでも捨てることなく大事に取ってあるというのは、よほど特別なものなのかもしれない。

「実はこの子は、生まれたときにも、こうだったのでございます。産声《うぶごえ》ひとつ上げることなく、いまと同じようにぐったりとしたままで……あの折も、もしかしたら物ノ怪が憑《つ》いていたのやもしれません。加持祈祷《かじきとう》の僧などが力を尽くして読経《どきょう》してくださってはおりましたものの、まるで反応もないままに、時ばかりが過ぎてしまって……」

生まれたばかりの我が子を失いそうになったその折の、胸が張り裂けるような心地を思い起こすのだろう。志津子は辛そうに眉根を寄せる。けれどもすぐに顰《ひそ》め眉をわずかに開くと、手に取った櫛を大事そうに撫でた。

「わたくしが、その場に伏して、もはや駄目なのかと悲しみに暮れかけた、その時にございました。この、櫛が……これが、この子を救ってくれたのです」

目を細めて言った志津子は、手にした折れた櫛を、いったん胸に押し戴《いただ》くようにする。

その後で、意識のない斎院の豊かなみどりの黒髪を、割れた櫛でそっと梳《す》く仕草をした。

「これは……この櫛は、この子を身籠ったことがわかりましたときに、この子の父、当時はまだ親王でいらっしゃったいまの主上《おかみ》から、身の守りにと授かったものなのでございます。わたくしはこれを、肌身離さず持っておりました。それが、何もないのに突然、音を立てて真二つに割れたのでございます」

それだけを聞けば、どこか不吉な出来事にも思える。だが、どうもそういうことではないらしく、志津子は目を細めたまま、口許には淡い笑みすら浮かべていた。

「前兆《まえぶれ》なく櫛が折れた、まさにその瞬間のことにございました。それまで、うんともすんともいわなかったこの子が、元気な産声をあげてくれて……」

我が子が息を吹き返したその時の驚喜《きょうき》が甦《よみがえ》るのか、志津子はほの笑んだままで、感極まったように言った。そのましばし、ごくごくいとおしそうに、斎院の髪を梳き続けている。

「それは……御櫛《みくし》に宿る御霊《みたま》が、お生まれになったばかりの姉宮さまを、お護りくださったのかもしれませんわね」

「ええ。この子に憑《つ》いていた物ノ怪を祓ってくれたのか、あるいは、櫛がこの子の身代わりになって禍《わざわい》を引き受けてくれたのかもしれない、と……以来、割れてしまったものの、これは大切に仕舞ってございました。――ほんにこれに御霊が宿っているのだとすれば、この子にとっては、守り神のようなものなのですもの……かなうならば、此度《こたび》もいま一度、ご加護をくださらないものか、と」

それでわざわざ櫛を出してきて、娘の枕許に置いたということのようだ。志津子の口調は、祈るような、縋《すが》るようなものだった。

「そうですわね」

釣殿宮《つりどののみや》が、しずかに同意する。

「きっと大丈夫ですわ、志津子さま。姉宮さまには賀茂大神さまも付いていらっしゃるはずでございますし……わたくしも、姉宮さまのご恢復《かいふく》をお祈りいたします」

宮が慰めるように言うと、顔を上げた志津子はまた目許を拭《ぬぐ》うようにしつつ、はい、と、静かにうなずいた。それから釣殿宮《つりどののみや》に対して、深々と頭を下げて謝意を示していた。

＊

「どうだった？」

寝殿《おもや》を辞し、釣殿《つりどの》宮が乗ってきた牛車《ぎっしゃ》のとめてある車宿《くるまやどり》へ戻る途中で、継登は季名にそう語りかけた。

釣殿宮《つりどののみや》は先程、斎院の家司《けいし》のところへ挨拶だけしてくると言って、女房を連れて行ってしまった。だからいまは、継登と季名とのふたりである。すぐに済むから先に車まで戻っているように、と、宮にはそう言われていた。

「どう、とは……？」

継登の問いに、季名は黒目を瞬いて、小首を傾げる。どうもこちらの意図はうまく伝わらなかったらしい、と、継登は苦笑した。

「目撃されたっていう物ノ怪の形跡とか、あんた、何か見えたり、わかったりしたか？」

傍らを歩く季名にそう問い直す。季名は無言でじっと継登を見て、はた、はたり、と、黒曜石の眸を瞬いた。

例によって継登には、何も見えなかった。

だが季名は、鬼を見る優れた目を持っている。何か継登には認識できないものに気が付いた可能性があったし、たとえほんのわずかなことであっても、それは重要な手掛かりになるかもしれなかった。

そもそも、病とは、身体に邪気が這入《はい》り込むことによって生ずるとされる。気とは怪《け》、すなわち、鬼だ。怨霊や生霊《いきすだま》、妖《あやかし》や魑魅魍魎《ちみもうりょう》といった妖物たちが取り憑《つ》くことが、病の主な原因なのだと考えられていた。

もちろん、医師《くすし》によって丹薬の処方や鍼灸《しんきゅう》といった治療が施され、それで快癒《かいゆ》することだってある。が、そうでない執念《しゅうね》き病については、あとは僧侶による加持祈祷や、陰陽師による呪術などが恃《たの》みであった。

そして、そうした方法で病を祓う場合、最も重要になるのは、憑《つ》いたモノの正体を見極めることである。憑《つ》き物が何かがわかることによって、それを調伏《ちょうぶく》することも容易になるからだった。

「いえ」

継登の問いに、やがて季名は短く答えて、首を横に振った。後ろでひとつに結った烏羽《うば》玉《たま》の髪が、動きにあわせてゆるく揺れる。彼は、花橘重の衣の袖を口許へ持っていくと、ややも目を伏せがちにして、何やら思案するようだった。

「何も見えませんでしたし、何の気配も、感じられませんでした。むしろ……」

「むしろ？」

「いえ、その……」

「なんだよ？」

「ほんとうに……物ノ怪のせいなのか、と」

継登に促された季名は、おずおずと、そう言った。

継登は虚を衝かれて、目を瞬く。

「どういうことだ？」

「えっと、なんというか……斎院さまのいらしたところが、なんだか伽藍堂《がらんどう》というか、いえ、むしろ、清浄な気が満ち満ちていて……不自然な、ほどに」

最後を言いあぐむようにしながら、季名はそう説明する。

「不自然って？」

継登は季名の言葉尻を拾って、鸚鵡《おうむ》返しに問いを投げた。

「その……すくなくともわたしは、あの場に、何の穢《けが》れも、感じませんでした。清浄な気で隅々まで、真っ白に塗り潰《つぶ》されたような……だから、物ノ怪が関わっているようには、思えなくて……」

そう口にしてから、すぐに季名は、はっと息を吞んだ。

「あの！　物ノ怪がすべて、穢《けが》れているというわけではなくてですね……！」

次いで、まるで言い訳でもするか、あるいは誰かを庇《かば》い立てでもするかのように、継登を見上げて慌ててそう畳みかけてくる。継登は季名の勢いにむしろ驚いて、はた、と、鳶色の眸を瞬いた。

それから、くしゃりと相好を崩す。

「あんたがそんなこと思ってやしないのなんて、百も承知だよ」

だからそんなふうに言い繕《つくろ》わなくとも大丈夫だ、と、笑いながら、ぽん、と、自分よりわずかに背の低い相手の肩に軽く手を乗せた。

継登には普段は見えないが、季名は陽晟院《ようぜいいん》に来てからもいつも、愛嬌《あいきょう》のある姿をした化《け》生《しょう》たちに取り囲まれて生活しているようだ。生まれ落ちた時から見鬼ができる目を持っていた彼にとって、いわゆる鬼、妖、変化や化生と呼ばれるようなモノたちは、そもそもいるのが当たり前の存在であるはずだった。

もしかしたら季名にとって、それらは人間《ひと》よりもずっとずっと身近で、親しみを感じる相手なのかもしれない。

その事実は、季名が家中で鬼子として忌み遠ざけられて生い立ったせいでもあるだろうから、すこし淋しいことのようにも感じはする。が、かといって、継登には季名のそうした在り方を否定する気などはさらさらなかった。

継登の反応を見て、季名は、ほ、と、安堵の息をもらした。その口許がほんのりとゆるんだのを確かめてから、継登は季名に話の先を促した。

「で。不自然って？　物ノ怪の仕業だとは思えないくらい清浄ってのは、結局、どういうことなんだ？」

「あの、人間《ひと》の場合でも、同じだと思うのですけれど……誰かがいれば、それだけで、その空気は、雑多に感じられたりするでしょう？　物ノ怪もそうで、それが良いモノか悪いモノかにかかわらず、そこに何かが存在すれば、場の気はその分だけ、濁るというか……いえ、濁りというのは、必ずしも正しい表現では、ないのかもしれませんが……ただ、あそこは、こう、なんだか、空っぽ、だったのです。まるで浄められ過ぎたかのように……清らかな気が満ちて、それが、他の一切を追い出してしまったみたいで……それで、息苦しいほどに、清浄というか」

季名はうまい言葉を探しあぐむように、時折は黒い眸を虚空《くう》に向けつつ、ひとつひとつ言葉を紡いだ。

どうやらあの場は、季名が見たところ、過剰なほどに清浄だったということらしい。虫一匹すらも棲《す》まぬような清らか過ぎる水では魚も生きられない。季名が訴える空っぽだとか息苦しいだとかはそういうことだろうか、と、継登は想像してみた。

「賀茂の神に仕える斎院の御所だから、とか？」

その清浄さの所以《ゆえん》として考えられることを継登が口にすると、季名はしばし思案してから、わかりません、と、首を振った。

「そうなのかも、しれません。――わたしは、その……どうも、ものを知らないようなので」

他がどうかがわからないので判断しがたい、と、極《き》まり悪そうに言って、すこしだけうつむいてしまう。耳殻や目許がほんのりと赤くなっているのは、先程の、志津子に向けての己の不用意な発言のことを思い起こしてのことのようだった。

「俺だって、斎王《いつきのみこ》の御所が普段どうかだなんて、知るよしもないさ」

恥じ入るような季名の様子に、継登はちいさく苦笑めいた笑みをこぼしてから、肩を竦《すく》めてそう言ってやった。

「そう、ですか……？」

「ふつうに知らないって」

継登の言葉に、季名はほっと息をついた。

「それにしても……浄らかすぎる、か。そのことが、此度《こたび》斎院さまが倒れたことと、関係あると思うか？」

継登は改めて問いを重ねる。

「わかりません。斎王《いつきのみこ》の御所とは、もとより、そうした場所なのかもしれませんし……

志津子さまのおはなしでは、斎院さまが倒れてからも、術者がおいでとのことでしたから、祓《はらえ》の儀式が行われて、一時的にそうなっただけなのかも、しれません。ですから、気にかける必要など、ないことなのかも……ですが、なんというか……」

そこでひとたび言葉を切ると、季名は目の前に広がる南庭のほうへと視線を向けた。

四月《うづき》に入った紫野院には、池のそばに、杜若《かきつばた》が咲いている。

「うつくしい花は、花だけで咲くのでは、ないように思うのです」

唐突に、そんなことを口にする。

「土があり、日が射し、雨が降って、虫が飛び交い、風が吹いて……そうしたつながりの中に、花もあるのだ、と」

「まあ……そう、だな」

噛むように答えながら、継登は季名が何を言おうとしているのか、その言葉の意図を汲み取ろうとした。

もしかしたら、季名自身もまた、己が何を言いたいのか、言うべきか、必死で考えながら言葉を紡いでいるのかもしれない。そう思って、相槌《あいづち》を打ちつつ、急かさずゆっくりと相手の次の言を待った。

「強い風は、せっかくうつくしく咲いた花を、ときに、散らせることが、ありますよね。わたしたち人間《ひと》は、そういうとき、身勝手に、心ない風よと、恨んだりする。でも……風がなければ、種を飛ばせない木や草だって、ある、でしょう？」

「たしかにな」

「だったら、もしも花が散らぬようにといって、この世の風を、まったく止めてしまったなら……それは、とても不自然だと、思うのです。そういう不自然さを、あの場で感じました。——その、うまく、いえないのですが……なんとなく、怖くて……身が竦《すく》むような、感じがしたのです」

それで先程、塗籠に足を踏み入れたときの季名は、一瞬立ち尽くすふうがあったのだ、と、継登は今更ながらにそう思った。

「いまはよくとも、ここはよくとも、いつか、どこかで、与《あずか》り知らぬうちに、大きな歪《ひず》みを生じさせるのではないか……そんな、怖さがあって……あの、すみません……わかり、ますか？」

季名は黒い眸で継登をうかがうように見た。

継登は季名の言葉を胸に反芻《はんすう》してみる。

花を守るためにこの世の風の一切を絶やせば、たしかに目の前に咲く花は守られる。が、それは確実に齟齬《そご》を生じさせることだろう。いつか、どこかで、生《な》るはずだった実が生らぬという事態を呼びかねなかった。

ならば、花を守るために無風の世界をつくることは、なんとも身勝手で傲慢《ごうまん》な振る舞いだ。この世のものはすべて繋《つな》がりの中に存在していて、だから、何かひとつのものにとってだけ都合のよい在り方にしてしまうのは不自然だ、と、季名が言わんとするのは、そういうことだろうか。

うまく言葉にはしがたいが、過剰に清浄だ、それが怖い、と、季名が伝えようとする感覚を、継登はそんなふうに理解した。ひとつちいさく吐息する。

「もしも斎院さまの件と、その、清浄さに関係があるとすれば……あんたのいうところの、与り知らぬ歪みってやつが影響した可能性があるかもしれないな」

言いながら、しかし、継登は頭を掻いた。そう結論づけてみたところで、単なる直感にすぎない。その上、斎院が眠り続ける要因としては、まだまだ曖昧《あいまい》にすぎるものでもあった。

「すみません……あまり、お役に立てなくて」

季名が肩を落とした。

「なに言ってんだ。十分だろ？」

むしろ役立たずというなら継登のほうだ。ただただ付いてきただけで何もしていないも同然だし、もしも季名がいなければ、本当に何もわからないまま帰るだけになっていた。

「そういやさ、獣の死骸が出たってのも気になってたんだが……それが呪詛《じゅそ》の道具だったってこととかは、あると思うか？」

継登が他の可能性へと話題を移すと、季名は顎に指の背を当ててしばらく考えるふうを見せた。

「ないとは、いえないのでしょうが……すくなくとも、いま、その痕跡は見当たりません。最初からなかったのか、それとも、おいでだったという覡《みこ》の方が祓ったために消えたのかまでは、判断、しかねますが」

「そっか。じゃあ単純に、あそこで死んでたっていう獣が、化けて出てる可能性は？」

「それも、なんとも……現状、あの場に物ノ怪の気配は、まるでなかったとしか……」

季名の答えに、なるほどな、と、継登は息をついた。

すると季名は、すこしだけ不安げな表情を見せる。

「ですが……ただ、わたしが感じ取れなかったというだけのことで……実は物ノ怪が、斎院さまの奥深くに潜《ひそ》んでいる可能性だって、ないとは、言えません」

「ん？　俺はあんたの目を信じてるし、あんたがいないって言うんなら、そうなんじゃないかとは思うけど……とりあえず、斎院さまが倒れる前後で怪しげなモノが目撃されたってことだったし、誰か見た者がなかったかは聞きたいよな」

「はい」

「釣殿宮《つりどののみや》さまに頼めば、取り計らってくれるだろうか」

「お願い、してみましょう。――それと」

「ん？」

「藤ノ巫覡《かんなき》、でしたでしょうか。こちらで祓《はらえ》を行ったかもしれない方のことを、宮さまはご存じのようでした。その方が施したのがどんな術だったのか、もしわかれば、知りたいです。――これも、宮さまにお聞きすれば、なにかわかりますか？　藤ノ巫覡と呼ばれる方に、直接お会いして、お話をうかがうのは、むずかしいのでしょうか」

季名にそんなふうに問われて、継登はわずかに思案した。

実は、藤ノ巫覡が何者であるのかだけなら、継登にも、説明してやることはできた。陽《よう》晟院《ぜいいん》に来たばかりの季名はまだ知らなくても当然だったが、鬼和と彼らとは、関わりがないわけではないのだ。

とはいえ、これまでずっと鬼和としては半人前ともいえない身の上でしかなかった継登は、藤ノ巫覡と呼ばれる者たちと実際に関わりあった経験がなかった。その実態をしかと諒解《りょうかい》できているかと言われると、少々、心許《こころもと》ない。

「直接話を聞くとかってのは、ちょっと難儀かもしれない……が、使う術がどんなかとかは、たぶん、子義《しぎ》か美薗《みその》にでも訊いてみればわかると思う」

そう言ったとき、継登はふと、無機質に冴えた清澄な風のようなものが己の傍を吹き抜けていった気がして、はた、と、口籠っていた。

「あ」

それとほとんど同時に、ふいに季名が声をあげる。彼は、白い手指で、ぱっと己の狩衣《かりぎぬ》の袖を押さえていた。

「どうした？」

そういえば斎院の房間《へや》でも季名は袖を気にしていたな、と、そんなことを思い出したときには、継登が一瞬覚えた違和感はすでに跡形もなく掻き消えている。継登は季名の顔を覗《のぞ》きこんだ。

「いえ、あの……」

季名は継登を見上げ、言いにくそうに口籠った。

「その……ぞうりが、逃げてしまって」

困ったように柳眉が寄った。

思わぬ言葉に、継登は虚を衝かれ、鳶色の眸をぱちぱちと瞬く。

ぞうりというのは、いつも季名の傍らにいる器物の妖物のうちの一匹だった。その名の通りの草履《ぞうり》の化生で、藁《わら》で編んだ履物《はきもの》に目鼻や口があって、手足が生えた、愛嬌ある姿の物ノ怪だ。

「なんだ、あんた、連れてきてたのか？」

「いえ、その……勝手に、ついてきてしまって……まずいと思って、袖の中に隠していたのですが、斎院さまのお房間《へや》へお邪魔したあたりから、どうも、そわそわし出して」

それでいま、ついに季名の袖の中から飛び出して行ってしまったらしい。

意図せず連れてきてしまった物ノ怪のかわいらしい不祥事に、季名はまるで、悪戯《いたずら》が見つかったときの幼童のような極まりの悪い表情をしていた。それを見た継登はつい、くく、と、喉を鳴らす。

「故意でないとはいえ、あんた、斎王《いつきのみこ》の御所に物ノ怪を連れ込んだってことか。それはたしかにまずいかもな」

からかうように口にしたのはもちろん軽口でしかなかったし、季名もそれはわかっているのだろう。が、それでもちらりと眉根を下げ、困り顔になった。

見鬼ができない継登は、いつも季名の傍にいる物ノ怪たちのことも、これまでに二、三度見かけたことしかない。それでも、彼らはどう見ても悪さなどしそうにない、他愛のない化生たちばかりだと認識していた。ぞうりが逃げ出したところで何かを仕出かすとは思えなかったが、かといって、斎院の御所であるここに放って帰るわけにもいかない。

「お房間《へや》を離れてからは、ちょっと穏和《おとな》しくしてたのに……どうしたんだろう、急に逃げ出したりして」

季名は独白めいたつぶやきをこぼすと、黒い眸を継登に向けた。

「あの、継登さん。すこしだけここで、待っていてください。すぐ、連れ戻してきますので」

「ん。わかった」

継登はちらりと笑って応じた。

季名は、継登には見えない妖を追って踵《きびす》を返す。どうもぞうりはそう遠くまで行ってしまったわけではないらしく、ほどなくして、彼は屈《かが》みこんだ。何もない空間に手を伸ばして、何かを掬《すく》い上げるような仕草をしているから、きっとぞうりを捕まえたのだろう。

「もう……だめだよ」

すぐに季名は立ち上がって、てのひらの上に乗せた何ものかに言い聞かせる。薄いくちびるが、珍しく、む、と、引き結ばれていた。

その怒り顔を見ていると、季名に叱られたぞうりがしょんぼりと項垂《うなだ》れる様までもがありありと想像できて——あるいは、そんな光景が刹那、目に見えたような気さえして——

継登はまた、ついつい笑ってしまった。

「さ、いくよ」

次いでそう言った季名は、袂《たもと》を探るような仕草をする。おそらく元の通り、再びそこへぞうりを収めたものと思われた。

「お待たせして、すみません」

継登のほうを見て、そう詫《わ》びを口にした彼が、こちらへと駆け戻ろうとした刹那である。

継登は不意に、ぞわ、と、膚が粟立つのを感じた。

視線だ。

鋭い、あるいは凍てつくような敵意が向けられている。背筋に悪寒が奔《はし》る。

本能に従って、継登は駆け出していた。

「季名っ！」

急に名を呼ばれてびっくりした表情をする相手に最後は飛びかかるようにして、継登はその細身を腕の中に抱え込んでいた。季名がそれまでいた場所から、かろうじて、引き離す。けれどもわずかに間に合わなかったか、彼の狩衣《かりぎぬ》の袂《たもと》を、何かが鋭く掠めていったようだった。

すぱん、と、そこが鋭利に切れて、朽葉《くちば》色と萌木《もえぎ》色のちいさな布きれが空に舞った。袖口に通された、袖括《くく》りの緒と呼ばれる紐も断ち切れてしまっている。

「ぞうり……っ！」

季名が悲痛な声で言って、己の袖を抱きかかえた。

「あんた、大丈夫かっ？　ぞうりはっ⁉」

継登は切迫した声で、畳みかけるように訊ねた。

「……だいじょうぶ、です。ぞうりも……」

まだ呆然としながらも、季名はそう答えて、何かを大事そうに胸に抱く仕草をした。そのまま襟首《えりくび》の紐を解いているのは、どうやら妖を、今度は守るように懐《ふところ》に仕舞い込んでやっているようだ。それを見て継登は、ほ、と、吐息を漏らした。

だが、継登はすぐに、安堵のために一瞬ゆるんだ気持ちを引き締め直した。

季名を立たせて、背に庇《かば》うようにする。神経を研ぎ澄ませて辺りを油断なくうかがった。

紛れもなく、いま、何物かの敵意ある攻撃を受けた。どこだ、と、鳶色の眸を険しく、鋭くして、攻撃の出所を探る。

反射的に腰元に手を伸ばしたのは、そこに提げている太刀を採り取るためだ。が、指は虚《むな》しく空を掻く。継登は思わず、ち、と、舌打ちしていた。

ここは斎院の暮らす御所なのだ。当然、殺生も争いごとも穢《けが》れとして忌む場所だったから、そういえば、武器はあらかじめ取り外して、釣殿宮《つりどののみや》の車に置いてきていたのだった。

継登は眉根を寄せた。くそ、と、心中に毒づいた刹那、再び、ぞわり、と、今度は髪が逆立つような奇妙な感覚に襲われている。

何か、見えない塊《かたまり》のようなものが、こちらを目掛けて飛び込んできた気がした。

視野は何ものをも映してはいない。が、それでも、継登の勘は危険を訴えた。

本能が鳴らす警鐘《けいしょう》に従って、継登は季名を抱えて横に跳ぶ。

「獣の霊、です」

転《まろ》ぶように地に降り立ち、体勢を整え直したところで、季名が、ぽつ、と、こぼす。

「寝殿《おもや》で死んでたってやつか？　やっぱり、そいつが斎院さまを苦しめてるのか？」

継登が訊ねると、季名はちいさく首を振った。

「わかりません。でも……怨みもなにも、感じ取れません。伽藍堂《がらんどう》で……まるで、何かに使役されているような……傀儡《あやつりにんぎょう》、みたい……っ、継登さん！」

自分が目にしているもの、感じていることを、季名は言葉に紡いで継登に伝えてくれる。

けれども言い切るかどうかというちに、ふいに張り詰めた声で継登を呼んだ。

こちらに危険を報せたらしい。季名の声に瞬時に反応して、継登は弾かれるように、再び季名と共に跳んだ。

何も見えない。

が、何物かが自分たちを狙って攻撃してきているのは、どうも間違いないようだった。

それがもし、その何物か自身の意思でないとするならば、と、継登はくちびるを引き結ぶ。

「そいつを操《あやつ》ってるやつが今回のことの黒幕の可能性もある、か」

独り言ちたときである。継登の鳶色の眸は、その視野の端に、真白い影を捉えていた。

南庭には池がある。その池に張り出すようにして設《しつら》えられた釣殿《つりどの》までは、中門廊《ろうか》が延びていた。

その半ばあたりに、いま、誰かがたたずんでいる。

真白な浄衣《じょうえ》をまとった青年だった。

継登や季名とそう年齢《とし》は変わらないだろうか。相手のまとう白の衣の袖が風をはらんではためいたとき、継登の目は、白い袂《たもと》に、薄紫の下がり藤の紋を見つけていた。

「藤ノ、巫覡……」

思わずこぼしている。

「藤ノ巫覡……？」

季名が鸚鵡返しに訊ねてきた。

「あれが？」

黒い眸が継登をうかがう。継登はちいさくうなずいた。

「藤原氏に仕える、呪術集団なんだ。当人たちも基本的には、みな、藤氏の出身《で》だと聞く」

藤原氏はもとは、古代氏族である中臣氏《なかとみ》から分かれた一族であった。中臣とは中つ臣《おみ》、すなわち、神と人とを仲立つことを掌《つかさど》った、神祇《じんぎ》の一族《うから》である。

朝廷《ちょう》には、政治《まつりごと》を掌る太政官《おおいまつりごとのつかさ》と並んで、祭祀《まつりごと》を掌る神祇官《かんつかさ》が設けられている。そして、その長官である神祇伯《かんつかさのかみ》には、いまなお中臣氏が就くことも多かった。

神祇官は、律令に規定された祭祀のほか、亀卜《うらない》や祓《はらえ》などを職掌として行っている。朝廷には太政官中務省《なかつかさ》のもとに陰陽寮があって、これもまた天文時暦のほかに占筮《うらない》を行うが、こちらが唐《もろこし》由来の陰陽五行説に基づくのに対して、神祇官は、八百万《やおよろず》の神の坐《いま》す豊葦原《とよあしはらの》中国《なかつくに》古来の祭祀を継承している存在だった。

こうした、宮中にあって祭祀卜占祝祓《さいしぼくせんしゅくふつ》を行う者たちとは別に、藤原氏は独自に、神祇の術を操る能力を持つ一族の者たちを組織している。それが藤ノ巫覡と呼ばれる者たちであった。中臣氏の血筋に連なる藤原氏にも、時折、現世《うつしよ》ならぬものと関わり、それを扱う能力《ちから》を持つ者が出るらしい。

藤ノ巫覡は、時には密かに政敵の呪殺なども行うという。それもあって、世間に広く知られるような、表立った組織ではなかった。実際に継登も、鬼和として陽晟院《ようぜいいん》に身を寄せるようになってから、彼らの存在を知った。

「敵……ですか？」

季名が不安そうに訊ねてくる。

「いや」

継登はちいさく頭《かぶり》を振って答えてから、すこしばかり、思案するように口籠った。藤ノ巫覡が敵かどうかは、判断が難しい。

「少なくとも、俺たち鬼和は、殊更《ことさら》、藤ノ巫覡を敵視しているわけじゃない、と、おもう」

はっきりしない答え方になった。藤ノ巫覡の存在を他の鬼和から知らされたとき、敵ではないが厄介《やっかい》だ、と、そんなふうに言われたのを記憶していたからだ。こちらが敵と見做《みな》していなくとも、相手方もまた同じかといえば、必ずしもそうではない可能性があった。

それに、と、継登は奥歯を噛む。

いまこの場に限れば、向こうに見える浄衣《じょうえ》の相手が、継登たちを敵だと認識しているだろうことは確実だった。射ぬくような、底冷えするような敵意を、その視線からは感じる。

男はゆっくりと継登たちのほうへと歩み寄って来た。継登は軽く身構えて警戒する。やがて、相手はこちらから数間《けん》ほど離れたところに立ち止まると、継登を通り越すように、真っ直ぐに季名を見据えた。

「そこの」

眉をきつくひそめた青年は、低い声で、唸《うな》るように言った。

継登は季名を背に庇《かば》うようにしていたが、向こうはそんな継登には目もくれずに、しかめた顔で、斜めに見下すような視線を季名に向けている。

「貴様、物ノ怪を隠しただろう。──出せ」

低く命じられた刹那、反射的になのだろう、季名が己の懐に手をやったのがわかった。

「……このこは……悪意あるものでは、ありません」

とつとつと、言う。それでもその声には、渡すつもりはない、と、そんな意志がはっきりと籠っていた。言われた通りに差し出せばぞうりが危険だ、と、季名は相手の剣幕からそう判断したようだ。

要求を拒んだ季名を前に、男は心底不愉快そうに眉間に皺《しわ》を寄せる。

「貴様、何を訳のわからんことをほざいている。物ノ怪に良いも悪いもあるものか。──

人の世の安寧《あんねい》のためには、この世から須《すべか》らく排除すべし。それだけだ」

　そう言った青年が、手を高く掲げる。継登ははっとして、攻撃に備え、低く体勢を整えた。とはいえ、見えないモノに対してでは、せいぜい気配を頼りに避けることくらいしかできないだろう。相手を睨《にら》み据え、ぎり、と、歯噛みする。

「やめて、ください」

　季名がかすれた、悲痛な声を出す。

「……そんなふうに、無闇に敵意を、向けないで……！」

　それは、継登が初めて季名に会ったときに彼が口にしたのと同じような言葉だった。その声の調子に継登は、は、と、息を呑む。

　あのときの継登は、季名の傍らにいたぞうりたちを、季名が塗籠に閉じ込められている原因と見做《みな》して、問答無用に斬って捨てようとしていた。そんなこちらの一方的な害意、鋭い負の感情に影響された物ノ怪たちが、醜《みにく》く捩《ね》じくれた、悪鬼のごときものに変節してしまうのを恐れた季名は、継登に切に自制を求めた。そのときと、いま彼のあげるのは、同じ調子の声だ。

　藤ノ巫覡に敵意を向けられれば、器を持たない、剥き出しの怪――気《け》――であるぞうりは、否となく応となく、その負の気に引き摺《ず》られてしまう。それをいやがって、怖がって、季名がふるえている。自分たちが敵と対峙しているこの状況ではなく、それによって、ぞうりが望まぬ姿を呈してしまうことを心底から恐れているのだ。

継登は腕を持ち上げ、あらためて、季名と藤ノ巫覡との間に立ち塞がる。

相手は季名の言葉など聞く耳持たないままで、高く掲げた手を振り下ろそうとした。

まさに、その瞬間のことだった。

「っ……！」

突然、藤ノ巫覡がうめき声を上げ、蹈鞴《たたら》を踏んだ。それはまるで、何ものかに不意打ちの体当たりでも喰らわされたかのような有様だった。

継登には見えない。だが、季名が傍で目を瞠《みは》り、息を呑んでいる気配があった。

「あ、れは……」

「何が見えるんだっ!?　季名」

「獣の、妖……」

「さっきのやつか？」

「ちがい、ます……それは、あの男が、いまも、操って、いる。でも……」

季名が何か言いかけたとき、体勢を立て直した藤ノ巫覡が、カッと目を見開いて声を上げた。

「ははっ、ついに出たな……貴様が斎院に憑《つ》いている物ノ怪か！　この私が始末してくれるわっ！」

にやり、と、どこか不敵に笑って宣言して、男は何かに向けて掲げた手をひと息に振り下ろす。空気を手刀で薙《な》ぎ斬るかのような仕草だった。

「あ……」

季名が呆然と声を上げる。そのまま、目をきつく瞑《つむ》り、両耳を覆った。身体を丸めるようにして、小刻みにふるえている。

「どうした？」

継登が案じて、季名の肩に手をかけた刹那だった。一瞬、声なき声、そのくせうらはらに耳を劈《つんざ》くような声が、継登の鼓膜を突き刺すようにふるわせた。

ぎぃいぃいぃいぃ、と、耳の奥に響く音。

なんだこれは、と、思う。眉をひそめる。

ああ、これは何かの叫びだ、悲痛な、と、継登がその音をそんなふうに認識したとき、季名が瞑《つむ》っていた瞼《まぶた》を弱々しく持ち上げた。

「や、めて……」

藤ノ巫覡が何物かと応戦しているほうへと呆然と眼差しを向けながら、うめく。

「悪いものでは、ない……やめ、て……止《と》めて」

止めてください、と、次いで季名は縋《すが》るかのごとくこちらの水干《すいかん》の胸元を、きゅっ、と、指先で握り込むようにして掴んだ。

切実な想いが籠った黒曜石の眸が継登を見詰める。聞くに堪えないとでもいうように、季名の端整な容貌が、くしゃりと歪んだ。

それを目にした途端、状況の詳細は何もわからないながらも、継登の心は――いっそ不思議なほどに――自然と決まっていた。

「わかった。止めればいいんだな」

答えて、鳶色の眸を鋭くする。眉をきりりと吊り上げ、巫覡の青年のほうを見据えた。

見鬼の才に恵まれなかった継登には、いまこの場で起きていることの半分も理解できてはいないだろう。それでも、季名が悲痛な声で止めてくれと言っているのだ。だったら、自分は、そうするだけだ。

しかしながら、実際のところ、継登には取ることのできる手段《ほう》がなかった。何も見えない。いまはこの手に武器すらもない。できることといえば、あの男に飛びかかって体当りを喰らわせることくらいだろうが、それだけでも、多少なりとも効果はあるだろうか。

瞬時に思考を巡らしつつくちびるを噛んで、継登はてのひらをきつく握りしめた。

力が欲しい――……季名が大事に思うこと、守りたいと思うものを、ちゃんと守ってやれるだけの力が。

季名を塗籠から連れ出した日、継登は季名に誓ったのだ。季名が守りたいと思うものは自分が守る、と。だから力を貸してほしい、と、そう言って彼の助力を乞うたのだ。

それなのに、と、継登はくちびるを噛んだ。この場で、いまひどく無力なままでいる己が情けない。口惜《くちお》しい。また守れず、また失うのか、と、胸の奥には忸怩《じくじ》たる想いと共に、かつて味わった悔悟と綯《な》い交ぜになった痛みがこみあげてきて、継登は、ぎりり、と、拳に力を籠めた。爪が膚に食いこむ。

「継登、さん……」

厳しい表情をするこちらを慮《おもんぱか》ってか、季名が心配そうに継登を呼ぶ。その手指が、継登の左腕に触れた。

痣《あざ》のある辺りが、じくり、と、熟《う》むような熱を持つ。

「……御君《おんきみ》の、傍《へ》にこそ死なめ、後悔《かえりみ》はせじ……」

継登がそうつぶやいたのはほとんど無意識だった。あるいは、半ば自嘲の、自己卑下の、そんな想いも入り混じっていたのかもしれない。

大伴氏は近衛《このえ》の一族だ。守るべきもののために命を張る、それをこそ誇りとしてきたのだ。大伴の誓言《ことだて》と共にいつか母から聞かされた、そんな言葉が甦《よみがえ》った。

それなのに、大伴の血筋に連なる者としての在り方を実現できていない自分がいる。なにが御君の傍にこそ死なめだ、と、心の中に吐き棄てるように、継登は思った。

一族が遠い昔から受け継いできた想いを結晶させた誓言《ことだて》を思うと、ますます、いまの己の不甲斐なさを思い知らされるようだった。

くそ、と、心中にまた悪態《あくたい》を吐いた。力があれば、と、おもう。守るべきもののために尽くすことのできる力が、と、そう思ったときだった。

「御君の傍にこそ死なめ、後悔はせじ」

何を思ったのか、季名がぽつりとつぶやいた。

すると目の前で、一瞬、光と闇とが烈しく交錯した。

眩《くるめ》くような光彩が弾ける。

はっとした時にはすでに、継登の左手には、うつくしく輝く十握剣《とつかのつるぎ》の姿があった。

「天、羽羽斬……」

継登は呆然とつぶやく。季名も目を瞠《みは》っている。互いに信じられない想いで目を見交わしたあとに、ああ、と、継登は溜め息をつくみたいに息をこぼした。

「おまえ……俺を手伝ってくれるのか」

ふ、と、自然と口許がゆるんでいる。

独り言ちた継登は、そのまま、しっかと剣の柄を握り締めた。

視線を鋭くする。視野にはまた、これまでは映っていなかったものがはっきりと見えていた。

藤ノ巫覡が操るらしきモノ、それから、それといま戦っているモノ。その両方ともが、いまやこの目にしっかりと捉えられる。

季名の口にしていた通り、それらは何かの獣のような姿をしていた。共に馬や牛よりもひとまわり、ふたまわり、巨《おお》きいだろうか。全体にやや黄褐色味を帯びた灰黒色の毛並みをして、顔まわりや肢《あし》は黒い。長い尾がふくらんでいるのは、あるいは、その妖が昂奮《こうふん》している証なのかもしれなかった。

頭部や背の毛並みをもゆらゆらと焔《ほむら》のように逆立てながら、獣の化生たちは、互いに烈しく組み合って戦っている。否、一方は望まず戦わされていて、もう一方は、すでに調伏《ちょうぶく》されかかっていると言うべきだろうか。

藤ノ巫覡が操るほうの妖物はいま、もう一方を鋭い爪で押さえつけ、急所に咬みついているように見える。捩《ね》じ伏せられたほうは、いまにも退治られそうになって、苦悶《くもん》にのたうちまわり、濁った声で叫喚《きょうかん》していた。

この光景こそ、この叫び声こそ、まさに季名を恐れさせているものだ。とにかく止めに入らなければ、と、継登は剣を提げ、一目散にそちらへと駆け出した。

天羽羽斬剣を一閃させる。藤ノ巫覡が操る獣の妖が、それで一拍怯《ひる》んだ隙に、争う二体の間に迷うことなく割って入った。

「貴様っ、邪魔をするなっ！」

すこし離れた位置で化生を操る巫覡の男が、そう怒鳴り声を上げた。

「ここは斎院だ。そちらこそ、無益な殺生は控えろ！」

継登は剣を構えたまま、鳶色の眸で相手を見据えると、努めて静かに言った。

その途端、虚を衝かれたような表情を見せた青年は、はは、と、乾いた嗤《わら》いを漏らす。

「はは、あははははっ！　お前、莫迦《ばか》なのか？　物ノ怪相手に無益な殺生だと？　嗤《わら》わせる！　これは祓《はらえ》だ。ただ穢《けが》れたモノを退治しているだけ」

殺生などという言葉を使うのは愚かしい、と、男はこちらを嘲《あざけ》った。

「どけ」

次いで、低い唸《うな》りじみた声で、背後に妖物を庇《かば》っている継登に対して凄《すご》んでみせる。けれども継登は退かず、剣の柄を握る手指に力を籠め直すと、男と真正面から対峙した。

互いに、じり、と、間合いをはかる。

そのとき、見合うふたりの間に、転《まろ》ぶように駆け込んで来た影があった。季名だ。

「穢《けが》れだなどと……これは、悪いモノではない。そうは、思えません……！　乱暴は、やめて」

季名もまた後ろに獣の妖を庇《かば》う位置に立ちはだかると、懇願するような言葉を、男に向けて投げつけた。それでも相手は、ははっ、と、またしても嘲笑めいた笑み声を漏らすだけだ。

「はっ、良いか悪いかなど、問題ではないと言ったろう。物ノ怪は物ノ怪だ。――どけ」

そう、冷たく吐き棄てる。

「いや、です。そのこも……」

それでも怯《ひる》まず相手を見据えている季名は、今度は眉を寄せて、巫覡の操る化生にも言及した。

「望まぬ争いを、させるなんて……ひどい」

そんなことをさせてくれるな、と、声をふるわせて季名は訴える。だが相手は、いかにも不愉快そうに鼻頭に皺《しわ》を寄せた。

「本当に、さっきから貴様らは一体何を莫迦《ばか》げたことを言っているんだ。物ノ怪など、使ってやるか、退治するかの、ふたつにひとつ。私に使われている限りは、穢《けが》れた妖物といえど、とりあえずの役には立っているんだ。ひどいどころか、いっそ幸いなことではないか。——どけ。私の邪魔をするのなら、人であろうが排除するぞ……妖物を庇《かば》い立てるなら、尚更」

威嚇《いかく》するように相手は唸《うな》る。

が、それでも季名はすこしも退かなかった。

男が、じり、じりり、と、間合いを詰める。継登が季名の傍らに立って天羽羽斬剣を構え直した時、相手が、やれ、と、非情に命じたのがわかった。

継登の剣撃を避けていったん退いていた化生のものが、ぐぅる、と、唸《うな》り声を上げる。かと思うと、がぁ、と、大きく口を開け、こちらへ跳びかかってきた。

「っ、やめて……！　そのこに、もう、そんなことをさせないで……！」

季名が再び、叫ぶように言った瞬間だった。

季名を中心にして、風にも似たものが——まるで水面に投げた石を起点に、幾重にも波紋が広がっていくときのように——駆け抜けた気がした。

継登は息を呑んだ。巫覡の男もまた目を瞠《みは》って、見えない何かから逃れるように、一歩、二歩と後ろに跳び退く。

否、それは、見えない何かなどではなかった。気がつけば自分たちのまわりには、径が一、二丈はあろうかという大きさの、伏籠《ふせご》のようなものが出現していた。蒼白く冴えた月光で編まれたかのごときそれである。

「……清庭《さにわ》、だと……まさか」

信じられないものでも見たかのような、呆然としたつぶやきが聞こえた。藤ノ巫覡の男がこぼしたものだ。

相手の言葉に気を引かれた継登だったが、けれども、すぐにはっと季名のほうを見る。細い身体がふいに、ゆらり、と、傾《かし》いだからだった。

慌てて腕を伸ばして季名を受けとめる。それと時を同じくして、光の籠はほどけてしまい、煙《けぶ》る霧雨のようになって、虚空《くう》に淡く融けていった。

「……っ、季名！　おい、季名……！」

大丈夫か、と、継登は何度か名を呼んだが、季名はぐったりと目を瞑《つむ》っていて答えない。どうやら気を失ってしまっているようだった。

その間にも、体勢を立て直した藤ノ巫覡が再びこちらとの距離を詰めてくる。継登は片腕で季名を支え、片手で天羽羽斬剣を提げて、牽制《けんせい》するように相手を睨《ね》めつけた。

「――そこまでに、なさいまし」

緊迫の空気を裂くように凛とした声が響いたのは、まさにそんなときだった。

振り向けば、そこに立っているのは釣殿宮《つりどののみや》である。

「六条《ろくじょうの》、釣殿宮《つりどののみや》……」

巫覡の青年がぼそりと言った。

「ということは貴様ら、陽晟院《ばけものやしき》の鬼和どもか。初めて見る顔ではあるが……はは、なるほど、いやに物ノ怪を庇《かば》うわけだ。悍《おぞ》ましい祟り神を招き入れ、京《みやこ》を妖物《ばけもの》だらけにした元凶の、走狗《いぬ》ではな」

藤ノ巫覡は、挑発めいた、あるいはどこか蔑《さげす》むような笑みを顔に張りつけ、せせら笑った。

その後で、はっとしたように、継登の手にした剣を一瞥《いちべつ》する。

「鬼和ということはまさか……貴様のその剣は、天叢雲剣《あめのむらくものつるぎ》か」

そう言ってからすぐに、いや、と、自ら己の言葉を否定するようだった。

「ちがうな。あれは妖物院《ばけものいん》が持っているはずだ……天尾羽張《あめのおはばり》の所在は、現在不明……ならば、それは、天羽羽斬か」

ぶつぶつとつぶやきつつ、継登の手にあるものの正体を言い当てる。それから何やら憎々しげにこちらを睨《にら》み据えた。

「貴様らも、呪われた前帝《さきのみかど》も、天叢雲剣の継承さえ済めば我らが早々に始末してやろうものを……京《みやこ》のためにも、な」

それが叶わぬとは口惜しい、と、実に忌々《いまいま》しそうに続けられたのは、譲位《おりい》の帝に対するものとは思えない不遜極《ふそんきわ》まる言葉だった。

継登はあまりの言い草に驚いて目を瞠《みは》ったが、彼と真正面に見合っている釣殿宮《つりどののみや》は、それでもしずかな表情を崩さないままだった。ひとつ嘆息を漏らすと、実に穏やかな調子で口を開く。

「ふふ、なんとまあ、聞き捨てならぬ言葉ではありますが……此度《こたび》は、他愛ない狗《いぬ》の吠え声だとでも思って、聞かなかったことにしてさしあげましょうか。――あのね、藤ノ巫覡の君。これでもわたくしは、主上《おかみ》の皇女《むすめ》であり、前帝の妃でもある身です。そちらの立場をかしこく弁《わきま》えられるなら、わたくしが寛恕《かんじょ》してさしあげると言っているうちに、さっさとおうちへお帰りなさいな……おわかりかしら？　藤原のお狗さん」

目を細め、口許にはほの笑みを浮かべたままで――口調ばかりはおっとりと、けれどもひどく冷ややかに――言い放った。

巫覡の青年は複雑な色味の不愉快を面に浮かべたが、今上帝の皇女《ひめみこ》を前にさすがにそれ以上の不敬を憚《はばか》るのか、ぐ、と、言葉を呑むようだ。

それをたしかめたあと、釣殿宮《つりどののみや》は再び息をつき、継登のほうを見た。

「さ、わたくしたちもいったん戻りましょうか、継登さん。季名さんを休ませてあげなければね」

場違いなほどのやわらかな微笑を向けられる。

「でも」

この場をこのままにしていいものか、継登は戸惑った。が、どうやら藤ノ巫覡も、歯噛みしつつも、妖を連れて場から退散するようだ。更に、襲ってきたもう一体の妖のほうの姿もまた、気づけばすでに見当たらなくなっていた。

「行きましょう」

もう一度促され、こちらの胸にもたれかかって目を閉じたままでいる季名を改めて見下ろした継登は、結局はちいさくうなずいて釣殿宮《つりどののみや》に従った。

◇三

釣殿宮《つりどののみや》は継登と季名とを陽晟院《ようぜいいん》まで送り届けると、自らはいったん六条にある御所へと帰っていった。何かわかったこと、あるいは新たな動きなどがあれば、そのときは報せてくれるという。とりあえずは報せを待つように、と、彼女はおっとりと微笑んで言うと、そのまま去って行った。

そして、帰還した継登たちを出迎えてくれたのは、文屋子義《ふんやのしぎ》と紀美薗《きのみその》とのふたりである。

「こっち来い、継登。手当てしてやる」

そう子義に言われて初めて、継登は己がいくつか擦過傷《さっかしょう》のようなものを負っていたらしいことを意識した。

「別に平気だ」

一度はそう言ったものの、そういえば先達には訊ねたいこともある。それを思って、結局は手当てを受けがてら、子義と話をすることを選んだ。

意識のないままの季名のほうは、美薗が請け負ってくれている。

「うん、みな、かすり傷だな。ま、これなら放っといても問題ないだろうが」

口角を持ち上げて言いつつも、子義は継登の傷に薬を塗り込んで、簡単な手当てを施してくれた。

「藤ノ巫覡とやりあいになったか」

話を聞くと、運が悪かったな、と、溜め息をつく。

「季名は大丈夫かな」

東対《ひがしのたいのや》屋の簀子《ろうか》から庭へと降りる階《きざはし》に腰掛けて手当てを受けていた継登は、季名の曹司《へや》の遣戸《とびら》のほうを振り返った。

そのとき、すらりと戸が開き、美薗が姿を見せる。

「季名くん、目を醒ましましたよ。見たところ大きな怪我などもしていないみたいです」

そんな言葉を聞くや否や、継登は弾かれたように立ち上がって、季名の曹司《へや》の中に入った。明かりの灯された板の間には置き畳が敷かれていて、季名はそこにいる。意外なことに、もう起き上がっていた。

「あんた、大丈夫なのか？」

つかつかと相手の傍へ寄った継登は、畳の横に座すと、季名の顔を覗《のぞ》きこんだ。ゆらぐ燈明のほの明かりの中で、季名の顔色は蒼白く見えている。が、それでも、彼は気丈に口許に笑みを刷いてみせた。

「すみません……たいへんな、ご迷惑を」

そう言うのを聞いて、継登は、はあ、と、息を漏らした。

「迷惑じゃないよ。心配はしたけど……急に倒れるから、驚いた」

継登の言葉を聞いた季名は、ちらりと極まり悪そうな表情をする。

「わたしも……びっくりしました」

そうちいさく言ったところへ、美薗が口をはさんできた。

「おそらくは力を使いすぎて、一時的にひどく消耗してしまったのでしょうね。私もかつては時々やらかしましたが、まあ、多少のことなら、すこし休めば元に戻るので大丈夫ですよ。ただ、戦闘中に倒れでもしたら身に危険が及びますし、力の制御の仕方については、おいおい練習したほうがいいでしょうけれどもね。――そうでないと、君が倒れるたびに、継登が血相《けっそう》を変えなければなりませんから」

軽口めかして相手は言った。

「力って？」

継登は美薗を見る。

「藤ノ巫覡《かんなき》の男は、清庭《さにわ》、と言っていたのだろう？」

美薗の傍らにやって来て、そう答えたのは子義である。

「神を祀り、神を降ろすために斎《い》み清められた庭《ばしょ》、それが清庭だ。あるいは、そういう特殊な場をつくりだすことができる者とか、能力自体のことを、そう呼ぶこともあるがな。

――季名はたぶん、霊力で、己の望みにあわせた特別な場をつくりだすことができるんだろう。たとえば、意に染まぬ者の存在を拒絶するような場とか、現世《うつしょ》ならざるものが顕現できるような場とか、な」

「季名くんの傍に寄ると誰でも怪異が見えたというのも、そのせいだったのかもしれませんね。もしかすると、これまでも無意識に、君は自らの周囲に清庭をつくりだしていたのではないでしょうか」

ふたりの言葉に、継登は季名と顔を見合わせた。継登はもちろん、当の季名自身にすら、己の能力に関する自覚はなかったらしい。黒曜石の眸をはたはたと瞬いていた。

そんなこちらを見て、子義や美薗が、ちら、と、わずかに苦笑する。

「珍しい力だと思いますよ。神祇に携わる者……中臣氏や忌部《いんべ》氏とか、それこそ中臣に連なる藤氏などには、ごくごく稀《まれ》に、清庭が出るらしいですけれど」

「その、藤氏の清庭というのが……藤ノ巫覡と呼ばれる方、ですか？」

季名がおずおずと問うと、これには子義が、いや、と、首を横に振った。

「巫覡と清庭とは、本来、別個の存在だな。巫覡ってのは、そもそもは神招《かんまね》き……神を召喚し、使役する力を持つ者のことだから」

「そして、この場合の神には、鬼、いわゆる変化や化生、物ノ怪なども含まれます」

美薗がそう付け足した。

万物には魂が宿る。魂という字の中の云は雲、すなわち形の定まらないものを言い、鬼は霊と同義だ。人、動物《けもの》、植物《くさ》、器物《もの》、あるいは自然。それらに宿る形のないもやもやとした霊があって、それが、宿るべき器を失くして、あるいは宿るべき器から離《あくが》れて、剥き出しの魂になったとき、特別に祀りあげられたものは神となる。凡《およ》そそれ以外は、総じて、鬼と呼ばれるのだ。

鬼神《おにがみ》、と、ふたつは並べられることもあるが、本来的には同じものである。祀られた特別な鬼が神、と、ただそれだけのことであって、災禍を呼ぶ存在かどうかすら、もともとは関係がなかった。災いをなす鬼ももちろんいるが、一方で、恵みをもたらすとされる神とて、きちんと祀らねば祟《たた》る。その区分は、実に曖昧模糊《あいまいもこ》たるものでしかないのだ、と、見えない継登にも、他の鬼和たちから聞かされて、そうした認識だけはあった。

「神招き……」

季名が確かめるように、小声でつぶやいた。

「ええ。――ただね、神とされるようなものは総じて強大ですから、おいそれとは現世《うつしょ》に降ろせません。それこそ、降臨《こうりん》させるためには、それなりの依代《よりしろ》なり、特殊な場としての清庭なりが、要るのです。藤ノ巫覡の中にはかつて、清庭を兼ね、神を降ろして戦えた者もいたようですが……いまは、清庭の力を使える者はいないはずです。そして、神降ろしのできない巫覡は、手っ取り早く、そこいらの物ノ怪を使役するというわけですね。自分が調伏《ちょうぶく》したモノも、使役に都合がよければ使う。彼らはそれを、使鬼《しき》と呼びます」

「使、鬼」

「見ててもさすがに憐れなもんだぞ、あれは。無理やり扱《こ》き使われて、恨みも理由もない物ノ怪を相手に、さんざん戦わされて……んで、駄目になりゃあ、情け容赦なく祓われて、おしまいなんだからな」

子義がそんなことを言って肩を竦《すく》めた。聞いた季名は黒い眸をまるまると見開き、言葉を失っている。

「とにかく」

こほん、と、咳払いをして、美薗が話を戻した。

「そんなふうに、あるひとつのモノだけに働きかけるのが巫覡の力だとすると、清庭の力は場に働きます。場の有り様そのものを、いわば己の望む形に変容させうる。それによって、その場にあるものにまでも、影響を及ぼせる力だと言ってもいい。――継登。あなたはこのふたつのうち、どちらがより強大だと感じますか」

問いかけられ、答えないままに継登は季名をまじまじと見た。継登に眼差しを向けられた季名は、その意味がわからないのかきょとんとして、二、三度瞬《まばた》きをする。

「まあ、それはさておき、だな」

一瞬しんと静謐《せいひつ》の落ちた場を、今度は子義が仕切り直した。

「おれたちにとって藤ノ巫覡は、必ずしも敵対すべき相手ではない。だが、まあ、物ノ怪なんぞ使うか祓うかの二択だとしか考えないやつらにとっては、こんな妖物《ばけもの》だらけの屋敷に平然と住んでるおれたちは、さぞかし理解しがたい存在なんだろうさ」

「その上、皇位継承の証たる三種《みくさ》の神器《かんだから》の一、天叢雲剣のこともありますからね。彼らは……というよりも、彼らが仕える藤大臣は、院がお持ちの天叢雲剣を、一刻でも早く正しい……彼らが思うところの、正しい持ち主の手許へ、取り戻したくてたまらない。――あの剣は正統な皇位の在処《ありか》を証すものであり、天皇権威の象徴ですからね。まあそれも、当然と言えば当然なのでしょうが」

美薗は継登と季名のほうを見ながら、ちいさく息をついた。

「彼ら藤ノ巫覡にとっては、藤氏の繁栄と、藤氏の支える帝の御世こそ、すべて。一族の長者の命令には基本的には絶対服従ですし、剣を取り戻す機会を常に狙っているのはたしかです。――ですからね、今日のように、現場で行き合って小競り合いになることは、これまでにもしょっちゅうあったし……これからもあると思いますよ」

「こっちが事を荒立てまいとしても、向こうが積極的にちょっかいをかけてくることもあるからなあ」

子義もまた、くすん、と、肩を竦《すく》める。

「どうしようもないといやあ、そうなんだが。一応、心してはおけ……やつら、どうも話が通じなくて、厄介なんだ」

そんな忠告の言葉を受けとめながら、継登は息を呑んで、鬼和の先達ふたりの顔を無言で見返した。

＊

子義と美薗とが曹司《へや》を出ていった後、継登は季名と向き合っていた。しばらくふたりして沈黙する。

「継登さん……」

やがて季名がおずおずとこちらに声をかけてきた。

「あの、物ノ怪……藤ノ巫覡に調伏《ちょうぶく》されそうになっていた、あの獣の妖が、ほんとうに、斎院さまを苦しめている、原因だったのでしょうか……？」

季名はうかがうように継登を見る。その黒曜石の眸には、そうでなければよい、と、そんな願いのようなものが揺らいで見えた。

「……あんたは、どう思う？」

しばし黙った後、継登は問いに問いで返していた。悪いものではない、止《と》めてくれ、と、必死に言った季名がいったいどう思っているのか、まずはそれを知りたかった。

「わたし、は……」

季名は何かを言いかけてから、ふと、言い澱《よど》む素振りを見せた。

「気になることでもあったか？」

それなら言ったらいい、と、継登が促しても、しばらく逡巡《しゅんじゅん》し、黙ったままである。自分の考えていることに、どうやらあまり自信がないらしい。

「その……斎院さまがお倒れになったこととは、関係ないかも、しれないのですが……」

それでもやがて、躊躇《ためら》いがちに口を開いた。

「……櫛のこと、で……」

「櫛？　――ああ、あの、斎院さまがお生まれになったときに折れたっていう？」

それがどうかしたのだろうか、と、継登が季名に詳しい説明を求めようとしたときだった。

「――継登、いる？」

閉めた遣戸《とびら》の向こうから、不意に声がかかった。

声は小野昭衡《おののあけひら》のものである。いつも庫《くら》やら文殿《ふどの》やらに籠ってばかりいるのに珍しい、と、そう思いつつ、継登は立って、戸を開けた。

「どうした、昭衡？」

「子義から、継登の落書きを渡された」

「落書きって、お前な」

昭衡の物言いに、継登は眉を寄せ、口をへの字に曲げる。だがそういえば、何かの手掛かりにでもなればと思って、己の目にした妖の姿を書いて、子義に見せていたのだった。おそらくは子義がそれを昭衡に見せて、意見を求めたのだろう。

「何かわかったのか？」

「たぶん、猸《まみ》」

「魔魅《まみ》……？」

継登が鸚鵡返しにその音を拾うと、昭衡はじと目で継登を見た。なんだよ、と、こちらの物知らずを責めるような視線にたじろいだところで、横から季名が口をはさんでくる。

「えっと、田之怪《たぬけ》……狸《たぬき》、ですよね？　昭衡さん」

控え目に訊ねる声に、昭衡は季名をじっと見てから、こくんとうなずいた。

「たぬき？」

継登は、ぱちぱち、と、鳶色の目を瞬く。継登のそんな反応に、心底あきれたというふうに昭衡は溜め息をついた。

「……やっぱり、継登の目、節穴」

「なんだと？」

「だってふつう、見たらわかる」

昭衡に呆れたように言われて、継登は、むう、と、押し黙った。

しかし、そう言われてみれば、黄褐色を帯びた灰黒の毛並みも、顔周りや肢が黒いあの模様も、ふくらんだ尾も、狸だと言われれば狸の面影《おもかげ》があったような気がする。それにしたって、昭衡が口にした妖の正体が、そこらへんの野山にも普通にいるのだろう、身近といってもよいような生き物の名だったのには、すこしだけ驚いていた。

とはいえ狸は、化けて人を誑《たぶら》かす、人に憑《つ》くなど、怪異を為す獣の代表格として、狐狸《こり》、と、狐と並べて語られるものでもあった。妖狸《ようり》、怪狸《かいり》などといった呼称もある。

絵だけ見た昭衡の言のみならまだ疑念を抱く余地もあるが、目の良い季名までもがそう言うなら、きっとあれは狸の怪だったということで、間違いはないのだろう。

「あと、これ」

言いながら、次いで昭衡は、一枚の紙を手渡してきた。

「なんだ？」

「常葉さまに、調べろって言われたから。――じゃあ」

用件だけ手短に済ますと、それきり、昭衡はさっさと場を辞していった。

＊

「――あれ、狸の物ノ怪だったんだな」

再びふたりになってから、継登は改めて季名に向かって言った。こくん、と、たいした間も置かずにひとつうなずくところを見るに、季名はどうやら、そもそも、そうではないかと当たりをつけていたものと見える。わかっているなら教えてくれればよかったのに、と、継登は思ったが、目の良い季名にとってそれは一目瞭然のことで、わざわざ口にするほどのことではなかったのかもしれなかった。

継登は、ふう、と、ひとつ息をついた。

「俺は目が悪い。だから、間違ってるかもしれないんだが……」

そう言って、確かめるように真っ直ぐに季名を見る。

「あの、二体の妖……あいつら、おんなじ種類のモノ、だったよな？」

継登の目がそれを捉えられていた時間は、天羽羽斬剣が顕現した瞬間からの、ごくわずかの間だった。けれども、そのとき目にした灰黒色の毛並みの妖たちは、巫覡の青年に使役されていたモノも、それと組み合っていたモノも、実によく似た姿かたちをしているように思えた。

継登の指摘に季名ははっとしたように息を呑む。しばし迷うようにうつむいて黙り込んでいたが、やがて意を決したように顔を上げた。

「わたしには……かれらは、親子のように、見えたのです」

「親、子？」

思わぬ言葉に、継登はきょとんとした。

「はい。藤ノ巫覡の、えっと、使鬼……？　そうなっていたほうが子、襲いかかったほうが親、です……それに、子供のほうはもしかしたら、二日前の朝に、紫野院に死骸が出たという獣の魂が、変節したもの、なのかもしれません。死して後、あの場に彷徨《さまよ》っていたのを、巫覡の方が捕らえて、使役しているのかも」

死骸が出たので祓《はらえ》のために藤ノ巫覡が呼ばれた。やってきた巫覡は、単に死穢《しえ》を祓うのみではなく、そこに彷徨っていた霊を調伏《ちょうぶく》して、使鬼と成したのではないのか。季名はそんなふうに考えているようだった。

「そういや、釣殿宮《つりどののみや》さまが、藤ノ巫覡がどうのって言ってたもんな」

継登が顎に指を当てて言うと、はい、と、季名はうなずいた。

偶《たま》さか、斎院の住まう寝殿《おもや》の簀子《ろうか》で死んだ獣がいた。死後のしばらく、魂は、それまで宿っていた器である肉体の傍らに留まることが多いのだといわれているが、それはすなわち、鬼だ。藤ノ巫覡の目には、使えそうな物ノ怪だと映ったのかもしれなかった。

「親子、か……」

継登は顎に指を当てて、ややうつむいた。では、斎院が倒れた時に目撃された怪しげなモノの姿というのも、二体のうち、どちらか一方の鵺だったのだろうか。そんな可能性について考えを巡らせるうちに、ふと、季名が声を上げた。

「あの、継登さん……昭衡さんは、何を？」

継登の手にある紙を気にするようである。

「ああ、えっと……斎院さまの、簡単な経歴みたいだな」

はっとした継登は季名の傍らへと戻って座り、一緒に昭衡に渡された紙面を覗《のぞ》き込みつつ答えた。

いまの斎院は、彼女の先代の斎院が、父院の——これは、陽晟院《ようぜいいん》にとっても父にあたる、水緒帝《みずのおのみかど》という人だ——崩御にともなって退下《たいげ》したため、陽晟院《ようぜいいん》の御代の二人目の斎院として卜定《ぼくじょう》されている。阮慶《がんぎょう》六年のことだった。このときには、同時に伊勢斎宮も新たに立てられているが、斎宮が一度の亀卜《うらない》で決したのに対し、賀茂斎院は定まらず、二日後に再び卜定《ぼくじょう》が行われたらしい。

斎王《いつきのみこ》の卜定《ぼくじょう》というのは、たとえば相応しい者の名を卜《うらな》って知るといった類のものではない。もともと候補となる皇女《ひめみこ》が決められていて、この可否を、亀卜《うらない》によって神に訊ねるのである。

亀の甲羅を焼いて、その割れ方によって、選ばれた皇女《ひめみこ》が斎宮あるいは斎院にふさわしい者かどうか、神意を判定する。そして、一度の卜占《ぼくせん》で可とならなければ、日を改めて再びの神意伺いがなされることもあった。

当代の斎院は、どうも、複数回の卜を経て選ばれたようだ。

「斎院さまの身には、当時、賀茂大神の意に染まぬような何かがあったとでもいうのか？」

記録には更に、通例では賀茂祭に合わせて四月《うづき》に行われる紫野院入りも、異例の六月《みなづき》にずれ込んだことが記されていた。詳細はわからないが、障《さわ》りのために賀茂祭が中止されたためであったらしい。

今回も、このまま斎院が目覚めなければ、賀茂祭は斎行できなくなる。そんな事態はぜひとも避けたいが、と、継登は思うが、なんとかしようにも原因もはっきりしないままでは動きようがない。

継登が眉間に皺《しわ》を寄せたときだった。

「……櫛……」

ぽつ、と、季名がこぼした。

「え？」

継登が聞き直そうとした、その刹那だ。不意に、曹司《へや》の外、どうやら東中門のほうが俄《にわ》かにざわめき立つらしい音が継登の耳に届いてきた。

「六条釣殿邸《ろくじょうのつりどの》より伝言《つてごと》。――斎院に再び怪異あり。至急」

そんな声が聞こえてくるや否や、継登は反射的に立ち上がっていた。

が、その瞬間、思わずといったようにこちらの袖を引いた手がある。

もちろん季名だった。彼は黒曜石の眸に取り縋《すが》るような色を浮かべ、継登を見上げていた。

「あの獣の妖……倒すの、ですか」

継登に訊ねてくるその声が、すこしだけふるえている。

「あのこ、すごく……怒っていました」

とつとつと、季名は口にした。

「親なのだと、おもうんです……藤ノ巫覡に使役されてしまっていた、物ノ怪の。我が子の魂を奪われて、あんなふうに、物みたいに好き勝手使われたりしたら……大事なものがそんな目にあったら、わたしだって、きっと、すごく腹が立つと、思う。藤ノ巫覡の方に襲いかかったのだって、ただ、我が子を取り戻したかっただけ、なのではないかと……」

「あの獣の怪は、斎院さまの昏倒の件とは関係ないってことか？」

「それは、わかりません。でも……」

でも、と、言ったきり、季名は口籠もってうつむいてしまった。

わからない、と、口ではそう言いつつも、すくなくとも季名自身は、あの怪のモノが斎院の昏倒の原因ではないと考えていることが明らかだ。それなのに、季名ははっきりと、そうは言わない。

継登の木賊《とくさ》の水干《すいかん》の袂《たもと》を掴んでいた手指が、ふら、と、弱々しく離れていく。長い睫《まつげ》の影が、燈明のあかりの中で、相手の目許の白い膚に落ちていた。その影が、ひどく頼りなげに揺らいで見えている。

「季名……あんた」

継登は、ふう、と、息をついた。

「あの物ノ怪を、退治したくないんだな」

継登が問いの調子ではなく、確信を以て指摘すると、季名は、びく、と、ちいさく肩をふるわせた。

不安をいっぱいに浮かべた眼差しが継登を見る。きゅう、と、柳眉がひそめられた。

「だって……わるいこじゃ、ないから。でも……わかって、ます。行かなければ……わたしは、鬼和ですし……継登さんの、お役に立ちたいと、思うから」

ちゃんと行きます、と、自らに言い聞かせるように口にしながら、季名はゆらりと立ち上がった。

「行き、ます」

再びそう言う相手の眸の奥を、継登は真っ直ぐに覗《のぞ》き込んだ。

季名が無理をしているのは見ればわかる。行く、と、そう言いながらも、その身体は竦《すく》んだように、場に立ち尽くしていた。

継登は再び嘆息した。すると季名はまたかすかにふるえて、きゅうっと眉根を寄せた。

「すみません、わたし……ちゃんと、しますから……すみません」

くちびるをわななかせて、詫《わ》びる。深くうつむいてしまう季名を前に、継登はまたしずかに息をついた。

「ばか。あやまんなよ。俺はあんたを責めてないのに」

「でも」

「責めてるんじゃないんだ。――溜め息は、あんたが無理しようとしてるから……ちょっと、呆れただけ」

継登は鳶色の目を細め、微苦笑するように、ちら、と、口許をゆるめた。

「無理すんなよ、季名」

「でも」

「無理は、するな。――たぶん、いまこの無理を通したら、あんたの心は傷つく。だから、俺は止めてるんだ」

「で、も」

「身体の傷はさ、見えるから手当てしやすい。けど、心の傷ってのは、目に見えるもんじゃないから……どこにあるのか、あるのかないのかさえ、見えないからさ。手当て、しにくいだろ？　下手したら、気づかないうちにぐずぐずに膿《う》んで、取り返しがつかなくなっちまうかもしれない。そういう、厄介なもんだからさ……つけずに済むなら、そのほうが絶対に良いんだ」

「でも……わたしが行かないと、継登さんは、剣が……それに、物ノ怪だって、見えないですし」

「はは、そうだな。わかってはいるけど、改めて言われると、俺はほんとに役立たずだよな」

継登は敢えて、明るい声音で、笑いながら言った。

「あ……そ、そんなつもりじゃ……！」

季名が失言に慌てるように言う。

それにも、くすん、と、肩を竦《すく》めた。

「わかってるって。あんたに俺を責める気も、莫迦《ばか》にしたり見縊《みくび》ったりする気もないことくらい。――けど、俺だって、一緒だ。あんたを責めるつもりで言ってるんじゃない。あんたを見縊ったり、見限ったりして、言ってるんじゃないよ」

改めて、真っ直ぐに相手に言い聞かせるように口にする。

季名は言葉を詰まらせるように一瞬無言になったが、すぐに、眼差しをわずかに落としてしまった。

「でも……すこしくらい、無理、しないと……前に進めないことだって、あります。だから……」

てのひらを握りしめ、まだ頑固に言い募る。彼の言わんとすることもまた、継登にはわからないわけではなかった。

たしかに、人間、踏ん張りどころというものはある。何度も何度も打ち鍛《きた》えられた鋼《はがね》が、強固に強靭《きょうじん》になっていくように、多少気張って困難に立ち向かってこそ成長できることだってあるだろう。

それでも、通すべき無理と、そうでないものがある、と、継登は思うのだ。

そしていまは、このまま季名に無理をさせてはいけないときだ、と、そう本能が告げていた。

この無理は、通せば、季名の根幹を揺るがす。彼が最も大切にしているものを、蔑《ないがし》ろにするような行為だからだ。それは、心の奥深く、いちばんやわらかく繊細なところに、取り返しようのない深い傷をつくってしまうのかもしれなかった。

だったら、そんなことは、させるべきではない。

すくなくとも、いまの心の状態のままの季名を伴うわけにはいかない、と、そう思って、継登はひとつ、深く息を吸って、吐いた。

「俺はさ……陽晟院《ここ》へ来る前は、検非違使《けびいし》だったんだよな」

唐突に変わった話題に、季名がはっとした。目を瞬く相手を前に、継登は、ふ、と、笑ってみせる。

検非違使とは、京《みやこ》の非法、違法とを検察する使いの意だ。官位相当のない、律令規定外の令外官《りょうげのかん》だが、令に規定のある弾正台《だんじょうだい》や衛門府《えもんふ》と並んで、京《みやこ》の内での違法行為の摘発、罪人の捕縛などを担っていた。

「京《みやこ》の治安を守るのがお役目だった。でも、ただ上から与えられた役目ってだけじゃなくてさ、たとえ微力だとしても、京《みやこ》を……ここに暮らす人々の安寧を守るために力を尽くせているってことが、あの頃の俺にとっては、すべてだった」

「お仕事に……誇りをお持ちだったのですね、とても」

「まあ……それなりにな」

継登は曖昧《あいまい》に言葉を濁して、ほう、と、ひとつ息を吐いた。

もしも己の中にあるのが純粋な正義感、使命感だけだったのなら、季名の言葉に対して継登はいま、得意な顔をして、軽く胸を反らせてさえいたのかもしれない。けれども、そうはできない。継登は自嘲するような笑みを頬に浮かべた。

「誇りというか……俺は、たぶん、そういうふうに生きなきゃならないんだって、思ってたんだ」

口にした瞬間、息が詰まるかのような苦しさを覚えた。

「……生きなければ、ならない……？」

季名が訝《いぶか》るような視線を継登に向けてくる。その言い方にはどこか、義務感の響きが宿る。そこに相手は引っ掛かりを覚えたようだった。

黒曜石の眸に見詰められると、かつて、己の愚かさゆえに傷つけ、失ってしまったもののことが思い出される。胸を刺す痛みに、継登は眉根を寄せて苦く笑った。

「俺は昔……間違ったんだ。自分の心を騙《だま》して、誤魔化《ごまか》して、そのせいで選択を誤った。それで……取り返しのつかない事態を、招いた。許されない過ちだ。でも……間違ったんだって気付いたときには、もう、ぜんぶ、遅かった。どうやったって償《つぐな》う術《すべ》もない。どうしようもない。だから、せめて……誰かのために、生きようと思った。もうそれくらいしか、俺にできることはないから……たとえ端くれであっても、かつて近衛《このえ》を担った軍門の一族、大伴氏に連なる者として、せめて京《みやこ》に暮らす人たちを護って生きようって……」

「……継登、さん……？」

継登の独白めいた言に、季名は戸惑ったようにこちらの名を呼んだ。

気付かぬうちにくちびるを引き締め、こぶしを握り込んでいた継登は、それではっと我に返って頭《かぶり》を振った。

「わるい。何でもない」

「でも……」

まだ憂わしげな眼差しをこちらに向ける季名に、強いて笑ってみせる。

「ほんとに、何でもないんだ。ただ、俺は……あんたには、自分に嘘ついて、間違ってほしくないと思うってだけ」

鳶色の眸を、ひた、と、季名に据える。季名は息を呑んだ。

「いまは検非違使から鬼和になってるけど、でも、俺はな、いまもやっぱり、京《みやこ》の平穏を守りたい。何か辛い目にあったり、脅威《きょうい》に曝されてたりする人がいるんなら、なんとかするために力を尽くしたい……それが俺の、果たさなけりゃならない使命《おやくめ》だ、俺はそうやって生きるんだって思ってる。――あんたは？　季名」

「……え？」

「あんたは、どう生きたい？　鬼和として」

「わ、たしは……」

季名は言って、そこで口籠った。しばらく言葉を探しあぐむように黙り込んでから、わたしは、と、もう一度、口にする。

「継登さんの、お役に立ちたい、です」

途切れ途切れのその答えに、継登は、はは、と、ちいさく笑った。

「それはたぶん、すごく表面上のことじゃないか？」

継登が言うと、どういうこと、と、季名は訝《いぶか》る表情を浮かべる。

「あんたの奥底にある望みはさ、季名……あんたの周りにいる物ノ怪どもが、ただたのしそうで、愛嬌ある顔でのんきにしていられて、そんなやつらとみんなで一緒に、平穏に幸せに生きられること、だろ？」

あんたはたぶんそうやって生きたいんだ、ちがうか、と、問うてやると、季名はいっぱいに目を瞠《みは》った。

何かを言いかけるようにくちびるをかすかに動かしたけれども、そのまま、無言で顔を伏せがちにする。やがてその表情が、くしゃ、と、歪んだ。

「わ、たし……わたしにとって、みんなは……物ノ怪たちは、人や他の獣や草花と、いっしょ、なんです」

「うん。そりゃ、そうだろうな。生まれたときから、当たり前みたいに、あんたの傍にいた存在《もの》たちなんだから」

それは当然すぎる思いだ、と、継登は言う。すると、くちびるを細かくわななかせた季名は、堪《こら》えかねたかのように白い顔を手で覆ってしまった。

「問答無用に排除なんて、できない……したく、ない。どうしても……無理、です。ごめん、なさい。わたしも、鬼和になった、のに……なのに。役に立てなそうで……ごめんなさい……」

途切れ途切れに吐露《とろ》する声には、かすかな嗚咽《おえつ》が混じっている。継登は相手のふるえる肩に、なだめるように、そっと手を置いた。

「はは。ばかだな、季名。泣くなよ」

「で、も……」

「泣かなくていいだろ？　——だって……それで、いいじゃないか」

俺たちはそれでいいじゃないか、と、継登が言うと、季名は驚いたのか、反射的に顔を上げた。

言葉の意図を探るようにまじまじと継登を見る濡れた黒い眸に、継登は、ふ、と、笑いかける。

「だってさ、考えてみろよ？　俺たちは鬼和だ……鬼狩りじゃなくて、鬼和なんだ。一方的に狩るんじゃない。そりゃあ場合によっては、それも……薙《な》ぐ、つまりは狩ることだって、必要になることもあるかもしれない。けどさ、凪《な》ぐ……鎮める。それだって、鬼和の在り方のひとつだろ？　――俺たちは、俺たちのやり方で、いいじゃないか」

ちがうか、と、継登は鳶色の眸を真っ直ぐに季名に向けた。

季名は目を瞠《みは》っていたが、こちらから視線を逸らそうとはしなかった。黒い眸が継登の眼差しを受け止め、そしてまた、真正面から、ひた、と、継登のことを見詰め返してくれている。

「あの二頭の妖の獣……あいつらが親子で、一方は無理やりに使役されて苦しんでいて、もう一方はそんな我が子を取り戻そうと怒り狂っていて……なら、あんたがやつらのためにしてやりたいことは、何だ？　そのために俺ができることは、何だ？　きっと、あるはずだ。――それをしにならら……行けるんじゃないか？　季名」

行けるか、と、そんな継登の問いかけに、季名はすぐには答えなかった。

けれども、まだ濡れて深みを増している黒曜石の眸の奥に、ちかり、と、一瞬、綺羅《きら》星のごとき輝きが宿ったのを、継登ははっきりと見た気がした。

だから、ほう、と、息を吐く。

「行こうか……俺たちにできることをしに」

狩るためでなく、和《な》ぐために行く。

自分たちは陽晟院《ようぜいいん》の鬼和だ。京《みやこ》を跳梁跋扈《ちょうりょうばっこ》する鬼を和《な》ぎ、それで、人にも鬼にも、安寧をもたらせたらどんなにいいだろう。そうやって京《みやこ》を守ることができたならば、どんなに素晴らしいだろうか。

それこそが自分たちふたりの在り方だ。

たとえそれが他と違っていたとしても、それはそれで、いいではないか。

継登の言葉に、季名はやがて、こく、と、ちいさくうなずいた。

その口許が、そっとほころぶ。それを見た刹那、ああもう大丈夫だな、と、継登の胸には不意にそんな確信がわきあがっていた。

「あんたの大事なものを、俺が守る。だから力を貸してくれって……最初に、言っただろ？」

笑って相手に語りかけたとき、ふいに、左腕《とくさがさね》がじくりと熱くなった。黒い痣《あざ》のある辺りが熱を持っている。継登が腕を持ち上げ、木賊重の水干《すいかん》の腕を捲《まく》ると、季名が引かれるように自然にそこに触れた。

「海行かば水漬《みづ》く屍《かばね》、山行かば草生《む》す屍《かばね》、御君《おんきみ》の傍《へ》にこそ死なめ、後悔《かえりみ》はせじ」

しずかにつぶやいたのは、いったい、どちらの声だったのか。それは大伴の誓言《ことだて》である。

大伴氏はかつて、天皇《おおきみ》に近侍し、それを守る近衛《このえ》の一族だった。守るべきもののために命を懸ける。その心意気をうたったことばが、大伴の誓言《ことだて》だ。

大切なものを守り抜く。

そんな想いが、言の葉のかたちに結晶したもの。

誓言《ことだて》の文言に籠められた想いが、いまの継登の心根にぴたりと添い重なっている。守りたいもののためにすべてを賭《と》して悔いないという、そんな強い想いだ。

「ああ、そうか」

継登はつぶやいて、いま熱を持っている、稲妻のかたちをした痣《あざ》を撫でた。すぅっと目を細める。

「なんだ……こんな、簡単なことだったんだな」

思わず、口許を弧のかたちにゆるめていた。

季名の傍にいる物ノ怪たちは、人の感情に影響されやすい。器を持たぬ、剥き出しの気《け》だからだ。そして、もしかしたら、霊剣である天羽羽斬剣とて、それと似たようなものだったのかもしれなかった。

だからこそ、守りたい、と、心の底からの想いに、剣はしっかりと応えてくれるのだ。

きっとそれが、神剣を顕現させるための、足りていなかった最後の鍵――……。

季名の指の触れたところから、身体の中に、清浄な気が流れ込んでくる。隅々まで、満たされる。髪の毛が逆立つような感覚。これは昂《たかぶ》りだ。目の前の空間には、痣《あざ》から立ち上った黒い焔《ほむら》のようなものが、螺旋《らせん》をえがくようにして渦巻き、逆巻いた。

眩《くるめ》くように、光が破裂する。

そのときにはもう、継登の左手の中には、白銀に輝く十握剣《とつかのつるぎ》がはっきりと姿を現していた。

剣の放つしずかでうつくしく、毅《つよ》い輝きを前に、継登はすっと鳶色の目を細める。

これで、戦える。守りたいもののために振るえる力が、いまこの手のうちには確かにある。

継登の胸のうちは、どこか心地がよいほどの勇《いさ》みに満ちていた。柄を握る手に力を籠める。

「……あの、継登さん」

そのとき、ふと、季名が小声で継登を呼んだ。継登がそちらを見ると、相手は切実な眼差しを継登に向けている。

「継登さんの、お役に立ちたいというの、も……その、ちゃんと、わたしの本当の、望みですから。あなたが、わたしにも、物ノ怪たちにも、心を寄せてくれたのが……うれしかったから……わたしも……あなたに心を寄せる者で、ありたい、です」

それだって決して建前などではない、と、どうしても念を押したかったかのように、黒い眸がじっと継登を見詰めた。

継登は刹那、虚を衝かれたように目を瞬く。艶めく黒曜石の奥に、強い意思と、先程見せたのと同じような、こちらを気遣う色が揺れているのを見つけた。

自然、口角が持ちあがる。それから継登は、くしゃっ、と、相好を崩した。

「うん。ありがとう。――頼りにしてるぞ、季名。ってか、あんたがいないと、俺は役立たずの鬼和のままだからさ……頼む。一緒に、行ってくれるか？」

継登が問いかけるように言うと、季名はどこかほっとしたようにくちびるにほの笑みを刷き、はい、と、短く諾《うべな》った。

◇四

「継登、季名、ふたりで大丈夫か？」

季名と共に厩舎《うまや》のほうへと向かう途中で、そう声をかけてきたのは子義だった。

「おれと美薗には、常葉さまから待機の命だ。陽晟院《ここ》を離れられん。――どうも、院の調子がお悪いようだな……」

最後の言葉に継登ははっとしたが、すぐに表情を引き締めた。己《おの》が身はひとつしかなく、いっぺんに何もかもは抱え込めない。だからこそ、いまは自分たちのすべきことに集中しよう、と、てのひらを握り込む。

「大丈夫だ、ふたりで出る。もともと俺たちの事案だから」

「どうしても手が要るようなら、報せろ」

そう言って、先達は継登に狼煙《のろし》を手渡した。子義の言葉にうなずくと、継登は己の馬を引き出した。

「あんた、馬には乗れるか？」

季名に問うと、ふるふる、と、首を横に振る。継登は鐙《あぶみ》に足をかけ、さっと馬上の人となった。

「後ろに乗れ」

片手で手綱を取って、もう片方の手を季名に向かって伸ばす。けれども季名は一瞬、躊躇《ためら》うふうを見せた。

「大丈夫だ。俺にできないことはあんたが、あんたにできないことは俺が。それぞれ手を貸し合ったらいい。だろ？　それにな、お互いだけじゃなくて、俺たちを助けてくれるやつは他にもいるんだ。——なあ？」

継登は語りかけるように言って、愛馬の河原毛《かわらげ》の首をゆっくりと撫でた。

「紫野院まで、ちょっとだけ、頑張ってくれるよな？」

継登が問いかけたのに応えるように、河原毛はちいさく足踏みして、蹄《ひづめ》を鳴らした。

「来い」

再び季名へと鳶色の眸を真っ直ぐに向けると、きゅ、と、くちびるを結んで、季名は継登の手を取った。継登は相手の手を掴み、ぐっと力を籠めて馬上へと引き上げる。

「しっかり掴まってろ。あと、喋るなよ。舌噛むから」

そう短く言うのに、季名はどこか緊張気味に、神妙な面持ちでうなずいた。

季名の腕がこちらの腰に回される。背中にひしりと片頬を押し付けるようにしたのを確認してから、継登は、たのむぞ、と、愛馬の河原毛の首を再びゆっくりと撫でた。

手綱《はづな》を引く。最初はゆっくりと歩ませ、屋敷の東門を出ると、西洞院大路《にしのとういんおおじ》を北へ一路、馬を馳せさせた。

やがて、小高い船岡山を背景にして、紫野院が見えてくる。

「あ……」

そのとき、何かに気がついたのか、季名がちいさく声を上げた。はっとした継登は、手綱を引いて馬を止める。

「どう、どう」

愛馬の首を撫で、その場で足踏みをさせると、後ろの季名をわずかに振り返った。

「何か見えたのか？」

「はい……瘴気《しょうき》、が」

季名はうなずいた。

「昼間の緢《まみ》だと、思います。紫野院では、ありません……すこし、外れたところに」

「どっちだ？」

「あちらです」

継登は季名の白い手が指し示すほうへと視線を向ける。継登にはまだ何らの異変も捉えられはしなかったが、季名の言を信じて、そのままそちらへと馬を駆けさせた。

しばらく馳せると、やがてそれは継登の目にもはっきりと映った。

御所から遠くない、比較的開けたところである。二体の緢《まみ》は――藤ノ巫覡《かんなぎ》の操る使鬼と、もう一体の化生のもの――すでに戦闘の最中だった。

「っ」

季名が息を呑む。

「あのこが……！」

悲痛な叫び声のように、そう漏らした。

陽はすでに西へ傾き、茜《あかね》に染まった空に、東側からは紺青《こんじょう》がしみて、薄暮の気配が色濃く漂いはじめている。じきに逢魔《おうま》ヶ刻《がとき》だ。暮れかけた空の下で、二体の獣の怪が、互いに毛並みを逆立たせて烈しくぶつかりあっていた。

一体の瞳は昏く濁り、またもう一体の瞳は、怒りの焔《ほむら》が盛るように燃え立っている。

継登は馬から下り、手を貸して、季名も馬上から下ろしてやった。愛馬の河原毛は、本能的に何か感じるものでもあるのか、落ち着きなく首を振り、忙しない足踏みを繰り返している。

「いい子だ。しばらく向こうへ行ってろ」

継登は怯《おび》えを見せる馬の首を撫でて言うと、手綱を離して愛馬を遠ざけた。

「はっ、また邪魔をしに来たのか、鬼和！」

継登と季名の姿を見留めたらしく、白の浄衣《じょうえ》の青年がこちらを見て、憎々しげに叫ぶように言った。下がり藤の紋がある大きな袖が風にはためく。

「お前にとっては邪魔だろうが、こっちにはこっちのやり方があるんでね！」

継登は鼻を鳴らすようにして応じるや、そのまま、争う狸の妖のほうへ向けて、一目散に駆け出した。

地を蹴って中空へと舞い上がると、両の手でしっかと剣の柄を握って、頭上に大きく振りかぶる。長さ十握《とつか》はあろうかという長剣を、組み合う二体の獣の真上から、真っ直ぐに振り下ろした。

閃《ひらめ》く刃が迫りくる危機を察したようで、組み合っていた猯たちはいったんほぐれ、互いに距離を取った。

どん、と、切っ先が大地を裂いた音が重たく響く。剣と共に地に降り立った継登は、すぐに身体を起こして体勢を整えると、今度は天羽羽斬を片手に提げた。

継登を間にはさんで、妖たちが互いに見合う位置取りになる。

「天羽羽斬剣は、先日、かがみを元に戻してくれました」

それは、斎院のもとへ向かうとふたりで決めたとき、季名が口にした言葉だった。

橘家を百鬼夜行《ひゃっきやぎょう》が襲った折、継登に依《よ》り憑《つ》いたその剣はたしかに、禍々《まがまが》しい大蛇《おろち》に変節してしまった化生のものを、もとの悪意なき状態に戻すことに成功していた。

天羽羽斬のハバとは、蛇を指す古語である。そして、蛇《じゃ》は、邪《じゃ》に通じる。神話《かむづたえ》の昔、素戔嗚尊《すさのおのみこと》の手で振るわれ、八岐大蛇《やまたのおろち》を退治した伝説を持つ神剣《かむつるぎ》は、もしかすると、邪悪な気を祓い去る力を持っているのかもしれない、と、季名はそう言ったのだった。

根拠と言えるほどのたしかな証は、ない。

それでも、きっとできる、と、強く信じる。

この剣は、自分の、自分たちの、想いに応えてくれるに違いない。想いは、力だ。たのむぞ、と、継登は柄を握る指に力を籠めつつ、心の中で剣に語りかけた。

長剣の刃が、うつくしく浄らに、そして毅《つよ》く、輝きを宿した気がした。飾り紐の先の、勾玉が揺れる。

継登はひとつゆっくりと息を吸って、それをまたゆっくりと吐き出した。調息のあと、柄を握り直す。藤ノ巫覡に使鬼とされてしまっている物ノ怪のほうはいったんおいておくこととして、真正面から、もう一体の狸の怪のほうと対面した。

季名が親だろうと言ったほうだ。子を奪われ、怒りに我を失い、いまはこんな荒々しい姿になってしまっているのだろうか。だったら、大蛇《おろち》に変じてしまったかがみの時と同じように、天羽羽斬はこの妖をもとの姿に戻してくれるかもしれない。

「お前の子は、必ず取り戻してやるから……いったん、鎮《しず》まってくれ」

祈るように口にすると、継登は再び軽く地を蹴った。

真っ直ぐに駆けて、ひと息に相手の間合いに這《は》い入り込む。身を低くし、剣を構える。があっ、と、大きく口を開いてこちらを威嚇する貒に、真正面から飛び込んで行った。

貒が後肢で立ち上がった。そのまま前肢を勢いよく振り下ろして、こちらを鋭い爪にかけようとしてくる。素早く身を翻《ひるがえ》してそれを躱《かわ》した継登は、その勢いのままに、身体を捻《ひね》るようにして上空へと舞い上がった。

木賊《とくさがさね》重の水干《すいかん》の袖が、風をはらんでふわりとはためく。

とん、と、軽やかに貒の背後の地面に降り立つと、爪に獲物を捉え損ねて均衡を崩したらしい貒が再び体勢を立て直しきる前に、提げた剣を斜めに斬り上げるように一閃させた。

何かを断った感触は、ある。

けれどもそれは、肉や骨を断つ手応えとは、まるで異なるものだ。

途端、しゅぅぅぅう、と、焼け石に水をかけたときのような音が立ちのぼった。

それと共に、目の前の貒の輪郭は、まるで陽炎《かげろう》かなにかのようにゆらゆらと揺らぎ出している。大きくふくらみ、あるいは縮み、捩《ね》じれ攀《よ》じけたかと思うと、その姿は急激に収《しゅう》斂《れん》した。

「鎮まっ、た、か……？」

継登は動いて乱れた息を整えるのに、ほう、と、ひとつ大きく呼吸した。

「っ、継登さん！」

そのとき、季名が叫ぶように、切迫した声でこちらを呼ぶ。

藤ノ巫覡が動いたらしい。相手は、下がり藤の紋のある袖を持ち上げて腕をぴんと伸ばし、前にそろえたひとさし指と中指とで、射ぬくように真っ直ぐにこちらを指した。

その途端、男に操られている使鬼が、唐突に継登に向かって飛びかかってくる。

牙を剥いて妖が迫る。反射的に剣先を向けて、継登は相手を牽制する。こちらの間合いに入るのを警戒するかのようにいったん動きを止めた妖と、張りつめた空気の中で互いに見合った。

距離を測り、機を計る。

柄を握る左手に、もう一方の手指を添えた。

そのとき、思わぬ方向から、がぁっ、と、濁った咆哮《ほうこう》が響いた。はっとして傍を見ると、継登の剣を受けていったん凪ぎかけていた親猫の気配が、再びいきり立つそれになっていた。

ひとたびは縮んでいたはずの身体がまた、烈しい感情を反映したかのように大きく脹《ふく》らむ。灰黒の毛並みが、ざわざわ、と、逆立った。

「っ、結局あっちを何とかしないことには駄目ってことかよ」

継登は舌打ちするように言った。そして、使鬼の向こうにいる巫覡の青年のほうへと、鋭く尖らせた鳶色の目を向けた。

眉を吊り上げ、相手を睨《ね》めつける。

「なんだ、鬼和。ずいぶんやる気になっているじゃないか？」

相手がせせら笑うような、挑発めいた調子で言う。

「お前とやり合う気も、必要も、本来はないんだ。お前が……その使役している物ノ怪を、解放しさえしてくれれば、な。無駄なことをさせやがって」

継登は言いつつも、じり、じりり、と、相手との間合いを詰めた。

すると青年は、うっすらと笑いつつも、こちらの攻撃を警戒してか、使鬼をいったん自分の傍らに戻すようだ。巫覡の隣で、仔貓の怪が、ぐる、ぐぅる、と、低く喉を鳴らして唸《うな》り声を上げた。光の点らない、ぽかりと昏い瞳が、こちらを見ている。

「こっちの物ノ怪なら、俺が鎮められる。だから、そいつを解放してやれ」

「はっ、己で調伏《ちょうぶく》した物ノ怪をどう使おうが、そんなものは私の勝手だと言ったはず。そも、物ノ怪なんぞ、祓うか、使うか」

祓いもしないのに解放するなどという考えはないのだろう男は、半ば呆れた調子で口にすると、不愉快そうに眉間に皺《しわ》を寄せた。

左胸のあたりに、立ててそろえた二本指の腹を当てると、くちびるの中で何か、祝詞《のりと》にも似た響きの文言を唱えるようだ。続いて指を、てのひらごと、ぴっ、と、返して顔の前に構え、そのまま手刀で空を斬るように、継登や親鵜がいるほうへと爪の先を向けた。

がぁ、と、空気を震わせるような咆哮が響く。

巨体に似合わず、目にも留まらぬ速さで飛びかかられ、継登は咄嗟に、傍らの親鵜の身体を押しのけるようにして庇《かば》った。そうしながら、天羽羽斬を横に一閃させる。

使鬼はそれで、ひとたび体勢を崩して横倒しになった。けれどもすぐに、荒い息を響かせつつ立ち上がる。その目はまだ昏く濁ったままで、正気を取り戻しているふうには見えなかった。また、こちらへと向かってこようとする。

「やめて！　もうこれ以上、そのこにそんな、ひどいことを、させないでください……！」

悲憤の籠った声で季名が叫んだ。使鬼として否応なく戦わされる物ノ怪の姿を見かね、どうにも堪えられなくなったらしかった。

藤ノ巫覡の男は、じろ、と、季名を睨《にら》む。

「物ノ怪相手に、酷い燐れもあるか。何度も何度もくだらんことを言うな」

「っ、そんなの、傲慢です……！」

季名が眉根を寄せて、くちびるをわななかせて、藤ノ巫覡を責めた。

握りしめられたこぶしがちいさくふるえているのは、怒りを堪えているためだろう。黒曜石の眸の色が濃さを増したように見えるのも、おそらくは、感情の昂《たかぶ》りが原因だ。

「この世にあるのは、人だけじゃ、ありません……獣も、草も木も、物も、すべて、等しく魂を宿して、世にあるのに……それを蔑《ないがし》ろに、するなんて……そんなの」

そんなの、と、季名は細かく声をふるわせた。

「はっ、相手は人を襲う妖物なのだぞ。祓って何が悪い？　使えるモノを使ってやって、いったい何が悪いというんだ？」

「っ、彼らのすべてが人に害を為すわけじゃ、ありません！」

季名は真正面からきっぱりと言い切った。

「人に、善良な人と悪人とがあるように……いいえ、善人のうちにもちいさな悪意は潜み、悪徳の人の心にもかすかな善意が宿っていることもある、それと同じように……この世のすべては、そんなにも簡単に割り切れるものでは、ない、はずなのに……それなのに、己の尺度の物差しだけを身勝手に当ててる行為は、傲慢の誹《そし》りを免れない。――彼ら物ノ怪にだって、こころは、あるのです。それを、無理に、捩《ね》じ伏せるだなんて……！」

季名が黒曜石の眸を怒らせて巫覡を睨《にら》み据えた。

その刹那、さぁあぁん、と、一迅の清浄な風が吹き抜けていったように継登は感じた。

そして、目の端に何か、ちか、と、陽光の下を泳ぐ蜘蛛の糸のような細い輝きが掠《かす》めた気がする。

目を瞬いたときにはもうそれは見えなくなっていたが、はっとした継登は、いま立っている相手の間合いとのぎりぎりの境から離脱して、季名の傍へと駆け寄った。

「季名！　いまたぶん、俺にはあいつと使鬼とを繋ぐ霊力の流れが見えた、と、おもう。

糸みたいな」

　継登がそう言うと、季名は継登を見上げ、はたはた、と、瞬《まばた》きする。

「それって……」

「うん。あれを天羽羽斬で断ち切れば、使鬼をやつの支配下から、解放してやれるかもしれない。――季名……清庭《さにわ》をつくれるか？」

「え？」

「あんたの力が、見せてくれたんだと思う」

　継登の言葉に、しかし、季名は戸惑いを覗《のぞ》かせた。

「でも、わたしは何も……」

「あんたの力……俺はたぶん、前にも同じものを、見たことがある。あんたの籠められていた……いや、あんた自身が自ら閉じ籠もっていた、あの塗籠だ。あそこに張られていた結界、あれって、清庭だったんじゃないのか？　あんたが無意識のうちにつくった、さ。自分の存在が何かを傷つけることを恐れて、自分を閉じ籠めておけるような場を、あんたはつくり出していた」

　継登が言うと、季名は大きく目を瞠《みは》った。

　息を呑む季名を前に、継登は言葉を続ける。

「俺がかがみを斬って吹き飛ばされたときも、そうだ。無様に地面に転がったわりに、たいした衝撃はなかった。いま思えばあれだって、あんたが清庭の力で、俺を受けとめるための場をつくってくれてたのかもしれない。――そんなふうに、あんたは……場を自分が望む在り方に変えられるんだ、きっと。あんたの強い想いが、場そのものに影響する……だからさっきも、使鬼を解放してやりたいって想いが場に働いて、あいつを縛る霊力の流れを俺にも見えるかたちにしてくれたんだ」

そういうことだと思う、と、継登は鳶色の眸を真っ直ぐに季名の顔に向けた。

「あんたはやさしい。自分以外のものに心を寄せて、傾けて、そいつらのこと守りたいって、そう願えるあんたは、やさしくて……そして、あんたのそのやさしさは、そのまま強さになる」

「で、も」

「あの時も言っただろう？　あんたはやさしくて、その分、強いって。だからさ、その強さで……もう一回、見せてほしい。俺が斬るべきものを、あんたの力で。――そうしたら……あんたの守りたいものは、俺が、必ず守る」

継登は天羽羽斬剣を目の前にまで持ち上げ、誓いの証のように、その柄をしっかりと握って見せた。

季名は刹那、不安げに、あるいは自信なげに眸を揺らす。けれども、彼の逡巡《しゅんじゅん》はほんのわずかな時間だった。

「やって、みます」

ちいさく、けれどもきっぱりとした声が、言う。黒曜石の眸の奥に、強い光が宿っている。相手の、きゅっと引き結ばれたくちびる、ぎゅっと握られたこぶしを見て、継登は、ふ、と、口の端を持ち上げて笑った。

「頼む」

「はい」

「とはいえ」

継登は藤ノ巫覡と、その隣に控える使鬼を見る。

先程可視化された霊力の糸は、ほんのわずかな時間で融けるように消えて見えなくなってしまった。おそらく、単純に遠すぎたのだろう。季名の力の及ぶ範囲には限りがある。この前だって、光の籠《かご》のようなものが覆った範囲は、季名を中心に、径にして一、二丈というところだった。

あまり広範囲の清庭はつくりだせないのではないか、と、そう判断する。

「ここからじゃ距離がありすぎるな。もうすこしやつらに近づかないと……」

あるいは、向こうをこちらに誘《おび》き寄せるか、だ。しかし、そのどちらにしろ、相手に近付く分、季名の身を危険にさらすことにはなる。季名を守りながら藤ノ巫覡との距離を詰めることが、自分にできるだろうか。

「まあ、やるしかないよな」

思案を巡らせた継登は、覚悟を決めてちいさくつぶやく。剣を構え直し、ふう、と、深呼吸をしたとき、不意に自分たちの傍に大きな影が差した。

継登はぎょっとして、弾かれたようにそちらを振り返った。

「……お、まえ……」

こちらに鼻面を差し出してきたのは親貓だった。いまの姿はちょうど、馬や牛よりも、やや大きいくらいだろうか。それが、黒い模様のある顔を継登と季名とに寄せてきていた。頬を擦りつけるようにしてくる相手に、もちろん、害意はない。

「手伝って、くれるっていうの？」

季名が貓の顔に手を伸ばし、毛並みをやさしく撫でるようにしながら言った。相手は諾《うべな》うかのように、季名の白いてのひらに懐《なつ》いている。

「さっき継登さんが、君を庇《かば》ったから……？」

そうなのかもしれない。違うのかもしれない。

けれども、藤ノ巫覡に操られている妖をその支配から解放したいというのは、この貓だってきっと同じだ。否、その想いは、継登たちよりもきっとはるかに強いものなのに違いなかった。

「なあ、お前……季名をあいつらの傍まで運んでやってくれるか。俺が援護するから」

継登が語りかけると、一拍して、貓が穏和《おとな》しく地に伏せる。どうやら頼みを聞いてくれるらしい。継登が手伝って、季名をその背に乗せてやった。季名は貓の背に掴まる。

「大丈夫か？」

ひとりでは馬に乗れなかった季名を心配して声をかける。

「大丈夫です。このこが、うまく乗せてくれますから」

季名からは、意外にも、何の躊躇《ちゅうちょ》もなく返事があった。

「はは、馬は乗れなくても妖には乗れるとか、あんたらしいな」

継登は笑って言ってから、表情を引き締めた。

「季名、一丈だ。できたら一丈くらいまで向こうに近づいて、あんたはとにかく願ってくれ。強く。あの使鬼を解放してやりたいって。それだけで、たぶん大丈夫だ。――そしたら、あとは、俺がなんとかする」

季名が神妙な表情でうなずく。うん、と、笑って、継登は剣を構えた。

「継登さん」

「ん？」

「無理、しないでください……いえ、し過ぎないで、くださいね」

言い直された相手の言葉に、継登は目を瞬き、それから、くしゃ、と、笑った。

いまこの場面でまったく無理をしないでいることは、お互い、おそらくは不可能だった。それ以上に、ここで無理をせずに退くことには、きっと意味がない。多少の危険を冒してでも、やってみるべきときだからだ。負荷がかかってはじめて得られる強さだってある。爪先立って背伸びして、めいっぱいに手を伸ばしてみて、はじめて届く高みがある。

いまはそのときだ、と、たぶんふたりともに思っていた。

「ははっ、あんたこそ！」

継登は季名の肩を軽く叩いた。

地を蹴る。藤ノ巫覡との距離を一挙に詰めた。

隣を、季名を乗せた貓が駆ける。

巫覡の青年は警戒の色を見せ、印を結んで、呪を唱えた。

使鬼が牙を剥く。がぁ、と、吠える。

命令を受けて飛びかかってくる相手の、光を宿さないどんよりと濁った瞳の奥に、継登は言い知れぬ苦しみと、深い悲しみとを見た気がした。

剣を振るう。こちらへと注意を向けさせるためだ。相手の攻撃を躱《かわ》し、地を蹴って空中へ飛びあがった。

それに反応して身体を持ち上げた使鬼の前肢が、容赦なく襲いかかってくる。くるりと身体を捻《ひね》って、その反動も使って、剣を一閃させた。

「継登さんっ！」

季名の声だ。そちらを見ると、貓の背に跨《また》がった彼もまた、もうずいぶん距離を詰めていた。風が吹き抜ける。透明で清らな空気が駆けていったかと思うと、気づけば自分たちがいる空間を、大きな光の繭《まゆ》のようなものがそっくり包み込んでいた。

見える――……断ち斬るべきは、あれだ。

継登は剣を強く握った。

「悪いな……そっちに解放する気がないんなら、力尽くでいかせてもらう！」

誰にともなく言うと、巫覡の青年の指先から伸び、使鬼へと繋がっている無情な糸に狙いを定めた。天羽羽斬を両手で構え、下から思い切り斬り上げる。そのまま、剣身に巻きつけるように、捻りを入れた。

剣《つるぎ》は蔓斬《つるき》、もともとは絡み合った蔓を断ち切り、前へ進む道を拓くのに用いられた道具だ。斬れる、と、強く思う。ぐ、と、力を籠める。

そのとき、ふつ、と、不意にそれは呆気《あっけ》なく断ち切れた。別《また》の名を布都斯魂《ふつしみたま》ともいう神剣は、その布都の名に負う通り、見事に断つべきものを断ってくれたのだ。

途端に獣の瞳には光が戻る。

かと思うと、どおん、と、大きな地響きを立てて、それは横倒しに倒れた。

靄《もや》とも霧ともつかぬものがその身から立ち上る。最初こそ黒々としていたものが、やがて白く、ついには透き通ったそれに変わった時、地面に伏していたのは、まだちいさな仔狸だった。

「継登さん！」

いつの間にか鵜から下りていた季名が、真っ直ぐこちらに駆け寄ってくる。その後ろについて走ってくるのは、いま継登の目の前で倒れているのよりすこしばかり大きい狸だった。短い肢を必死に動かして、狸は途中で季名を抜き去り、一目散に仔狸の傍へ寄る。黒い模様のある顔を、仔狸に近付ける。

しばらくすると、仔狸は瞑《つむ》っていた目を開けた。

「よかった、です」

継登の傍までやってきた季名が、すこし息を切らしながらも、笑って言った。

「そうだな」

継登もうなずく。

仔狸がゆっくりと起き上がる。寄り添うように立つ二匹からは、もう、すこしも恐ろしい気配はなかった。

狸の親子は、ちら、と、継登たちのほうを見る。継登は目を細める。行けよ、と、促すように顎をしゃくってやると、二匹は向こうへと駆け出した。

その体躯は、草叢《くさむら》へと駆け込む直前、蜃気楼《しんきろう》のように揺らぎ、辺りの景色に融けるようにすぅっと消えていった。

「――くそっ」

そう悪態《あくたい》をつくのは、藤ノ巫覡だ。継登がそちらを見ると、相手はいかにも憎々しげに継登たちを睨《にら》んでいた。継登は、ふう、と、息をつく。

「とりあえず物ノ怪たちは去ったんだ。やり方はどうだっていいだろう？　目的は達した。そちらとしても、もうここに留まる理由はないんじゃないのか？」

継登がそう言ってやると、相手は歯噛みする。が、反論してくることはなく、ち、と、鋭い舌打ち一つを残すと、そのまま踵《きびす》を返したのだった。

＊

やがて白い浄衣《じょうえ》の背中が見えなくなった頃、継登は、ほう、と、息を漏らし、ようやく張り詰めていた緊張の糸をゆるめた。危機が去ったことを悟ったのか、天羽羽斬剣も姿を消した。

そもそも暮れの気配が色濃くなりかかっていた空は、いまではもう夜の匂いを漂わせている。

「猫のほうはこれでとりあえずは落着として……あとは、斎院さまの件だよな」

季名のほうを見て言うと、季名も継登を見返して、無言のままで、ひとつちいさくうなずいた。

藤ノ巫覡はあの親猫のほうを斎院昏倒と関連付けていたようだったが、おそらく、そうではない。あの猫は、藤ノ巫覡に無理に使役されている我が子を取り戻そうとして怒りに我を忘れていただけのことで、積極的に斎院に害をなそうとしていたわけではなかったはずだった。実際、襲いかかっていった相手も、我が子を使役する藤ノ巫覡だけである。

斎院の昏倒には、おそらく別の理由がある。

だが、それは猫の件とはまったく無関係だったのだろうか。

「たとえばさっきの親猫のほうは、邪気を放ってたよな。だいぶ怒っていたし。その負の気に中《あた》って倒れたっていう可能性は？」

　親狸の妖に斎院を害そうという意図があったわけではないとしても——人間の感情が、意図せずとも物ノ怪に反映されるのと同じようなもので——陰気や邪気、瘴気《しょうき》を発する妖が傍近くにいれば、それだけでも、人が心身に変調を来すことは考え得ることだ。そうだとすれば、あの化生たちがここから去ったことで、事態は好転している可能性だってあった。

　そうだといいが、と、楽観的な期待を抱きつつ継登が言うと、季名はすこしばかり難しい表情を見せた。

「わかりませんが……そうではないように、思います」

　しかし、季名は継登の期待を否定するような言葉を吐いた。

「なんでだ？」

「えっと、斎院さまのおやすみの房間《へや》が、すごく、浄らかだったからです」

「ああ、そういえば……」

　季名は最初からそんなことを言っていたな、と、継登は思い出した。

「不自然に清浄に過ぎる、だっけ？　さっきの藤ノ巫覡が穢《けが》れを祓う術をほどこしたから、そうなっていたんだよな？」

「おそらくは」

　季名は諾《うべな》う。

　継登は、下がり藤の紋のついた浄衣《じょうえ》をまとい、なんら躊躇《ちゅうちょ》なく物ノ怪を操っていた青年の姿を頭に思い浮かべた。彼が吐いた言葉をも思い出しつつ、あれだけ変化妖物を嫌っていたのではさもありなん、と、嘆息するような気分でそう思った。

「あいつの術じゃあ、邪気が這入り込むような隙はない、か」

「もっと強大な物ノ怪というなら、わかりませんが……山野の獣の怪の発する邪気程度なら、影響を及ぼせたとは、思えません。妖や物ノ怪が這入り込むことは、とてもできなかったでしょうし……たとえ這入り込んだとしても、すぐに祓われるか、逃げ出すかしてしまって……」

そう続けかけたとき、季名は唐突に、何かに気がついたかのように言葉を切って黙り込んだ。

「逃げ、出す……そういえば、ぞうりも、あの時そわそわしてた。あの気のせいで、居心地が悪かった、から……？」

「どうした？」

「い、え……もともと気になっていたことがあったのを、思い出して」

「なんのことだ？」

「えっと、斎院さまがお生まれの際に折れたという、櫛のこと、です。斎院卜定《ぼくじょう》が一度で合《ごう》にならなかった件と、関係するかもしれないと、思いついたことがあったのですが……」

季名が言うのを聞いて、そういえば出掛けに彼が口にしかけていたことがあったのを、継登も思い起こしていた。その時は釣殿宮《つりどののみや》からの急報があって、結局、詳しく聞けず終いになっていたのだ。

「もしかしたら……さかさま、だったのかもしれません」

黒い目を瞬き、言葉を探し探しといった調子で、季名は言った。

「逆さま？」

「はい。――つまり、悪い物ノ怪が憑《つ》いたからではなく、善い物ノ怪が祓われたから、斎院さまはお倒れになったの、かも……妖が影響を及ぼしたからではなくて、妖の影響がなくなったから、だったのかもしれません」

最後のほうは、どうやら思案に暮れつつの、独白のようだ。

季名の言うことはなんだかあべこべで、継登はすぐには相手の言わんとする意味を掴めなかった。どういうことだ、と、眉を寄せて首を傾げる。

その間に季名は、口許に白い指を当て、目を伏せがちにして、何やら考えるふうだった。

「房間《へや》を、お移しすれば、いいのかな……でも、祓《はらえ》の効果は、斎院さまの御身そのものにも、及んでいるだろうし……やっぱりあそこの空気を、ぜんぶ、なんとかしないと……できる、かな……わたしに」

ぶつぶつと、そんなことを口にする。

「おい、季名、あんたなんの話をしてるんだ？」

季名の言葉が切れたところで、継登はそう口をはさんだ。すると、はっとしたように、相手は顔を上げる。

「えっと、斎院さまのいらっしゃる房間《へや》に満ちた、清浄過ぎるあの気を……吹き払えないか、と」

相手の言葉に、継登は鳶色の眸をはたはたと瞬いた。

邪気や穢《けが》れを祓うなら普通だが、清らかな気を払ってしまうなど、聞いたことがない。

「あの房間《へや》があまりにも清らか過ぎることが、斎院さまがお倒れになって目覚めない、原因だと、思うのです。だから、あそこの気が元に戻れば、お目覚めになるのではないか、と……そもそも、巫覡の施した祓《はらえ》による、一時的な状態でしょうから、放っておいても、いずれは戻ると思います。でも、それを待っていては、斎院さまが衰弱しきってしまうかもしれない。賀茂祭にも、間に合わないやも……だから」

「吹き払ったら、何とかなるのか？」

「わかりません。ですが……なるかも、しれません。たぶん」

自信なげな口調ながらもそう言う季名には、どうやら斎院の突然の昏倒の原因について思い当たることがあるようだった。

「じゃあ、やってみよう。――うまくいかなかったら、そのときまた、次の方法《て》を考えればいいんだし」

継登が口角を持ち上げて言うと、それまで忙《せわ》しく瞬いて眸を揺らしていた季名は、一瞬、きょとんとした。

その後で、くすくすくす、と、ちいさく声を立てて笑う。

「継登さんが言うと、なんだか、なんでも簡単にできてしまいそうな気がしますね。――おっしゃるとおり、いまは、やってみるよりほか、別の方法《ほう》も思いつきません。とにかく……やってみます、ね」

「あ、そうか。やってみようったって、実際やるの、あんただもんな。また清庭の力を使ってみるってことだろ？　平気なのか？」

継登は季名の身体の負担を考えて、憂いを籠めて季名を見た。すると相手は、どうでしょう、と、笑いながら言って、小首を傾げる。

「それも、やってみないとわかりません。だから……わたしがもし、また倒れたら、どうか陽晟院《ようぜいいん》まで、責任をもって、継登さんが運んでください。お願いします」

季名が珍しく軽口めかしたことを言うので、継登は刹那、鳶色の目を瞠《みは》った。

その後で、くしゃっと笑って、まかせろ、と、己の左腕を叩いて見せながら請け負ってやる。

「で、あんたが思いついたことは、結局何なんだ？」

さっき何か考え付いたのだろう、と、斎院の屋敷のほうへと歩み出しながら、継登は問う。説明を求めた継登に、こちらも歩を進めながらも、季名は答えてくれた。

「斎院さまのお房間《へや》にお邪魔しているとき、ぞうりは、とても居心地悪そうにしていました。そわそわして、すぐにも出て行きたいというふう、だったんです」

そういえば季名は、そのようなことも言っていたような気がする。継登にはまるで見えなかったが、あのとき、季名の着物の袖の中では、草履の化生がもぞもぞとしていたらしい。それで、何もないのに彼は袖のあたりを気にしていたのだ。

だが、そのことが、どうしたというのだろうか。

「あの場は、物ノ怪が長く留まれるような状態では、なかったのです。――きっかけは、寝殿《おもや》の簀子縁《すのこえん》で、あわれにも仔狸が死んでしまったこと……」

人間の子供に見つかって打《ぶ》たれたとか、他の獣に襲われて怪我をしたとか、親とはぐれて食べ物にありつけなかったとか、幼い狸が死に至る要因など、いくらでも考えられる。幼くして絶命した獣の子は不憫《ふびん》ではあったけれども、特段、珍しい出来事というものでもない。

「ただ、場所は、斎院さまの御所……そして、そのときの紫野院は、大切な祭礼を前に、死穢《しえ》を極端に厭《いと》う状況でした」

「だな。それで、藤ノ巫覡が呼ばれた」

「はい。そして、死骸のあった場所、それから、斎院さまご自身に、強力な祓《はらえ》が施されることになりました」

死して後にその場を彷徨《さまよ》っていた仔狸の霊は、そのとき、あの巫覡に調伏《ちょうぶく》されて、使鬼とされてしまったものだと思われる。その後、我が子が酷い目に遭っているのを悟った親狸は、藤ノ巫覡から子を奪い返そうとして化生に変じた。化け狸となって、紫野院へ姿を現したというわけだろう。

だが、その獣の怪が斎院昏倒の理由ではない。

むしろ、穢《けが》れを嫌ってほどこされた祓のほうにこそ、あったのだ。

「斎院さまがお倒れになったのは、物ノ怪のせいではなく……むしろ原因は、強力な祓によって斎院さまのまわりに作りだされた、清浄過ぎる空間、です……それによって、その場に留まることができなくなり、斎院さまの身から、離れざるを得なかった怪のものがいた。――そのためでは、なかったのでしょうか」

「その物ノ怪って……」

「櫛の怪、です」

季名は短く言って、じっと継登を見た。絹糸みたいな季名の黒髪が、こちらを見上げた動きに合わせて、わずかに揺れる。

「櫛……」

鸚鵡返しに繰り返した継登の頭の隅に過《よぎ》るのは、斎院の母、志津子が手にしていた黄楊《つげ》櫛のことだった。

「斎院さまがお生まれの時に割れたっていう、あれだな……？」

「はい。おそらくあの櫛の霊は、ずっと斎院さまに憑《つ》いて、御身を護っていたのだと思います。それが、祓《はらえ》のせいで、傍にいられなくなった」

「目撃されたっていう怪しいモノは、じゃあ、逃げ出した櫛の霊か……」

継登がつぶやくと、季名はちいさくうなずいた。

櫛もまた、古来、強い霊力が宿るとされる特別な道具である。素戔嗚尊《すさのおのみこと》が荒ぶる八岐大蛇《やまたのおろち》と対峙した際、櫛稲田姫《くしなだひめ》を櫛に変え、髪に挿《さ》すことでその力を得て、大蛇《おろち》と戦ったともいう。

また、伊勢斎宮が京《みやこ》を発つ際には、別れの御櫛《おぐし》といって、天皇が手ずから斎宮の髪に櫛を挿すという儀式も存在していた。斎宮は、天皇の霊威を櫛を通して授かり、伊勢へと赴くのだ。

櫛とは奇《く》し、不可思議な霊威を示すものの名である。

当代の斎院が生まれたとき、彼女は産声を上げなかった。ところが、母である志津子が子の父親王から授かっていた櫛が割れると、途端に、泣き出した。

もちろん櫛は時に形代《かたしろ》ともなるから、割れた櫛が赤子の身代わりになったことでその生命が助かったのだとも考えられる。けれども、季名が考え付き、継登がいま思い至ったことは、それとは別のことだった。

「斎院さまの御母上さまがお持ちだった、あの割れた櫛……あれはそもそも、腹の子の無事の誕生を願って、子の父である親王さまから志津子さまに授けられたもの。その後、志津子さまが肌身離さず持つうちに、腹の子を思う彼女の心にも触れ、いつしか櫛に、魂が宿っていたのでは、ないでしょうか」

そしてその櫛の怪は、生まれたばかりの我が子が産声を上げないのに心を痛め、心底からその無事を祈った志津子の想いに反応して、斎院に憑《つ》いた。憑《つ》くことで、その命を繋いだ。

そして以後、今日《こんにち》まで、ずっと彼女のうち、あるいは傍らにあって、彼女を護り続けてきたのではないのだろうか。

「生まれ落ちられた、そのときからずっと……櫛の怪、あるいは櫛の御霊《みたま》と言っても良いのかも、しれませんが……それがお身体の中に宿ることで、斎院さまはようやく、その御命を保っていられる状態なのかも、しれません」

産声も上げなかった赤子。そんな我が子を前に、胸が張り裂けそうな悲しみを抱いた母親。櫛の怪は、そんな母の感情に影響されて、自ら赤子の中に宿ったのかもしれない。

ひとりでは生きることが能《あた》わなかっただろう赤子は、物ノ怪に護られることによって一命を取り留め、そして、今日《こんにち》まで生き存《ながら》えてきた。

「卜定《ぼくじょう》のときに一度で合と出なかったのも、物ノ怪が身に憑《つ》いていたから、とか？」

「そうなのかもしれません。紫野院入りが、障《さわ》りによって遅れたのも……ですが、以後これまで、斎院さまはご立派に、お役目を務めていらっしゃいます。賀茂大神さまも、後には、問題ない、と、そう御判じになったのでしょう。――ただ、此度《こたび》は……」

斎院の身体に依《よ》り憑《つ》いた櫛の霊とはまるで関係ないものへの対処、すなわち、獣の死による穢《けが》れに対処するためにたまたま執り行われた強力な祓《はらえ》のために、彼女の身の周りにはあまりにも清浄すぎる場ができてしまった。そこは、怪のものが長く居続けることの難しいほどの清らかさ。そのため、櫛の霊は、憑《つ》いていた斎院の身体から離れざるを得なくなってしまったのだ。

そのせいで斎院は昏倒してしまった。

生まれたそのときから、彼女の命を繋《つな》ぎ続けていた霊が身体を去ったことで、意識を保てなくなってしまった。産声ひとつ上げられなかった、生まれたその時と同じ状態に、逆戻りしてしまったということだったのだ。

「あの清浄すぎる場を、元に、戻します。そうすれば……」

「櫛の霊が戻ってこられる。そうしたら、斎院は目覚める。──そういうことだな？」

「はい」

季名がうなずいた、そのときだった。

「──ふふ、なるほど……そういうことでしたのね」

急に聞こえた声に、継登も季名もぎょっとした。

だが、それは聞き覚えのある声音である。声のしたほうを見ると、牛車《ぎっしゃ》が一台とまっていたが、その下ろされた御簾《みす》の隙間から、華やかな紅《くれないのにおいがさね》匂襲の衣が覗《のぞ》いていた。

「宮さま」

呆然と呼ぶと、手ずからすこし御簾《みす》を掲げ、釣殿宮《つりどののみや》が顔を覗《のぞ》かせた。彼女は陽晟院《ようぜいいん》に急報を届けるとともに、自らも駆けつけてきたらしい。

それにしても、いつから継登たちの会話が耳に入っていたのだろうか。こちらを見る釣《つり》殿宮《どののみや》は、なにもかも一切を諒解したふうに、おっとりと穏やかに微笑んでいる。

「継登さんに、季名さん。あなた方おふたりだけでは、姉宮さまと面会するのは、すこし難しいのではないかしら？　わたくしも一緒に参りますわ」

　先の対面の折には、継登たちは自らの身分を明かさず、釣殿宮《つりどののみや》の侍者《じしゃ》として振る舞っていた。そんな自分たちだけでは、たしかに、到底斎院のいる房間《へや》にまで通してもらえるとは思えない。事細かに事情を説明すれば何とかなるのかもしれないが、それよりも、今回も釣殿宮《つりどののみや》に先に立ってもらうほうが手っ取り早いのは確実だった。

「お手間をおかけいたしますが、お願いいたします」

「いいえ、いいの。わたくしの姉宮さまのことなのですもの」

　結局ふたりは、釣殿宮《つりどののみや》に付き従う形で、再び斎院の眠る房間《へや》まで行くことになった。

「実はこの者たち、怪異に詳しい者たちなんですの。先も、姉宮さまのご容態を何とかできないかと思ってひそかに連れてきていたのですけれど、どうやら方法《ほう》を見つけたみたいなのです。――志津子さま、どうかわたくしを信じて、この者たちに任せてくださいましな」

　宮はそう、斎院の母である志津子に取り成しもしてくれた。

　斎院の眠る塗籠へと通される。はらはらとした表情の志津子や女房にも見守られながら、季名は斎院の傍に寄った。継登は、彼が倒れた時のために、その斜め後ろ、半歩下がった辺りに立つことにする。

「なんとか、なりそう？」

　小声で囁《ささや》くようにして、後ろから訊ねた。

「がんばります。とにかく、やってみないことには」

季名もまたひそめた声でそう答えた。

斎院はまだ、今日の午過《ひるす》ぎに訪ねたときと同じように、血の気の失せた顔つきで眠ったままだ。蝋《ろう》のように白いその顔を見下ろした季名が、瞼《まぶた》を閉じ、ひとつ息を吸った。

ほう、と、唄うようにそれを吐き出す。

そのとき、房間《へや》の中であるはずなのに、どこからともなく――否、季名を中心として、そこから――静かでやさしい、春先の微風《そよかぜ》みたいな風が吹いた気がした。草花の匂い、土のぬくもり、せせらぎ、鳥の歌、獣が地を蹴り走る音、虫の蠢《うごめ》き、光、影、人の笑いも泣き声も、そんなすべてを雑多に混ぜてそっと運んでくるような風だった。

その場の、それまでまるで張り詰めるようだった清浄さがゆるむ。

誰からともなく、ほう、と、嘆息をもらしていた。

妻戸《つまど》に懸けられた御簾《みす》が、誰の手も触れぬのに、かすかに動く。ほんのわずかな隙間ができる。

塗籠の中に灯された燈明が、ゆら、と、ちいさく揺らいだ。御帳台《しんだい》を覆う帳《とばり》も、ゆるゆる、と、かすかに波打つ。

継登には何も見えなかった。が、斜め後ろからうかがった季名の端整な顔が、ふと、やわらいだのがわかった。

口許をほころばせる彼は、いま、いったい何を見ているのだろう。そんなことを思ったとき、不意に、継登の目にもそれは映った。

斎院にかけられた衾《かけふ》のちょうど胸のあたりである。三寸ばかりの、ちいさな少女が乗っている。結い上げた前髪に黄楊櫛《つげぐし》を挿した、かわいらしいその姿が、淡くではあるが、たしかに見えた気がした。

「あれが……？」

「はい。黄楊櫛の、物ノ怪です。——よかった……戻ってこられた、みたい」

そう、ほ、と、安堵の息とともに微笑して静かに言うや否や、季名はふらりとよろめいた。

継登は慌ててその背を支える。気を失うまではいかなかったものの、立っているのもやっとのようで、季名はぐったりと継登にもたれかかった。

「大丈夫か？」

「……は、い。ちょっとだけ、ねむい、です」

緩慢《かんまん》に瞬いて、舌足らずに言って目をこするのに、継登はちらりと苦笑した。

「帰ったら、ゆっくり寝ろ」

たぶんこれですべては解決だ。継登はそう思って口の端をゆるめ、もう一度、横たわる斎院のほうへと視線を向けた。

ちょうどそのときには、櫛を挿した少女の姿は、斎院の身に融けるように、すうっと消えていくところだった。

すると、斎院のくちびるが、ほ、と、息を吐き出す。

白い瞼《まぶた》が細かくふるえ、やがて、ゆっくりと持ち上がった。

「……あり、が、とう……」

継登と季名のほうへと眼差しを向けた斎院が、かすれた小声で、言う。

「大切な、存在《もの》なの……また傍へきてくれて、よかった」

弱々しく持ち上げた手で己の胸元をそっと押さえつつ、そう口にする斎院は──意外なことにも、どうやら──自らの不可思議な身の上について、もとより、それなりに承知であったらしかった。

◇五

「とりあえず一件落着して良かったよな」

継登は笑いながら、傍の季名に言った。

四月《うづき》も半ばを過ぎ、今日は賀茂祭の日である。あの後、目を醒ました斎院は順調に恢復《かいふく》したとのこと、陽晟院《ようぜいいん》には釣殿宮《つりどののみや》からの報せが届いていた。そして、その証左のように、昨日行われた斎院御禊《ごけい》を皮切りに、今年の賀茂の祭礼は、通例に則って、無事に斎行される運びとなっている。

賀茂祭は京《みやこ》の鎮護、平安を祈る重要な祭である。

だが、その一方で、京《みやこ》に暮らす人々みなにとって──貴族と庶民とを問わず──大きな楽しみのひとつでもあった。

例年見物場が設《しつら》えられている一条大路は、だから、今年もまた祭礼行列をひと目見ようとする群衆による人集《だか》りができている。

継登と季名とは、いま、一条大路と東洞院《ひがしとういん》大路との交わるあたりに徒歩《かち》でやってきて、祭見物の人並みの中に交じっていた。

ちょうど目の前を絢爛《けんらん》豪華な行列が通って行くところだ。内裏《だいり》を出発した奉幣勅使《ほうへいちょくし》――神に幣《ささげもの》を奉《たてまつ》るために立てられた帝の使者――を中心とする行列と、紫野院を出た斎院の列とは、ちょうどこの一条大路のあたりで合流して、その後、賀茂神社に向かっていく。

斎院を乗せたと思しき牛車《ぎっしゃ》が通るのを遠目に見やった継登は、鳶色の目をゆっくりと細めた。御簾《みす》のうちにある斎院の姿は影のようにしか見えはしない。が、それでも、人々の熱狂の中を彼女が無事に進んでいっているのだと思うだけで、事案解決を実感し、安堵と満足とが胸にわいた。

「結局、今回のこと……母の想いは強し、ってとこか？」

自分と同じように、斎院が乗るのだろう牛車《ぎっしゃ》を見詰めている季名に語りかけた。

猯《まみ》の件、斎院昏倒の件、その両件の事の顛末《てんまつ》を思いながら、継登は、風光る爽やかな初夏の、澄んだ京《みやこ》の空を仰ぎ見る。再び櫛の霊を身に宿すことで恢復《かいふく》した斎院は、この後、賀茂大神を祀る儀式に臨む。あの日、融けるように姿を消した狸の物ノ怪親子は、穏やかな祭の日、この空の下のどこかで身を寄せ合って過ごしていたりするのだろうか。

「まあ、何はともあれ、みんな無事で良かった」

季名との初仕事をなんとか片付けられたようで重畳《ちょうじょう》だ、と、いま継登の胸にあるのはそんな想いだ。

「ほんとうに、よかったです」

季名もまた、笑って諾《うべな》った。

あの日、季名は力を大量に行使したためか、陽晟院《ようぜいいん》に戻るなりことんと眠り込んでしまった。が、幸いにも次の日にはもういつも通りに起きあがることができていたし、今日も継登と一緒に祭見物にやって来ることができている。

「母の情、ですか……たしかに斎院さまの件は、そうともいえるのかもしれません」

「狸のほうは違うっていうのか？」

「だって、狸のあのこは、おかあさんではなくて、おとうさんでしたから」

「え？」

「どうかしましたか？」

季名が何気なしに告げた事実に頓狂な声を上げた継登を前に、相手は、こと、と、小首を傾げる。黒い眸をはたはたと瞬くさまは、継登が何に驚くのかわからないというふうだった。

「……父狸だったんだ、あいつ」

「はい。――でも、それがなにか？」

「いや、まあ……親の想いに、父も母もない、か」

親だと聞いただけで、何も考えずに母親だと思い込んでいた自分のほうがおかしかったのかもしれない。

「俺は……父親ってものに、あんまり縁がなかったからかな」

あなたの父は大伴の縁《ゆかり》の人、と、ただそう母に聞かされるだけだった。

継登が苦笑するようにつぶやくと　季名は怪訝《けげん》そうに黒曜石の目を瞬いた。

「どうか、されましたか？」

「いや……なんでもないよ。——父だろうが母だろうが、子を思う気もちは強いってことだよな」

そしてそれは、人だろうが獣だろうが妖だろうが何だろうが、きっと通じるものがあるのだ。そういうことで、いいではないか。

斎院が櫛の怪を我が身に受け入れ、それと共に生きることを選んでいることを思って、継登は改めて、人間《ひと》と鬼との関係にも思いを馳せた。

「それにしても……賀茂祭って、すごく華麗なのですね。おどろきました」

継登の様子に小首を傾けていた季名が、気を取り直したように祭礼行列を見て黒い眸を瞬かせながら笑って言った。

「ああ、そっか。あんた、見るの、はじめてか」

「はい。——無事に祭も行われたことですし、賀茂大神のご加護で、京《みやこ》の平安が続けばいいですね」

「そうだな」

互いに望むのは京《みやこ》の安寧だ。人も、そして鬼も、安穏《あんのん》と暮らせる時が長く続くことを祈って、目を見交わしたふたりは笑った。

「――継登さん、季名さん」

そのとき、密かに呼びかける声があって、継登たちははっとする。声のしたほうを振り返ると、そこには牛車《ぎっしゃ》が一台とまっていて、懸けられた御簾《みす》の下から華やかな紅《くれないのにおいがさね》匂襲の衣が覗《のぞ》いていた。

御簾《みす》を手ずから掲げて顔を見せたのは、例によって、六条釣殿宮《ろくじょうのつりどののみや》である。姉宮を気にかけ、彼女が無事に祭に臨む姿を見届けにきたのかもしれない。

ちょいちょい、と、手招きされるので、ふたりは顔を見合わせた後、車の傍へと駆け寄った。

「宮さま」

畏まろうとすると、お忍びよ、と、おっとり笑ってそれとなく制止される。仰々《ぎょうぎょう》しくされてはかえって困るということらしいので、ふたりはそれに従うことにした。御簾《みす》を戻した宮とは、そのまま、その御簾《みす》越しに言葉を交わすことになる。

「こうして祭が無事に行えたのも、あなたたちのおかげ……此度《こたび》はよくやってくださいました。主上《おかみ》の皇女《むすめ》としても、斎院さまの妹としても、御礼を申し上げますわ。――ああ、ついでに、形ばかりの院の妃としても、かしら」

ふふ、と、最後は悪戯《いたずら》っぽく笑いながら言う相手に、継登は軽く頭を下げた。

「もったいないお言葉です」

「京鎮護の祭礼が成されて、これでしばらくでも、京《みやこ》のうちが鎮まるとよいのですけれどね」

釣殿宮《つりどののみや》はしみじみと口にした。平生、六条にある屋敷に起居しながら京《みやこ》で起きている怪異の情報を収集し、必要と判断すれば此度《こたび》の件のように鬼和の出動を要請するために陽《よう》晟院《ぜいいん》へ報せにやって来る。いかにもそういう役目を担っている者らしい感想だった。

「……あの、宮さま」

そのとき、季名がおずおずと声を上げた。

「藤ノ巫覡の方が……院を、京《みやこ》を妖物だらけにした張本人のように、おっしゃっていたのだと聞きました。祟り神を引き入れた、と……それって」

眸に憂いのようなものを浮かべての季名の問いに、継登は思わず息を呑む。釣殿宮《つりどののみや》もまた、はた、と、沈黙した。

けれどもややあってから、彼女がしずかに息を吐いた気配が、御簾《みす》越しに伝わった。

「姉宮さまのお身体には、櫛の物ノ怪が憑《つ》いているそうですわね」

宮は、唐突にそんなことを言った。そして、こちらの答えを待《い》たず、話を続ける。

「中臣氏の血筋に連なる藤氏に、時折、巫覡《かんなき》が出るように……天皇家の血筋からは、時に、身のうちに虚《うろ》を持つ者が出るのです」

「虚……？」

「ええ。魂の宿るところ、それが空っぽになっている状態とでも申し上げたらよろしいのかしら。たとえば人形《ひとがた》、あれは虚そのものですわね。だから、何かの形代だとか、何かを宿す依代《よりしろ》として、使うことができる。――でも、ふつうは、ひとつの器……ひとつの肉体に宿る魂は、ひとつね？」

問うように言われて、反射的に、こくりとうなずいていた。

「でも、虚持ちは、ちがうのです。自らの魂を宿す以外に、他のモノの魂をも宿すことができますの。姉宮さまもおそらくは、その類……そも、初代の斎王《いつきのみこ》として伊勢に仕えたとされる倭姫尊《やまとひめのみこと》さまもまた、祟り神となった天照大神《あまてらすおおみかみ》を我が身に依《よ》り憑《つ》けて、その御霊《みたま》の鎮まる地を求め、諸国を彷徨《さまよ》った御方だった。御杖代《みつえしろ》、と、申しますけれど、要するに依代《よりしろ》です。――姉宮さまの場合は、憑《つ》いたモノと良好な関係で共に生きているということのようですけれども……」

「院、は……？」

釣殿宮《つりどののみや》の言葉に含みを感じてなのか、季名が口にする。

藤ノ巫覡の青年は、陽晟院《ようぜいいん》のことを呪われた帝だと罵《ののし》っていた。それは、虚を持つ陽晟《ようぜい》院《いん》の身のうちに、何か善からぬものでも依《よ》り憑《つ》いているという意味だったのだろうか。

おそらく季名はそうしたことを訊ねたのだったろうが、釣殿宮《つりどののみや》ははっきりとした答えはくれなかった。

「知るべき時が来れば、否と応となく、自ずと知ることになるでしょう。――ただ……そんな時など訪れないほうが、幸いなのかもしれません。あなた方にとっても……院ご自身にとっても」

曖昧《あいまい》に、そんなことだけを言った。

やがて釣殿宮《つりどののみや》が去った後、季名はうかがうように継登を見た。

「あの……継登さんは、どう思われますか？」

「どうって？」

「先日も院は、塗籠からお出坐《でま》しにならないままでした」

これは、二人そろって寝殿《おもや》に呼ばれ、釣殿宮《つりどののみや》と初めて対面した折のことだろう。たしかにその際、塗籠の奥から声は聞こえたが、陽晟院《ようぜいいん》が継登たちの前に出てくることはなかった。出て来られなかったということなのではないか、と、季名はおそらくそう考えているのだ。

そういえば子義が、院の調子が悪いようだ、と、そう言っていたことも、継登は不意に思い出した。

「前に、美薗さんも子義さんも、仰《おっしゃ》っていました……院は滅多に、外へはお出坐しにならない、と。それに、京《みやこ》を護る結界に起きた異常は、院と関係があるのかもしれない、とも」

そこにはいったい、どういう事情があるのだろうか。自分たちが詳しくは知らされていない何かがあるのだろうことだけは確実だった。

「塗籠は、四方を土壁で囲んだ、屋敷の中でも最も閉じた場所です」

自らも三年という時をそこで過ごした季名が言う。

「……院も虚持ちなんだとしたら、悪いモノに無闇と憑《つ》かれないようにって、ことなのかもな」

すこし黙ってから、継登は嘆息と共に答えた。

宿るべき器を失ったり、あるいはそれから抜け出たりして、魂だけになった状態が鬼だ。それは曖昧模糊《あいまいもこ》として、たしかな形を持ってはいない。すなわち、総じて不安定なものだった。

器を得てこそ、それは安定する。依《よ》り憑《つ》く、ということである。

とはいえ普通、ひとつの器に魂はひとつだ。心が弱っているのでもない限り、人は簡単に物ノ怪に憑《つ》かれたりはしない。憑《つ》こうにも、宿るべき場が、そこにはないからだ。

だが、虚があれば、違う。

それは、身体のうちに、いつ何時《なんどき》でも鬼が宿ることのできる場所が口を開いているといった状態なのではないのだろうか。

いつでも何かに憑《つ》かれる可能性――それは危険性と言ってもいい――がある。だから、そこらを浮遊するような鬼霊たちに這入り込まれないよう警戒して、院は閉じた場所に籠もっているのかもしれない。

継登はその可能性を口にしたが、季名はすぐは諾《うべな》わなかった。わずかにうつむいて、何やら思案するふうである。

「そうなのかも……寝殿《おもや》にはいつも、男の霊が、いるみたいだし……」

ぽつ、と、こぼすのは、独り言のようだ。季名は陽晟院《ようぜいいん》の屋敷内においても、きっと継登には見えない多くのものを目にしているはずだった。

「でも、もしかしたら……」

季名はふと言葉を止めて、黒眸を瞬いた。

「外に出せないようなものが、すでに、その身のうちには、憑《つ》いている」

そう口にした季名は、言ってしまってから、はっとしたように口を噤《つぐ》んだ。

それが単なる思いつきだったのか、それとも、ここしばらく季名が気にかけ続けていたことだったのかは、わからない。けれども、はっきりと言葉にされたその可能性は、なぜかそのとき、継登の背筋をぞっと凍《い》てつかせた。

継登と季名とは、はた、と、顔を見合わせる。

しばし、ふたりの間には沈黙が落ちた。

やがて、継登は、ふう、と、息を吐く。

「まあ、もしそうだったとしても……いま俺たちにできること、すべきことは、御意《ぎょい》に従って京《みやこ》を守るっていう任務を全うすること。つまりだな……」

継登はそこで一旦言葉を切ると、季名の黒曜石の眸を真正面から見詰めた。

「強くなろう。一緒に」

考えたところでわからないことを、いつまでもぐだぐだと考えていても仕方がないではないか。それよりも、すべきこと、やれることを着実に積み重ねていくほうが、ずっと建設的なのに違いない。

京《みやこ》の結界が異常を来《きた》しているのならば、それを元に戻すにしたって、知識も技術も要る。その間、京《みやこ》で鬼が騒ぎを起こすのなら、それに対処するためにも、力が必要だ。

ならば、それを磨く。

無力ゆえに悔いを噛まずにすむように、自分たちは、日々、努めておくだけだ。

ふたりで、もっと、強くなる。

「……そう、ですよね」

継登を見詰め返して目を瞬いた季名も、しばらくして、ちら、と、くちびるに笑みを刷いてうなずいた。

「つよく、なる……ふたりで」

真摯《しんし》な眼差しで、しん、と、口にした。

相手の表情を見て、継登はほっと息を漏らした。

「——ま、いまはとりあえず、せっかくの祭を楽しもう。あんた、初めて見るんだろ?」

「はい」

「でさ、屋敷に戻ったら修練かな。あんたには清庭《さにわ》の力を安定させてもらわないと……毎度ふらふらになられたら、こっちは気が気じゃない」

継登は肩を竦《すく》めるように言った。

「すみません、そうですよね。がんばります。——継登さんは、天羽羽斬剣を、使いこなせるように、ですか？」

「そうだな。あと、安定して見鬼ができるといいんだが……今回も、見えなかったせいで、せっかく仕立てたばかりだったあんたの狩衣《かりぎぬ》を駄目にしちまったし」

季名が藤ノ巫覡の操る使鬼に着物の袖を切られたのを思い出して、溜め息を吐きつつ頭を掻いたら、平気ですよ、と、相手はちいさく声を立てて笑った。

「もうちゃんと繕《つくろ》ったので、大丈夫です」

ほら、と、袖を持ち上げてみせる姿に、ほんとだ、と、継登もまた軽く笑み声を立てた。それからまた、一転して真面目な顔になると、再び相手の黒曜石の眸の奥をじっと見詰める。

「ひとつひとつ、やっていこう……俺たちの、やり方で」

継登が言うと、季名もまた真剣な表情でうなずいた。

「はい。わたしたちのやり方で。そのためにも……わたしたちのやり方を通せるようにするためにも、ちゃんと、強くなりたい、です」

季名はくちびるをきゅっと引き結んで、黒曜石の眸を真っ直ぐに継登に向けた。継登は、うん、と、うなずき、口角を持ち上げる。

「俺たちのやり方で」

もう一度、確かめるように繰り返した。

振り仰いだ京《みやこ》の空は、いまは広く澄んでいる。ただ、遥かな稜線《りょうせん》の向こうには、大きな雲が迫り来ているのが見えた。

仁那《にんな》三年、四月《うづき》。

この数月先には大きな混乱の中に諒闇《りょうあん》を迎えることとなることを、このとき、京《みやこ》のうちの誰もが、まだ知る由《よし》もなかった。

＊

日が暮れた後の屋敷の中はひどく暗い。燈明のひとつも灯していなければ、文目《あやめ》も分かぬ底知れぬ闇が、深淵のように蟠《わだかま》っていた。

もはや鬼神《おにがみ》の支配する刻限だ。

沈殿する闇の中で、彼はそれまで瞑《つむ》っていた瞼《まぶた》をゆっくりと持ち上げた。房間《へや》の外に、余人の気配があったからだ。

「――賀茂祭《かものまつり》は無事に斎行されたようにございます」

声は、この屋敷に移って以来の側近のものだった。抑揚の少ない声音が告げた言葉に対して、彼は、そうか、と、短く応じた。

「加えて、宮さまより内密にご伝言が」

「……なんだ？」

「主上《おかみ》のご不例、なお変わらず、と」

続けて告げられたのは、今上帝の体調が思わしくないということだった。

「わかった」

塗籠の中でそれを聞いた彼は、口の端を持ち上げた。ゆっくりと立ちあがると、ずる、ずぞろ、と、身にまとわりつく濃い闇もまた共に動いたような気がした。一気に肩の辺りが重たくなる。

天孫《あめみま》とされる帝とて、所詮は人間《ひと》の身。人は須《すべか》らく死ぬ運命《さだめ》だ。例外はない。ただ、早いか遅いかだけ。それだけのことである。

彼は口角を吊り上げ、くつ、くつ、と、低く嗤《わら》う。

「——時、至れり」

つぶやくのと共に、今度は腹の底から哄笑《こうしょう》が込み上げた。

ははは、はははは、と、ひとしきり我を失したかのように高笑った彼は、やがてふと我に返って黙ると、きつく眉根を寄せた。拳をぎりりと握り、くちびるを噛みしめる。

いま笑っていたのはいったい誰なのだ——……己か、それとも。

「今上はもう、長くはあるまい」

そう言うのは、紛れもなく己の声である。だが、口にしつつ、ほの昏く嗤《わら》う者が本当に己なのかどうか、あやなき闇の中で、判然としない。

「再び至尊の位を望むべきか？」

それもよいのではないか、と、昏く澱《よど》んだ眸を刹那ぎらつかせて、彼は、大地の底を這う地鳴りのように、重たく低くうめいた。

そのとき、かた、かたかた、と、房間《へや》の隅で音を立てるものがある。

「——叢雲《むらくも》」

呼ぶ声の中に、忌々《いまいま》しさと安堵とが、綾織《あやおり》のように綯《な》い交ぜになっている。重たい身体を引き摺《ず》るように、彼は音のするほうへと近寄った。

筥《はこ》を開ける。

収められた一振りの長剣の剣身が、赤黒く輝いた。

「叢雲」

彼は、今度は縋《すが》るように再び呼んで、長剣に手を伸ばした。剣を持ち上げると、柄を強く握る。

ほう、と、ひとつ、唄うように吐息した。幾度かそれを繰り返すと、やがて、身にまとわりついていた粘り気のある闇が、形《なり》を潜めたのがわかった。

だが、それも、おそらくは一時《ひととき》のことに過ぎない。

人の身には限りがあるが、鬼神《おにがみ》の時は長久だ。

怨みもつ鬼霊《おに》、祀られぬ神霊《かみ》。

長い長い時の中で、幾たびも目覚め、時に人の世に災禍を為すものたち。

一旦は現世《うつしょ》の裏へと沈み込んでくれても、どうせすぐにまた、それはこの世の表面《おもて》へと浮かび上がってくるのだ。その証拠のように、腹の奥で、ぐるりと何かが蜷局《とぐろ》を巻いたような感触があった。

同時に、彼の身の周りにも再び闇が漂い、集い、凝《こご》りはじめる。鎮まれ、失せろ、と、彼は眉をひそめつつ吐き棄てるようにつぶやいた。

「――なぜ、己だけが、このような目に遭《お》うておるのか」

これは自身の言葉なのか。自身の抱く想いなのか。

どこまでが己で、どこからがそうではないのか。

我が身の輪郭がぐにゃりと融けて、周囲の闇との境がひどく曖昧《あいまい》になったかのような錯覚がある。闇が、忍び込んでくる――……また、魔でも差したかのように、昏い感情が腹の底から込み上げた。

「ほろびろ」

彼はつぶやく――……否、つぶやいたのは、此度《こたび》も彼ではないのかもしれない。

「我《おれ》をこのような目に遭わせた者、その子孫《すえ》……みな、ほろびてしまえばよいのだ」

天叢雲剣を握りしめ、彼は闇の中、何にともなく低くつぶやいた。はは、と、また乾いた嗤《わら》いを漏らしている。

その刹那、手にした剣が強く輝いた。

剣身に己の歪んだ顔が映っているのを見つけて、彼ははっとする。ぎり、と、柄を握り、そのまま何もない暗闇を目掛けて剣を一閃させていた。

闇が散る。

彼は、ほう、と、長嘆息を漏らした。

「――……天尾羽張《あめのおばはり》の行方は、わかったか？」

不意に差した不穏な思考から舞い戻って、側近に問うた。

「橘家《きっけ》に神剣の気配が顕れたのを最後に、以来、動きはなく……未だ掴めてはおりません」

「そうか」

肩を落とすように吐息する。

「内裏《だいり》および藤ノ巫覡の動きに、よくよく気を配っておくように。それから、屋敷の皆にも、心積もりを、と……しばし妖物《もの》どもが騒がしくなるやもしれぬから」

剣を筥に戻しながら命じると、御意、と、抑揚の少ない声が短く応じた。

あとがき

豆渓ありさ

確か高校生の時のこと。進路調査票の「将来なりたいもの」の欄に「塾講師・小説家」と書きました。二者面談だったかの際に当時の担任が「小説家かぁ……なりたいと思ってなれるものでもないしな」と苦笑しつつ言っていたのを、いまでもよく覚えています。こう言われて、「なにくそっ！」と反発したりはしなかった、反骨心希薄な私。「確かにそうかも」と素直に頷きつつ、それでもなお、物語を紡ぐことへの気持ちはずっと胸の中に灯り続けていたように思います。こういう、激しく熱く燃え盛ったりしないぶん、埋火のように長くじんわりと燃え続ける情熱もあるんじゃないかなぁなんて、いま、考えていたりします。

大学は文学部に進学しました。生まれ育った土地柄が歴史や神話などにそれなりに縁深かったことや、いっとき父が発掘調査の現場で働いていたことなどが影響したのでしょうか、「歴史が好きだ、歴史を勉強したい」と思ったからでした。でも、大学に入って気づきました。私は歴史の真実をどこまでも追究したいわけではなくて……歴史の断片から想像を広げて（妄想を膨らませて？）いくのが楽しい人間だったのです。結局、初志《しょし》貫徹《かんてつ》どころかあっさりとそれを曲げ、史学ではなく国文学を専攻しました。そのころ授業で取り扱った『宇治拾遺物語』、所属した研究室の恩師のもとで学んだり研究したりしていた諸々が、このおはなし、『鬼封じの陽晟院』のタネとなっています。人生、どこで何がどうつながるか、わかったものではありません。でも、だからこそ、面白いのかもしれません。

大学を卒業した後は塾講師に。ある日、ひょんなことから、生徒たちと将来の夢についての話になりました。「私の夢はね、小説家！」と、私は（大人こそ胸を張って夢や理想を語ってなんぼと思っているので）臆面もなく口にしました。そのときのおしゃべりの相手だった七人の生徒たち。その名前の頭文字を取って並べ替えたものが、いま、私のペンネームになっています。縁とはかくも数奇なものかと感じています。

あらためまして、皆様はじめまして。豆渓ありさと申します。この度は、『鬼封じの陽晟院』をお手に取っていただき、誠にありがとうございます！　『TOブックス×pixiv異世界・中華・和「ベスト相棒」小説大賞！』にて佳作に選んでいただき、その後、ありがたいことに書籍化のお声がけをいただいて、今回こうして、このおはなしを一冊の本として世に送り出すことが出来ています。この本の出版にご尽力くださったすべての関係者様に深く御礼を申し上げます。

担当のM様。右も左も上も下も何もかもわからなすぎて、たくさんお手間をおかけいたしました。いろいろアドバイスくださり、呆れずにここまで導いてくださって、ありがとうございます。

素敵なカバーイラストでおはなしの世界を彩ってくださった宵マチ様。継登も季名も素敵すぎて、初めてイラストを見せていただいたとき、感激のあまり失神しそうでした。本当にありがとうございます。

感謝したい人を挙げれば、まだまだきりがありません。好き勝手に生きる私に好き勝手させてくれている家族。趣味を同じくしたり同じくしなかったりは様々な、でも、気の合う友人のみんな。職場の愉快な同僚たち。可愛い生徒諸君。みんな大好きです。

そして、最後に……今回、縁あってこの物語の読者になってくださった皆様に、心の底からの、感謝を。すこしでもお楽しみいただけましたでしょうか？　私の中にしか存在していなかった継登や季名、鬼和たちの物語が、もし皆様の心の片隅にでも宿ったのだとしたら、それは奇跡のような出来事で、私にとって望外の幸いです。

本作の主人公の一人である継登を、私は、困難に出逢ったときにいつもとにかく「どうしたらいい？　何が出来る？」と、目の前にある自分に出来ることを一生懸命探して掴みにいく人物として書きたいなと思っていました。私自身も彼に負けず、これからも、こつこつ物語を紡いでいきたいと思います。またどこかで皆様にお会いする機会に恵まれますことを、心から願っています。

【参考文献】
本文五、一三〇ページ
『新編日本古典文学全集50宇治拾遺物語』校注・訳　小林保治／増古和子　二〇〇八年（小学館）
巻第十二‐二十二「陽成院ばけ物の事」〈三九二〜三九三ページ〉より
本文四九、五〇、一〇八、一九二、二四四、二七六ページ
『新編日本古典文学全集9萬葉集（4）』校注・訳　小島憲之／木下正俊／東野治之　一九九六年（小学館）
巻第十八・四〇九四番〈二五六〜二五九ページ〉より
本文八六ページ
『新編日本古典文学全集9萬葉集（4）』校注・訳　小島憲之／木下正俊／東野治之　一九九六年（小学館）
巻第十九・四二四一番〈三四一ページ〉より
本文七四ページ
『新編日本古典文学全集7萬葉集（2）』校注・訳　小島憲之／木下正俊／東野治之　二〇〇六年（小学館）
巻第八・一五八五番〈三四九ページ〉より
本文一八二ページ
『新編日本古典文学全集7萬葉集（2）』校注・訳　小島憲之／木下正俊／東野治之　二〇〇六年（小学館）
巻第六・一〇〇九番〈一四九〜一五〇ページ〉より

※作中に用いた古典作品の本文は、右を参考に、一部、表記や語句を変更しています。

『日本古典風俗辞典』著者・室伏信助／小林祥次郎／武田友宏／鈴木真弓　二〇二二年（ＫＡＤＯＫＡＷＡ）
『有職の色彩図鑑　由来からまなぶ日本の伝統色』著者・八條忠基　二〇二〇年（淡交社）
『敗者たちの平安王朝　皇位継承の闇』著者・倉本一宏　二〇二三年（ＫＡＤＯＫＡＷＡ）
『謎の平安前期―桓武天皇から『源氏物語』誕生までの２００年』著者・榎村寛之　二〇二四年（中央公論新社）
『図説　百鬼夜行絵巻をよむ』著者・田中貴子／花田清輝／澁澤龍彦／小松和彦　二〇一七年（河出書房新社）
『火山列島の思想』著者・益田勝実　二〇一五年（講談社）
『火山で読み解く古事記の謎』著者・蒲池明弘　二〇一七年（文藝春秋）
『中世なぞなぞ集』編者・鈴木棠三　一九九七年（岩波書店）

【参考サイト】

ジャパンナレッジ（https://japanknowledge.com/）
『日本大百科全書（ニッポニカ）』「平安京」項目内、平安京の位置と宮域・京域（百科マルチメディア）
（最終閲覧日：二〇二四年六月七日）

本書は、投稿サイト「pixiv」に掲載された作品を改稿し書き下ろしを加えたものです。

本作品はフィクションです。実際の人物や団体、地域とは一切関係ありません。

TO文庫

鬼封じの陽晟院
—神剣使いと鬼子の誓い—

2025年2月1日　第1刷発行

著　者　豆渓ありさ

発行者　本田武市

発行所　TOブックス
〒150-0002 東京都渋谷区渋谷三丁目1番1号
ＰＭＯ渋谷Ⅱ　11階
電話 0120-933-772（営業フリーダイヤル）
FAX 050-3156-0508

フォーマットデザイン　金澤浩二
本文データ製作　TOブックスデザイン室
印刷・製本　中央精版印刷株式会社

Printed in Japan ISBN978-4-86794-445-5